친애하는 숙녀 신사 여러분

Tired of taking a backseat to gentlemen

친애하는 숙녀 신사 여러분

유즈키 아사코 지음 | 이정민 옮김

REALbie

목차

Come Come Kan!

문예춘추 출판사 건물 1층에는 호텔의 로비 라운지를 연상케 하는 '살롱'이라는 공간이 있다. 그곳에서 무료로 제공되는 아이스커피에는 검시럽●이 딸려 나오는데, 그 시럽에서는 유독 깊은 맛이 난다. 단순한 설탕 맛이 아니라 볶은 커피콩처럼 고소한 풍미가 느껴진다. 은색의 조그만 시럽 저그를 기울여 유리컵에 든 커피에 따르면 호박색으로 빛나는 검시럽이 커피 한쪽에 걸쭉하게 고이고, 살롱의 한쪽 벽면을 차지한 유리창에서 들어온 7월의 햇살이 유리컵을 통과한다. 그러면 바닥의 카펫과 실내 장식, 벽 소재가 은은한 갈색의 그러데이션으로 비쳐 마치 내 손바닥 안에 살롱의 미니어처가 담긴 기분이 든다.

● 무색·무향의 설탕 시럽으로, 오래 두면 바닥에 덩어리가 생기는 것을 막기 위해 아라비아의 검 분말을 배합한 것이다.

햇살은 카펫에 타원형으로 길게 드리워져 있었다. 비스듬한 원통형 햇빛 속을 은색의 미세한 먼지가 유유히 떠다녔다.

다른 출판사와는 만날 일이 없어 잘 모르지만, 응접용 공간이 이렇게 넓고 유니폼 차림의 여성 종업원이 생글생글 웃으며 무료 음료를 자리까지 가져다주는 곳은 출판 업계에서는 이곳 문예춘추사가 유일한 모양이다. 흔히들 출판 불황이라고 하던데, 그 말은 이 공간 밖에서만 적용되는 것 같다.

지하철 한조몬역에서 걸어서 5분. 출판사 건물 정면의 입구로 들어가 왼쪽 접수처에 있는 두 여성에게 이름과 약속 시간을 말하면 대리석으로 된 현관홀을 가로질러 간 곳에 살롱의 입구가 있다고 일러 준다. 유리문을 밀고 들어가 두 번째 접수처를 지난다. 왼쪽에는 일찍이 문호들이 아지트로 삼은 것으로 유명한 작은 바 카운터가 보인다. 소설가 요시유키 준노스케*가 단골손님이었다고 들었지만 지금은 영업을 하지 않는다. 곡선을 그리며 안으로 뻗어 들어간 바 카운터에 누군가 있는 모습을 나는 한 번도 본 적이 없다. 이곳을 지나가면 운동화가 푹푹 들어갈 만큼 푹신한 카펫이 빈틈없이 깔린 압도적인 공간이 나타난다. 그 공간에는 마치 오랜 전통을 자랑하는 호텔 라운지처럼 가죽 소파

● 1924~1994. 1954년 《소나기[驟雨]》로 아쿠타가와상 수상

와 낮은 마호가니 테이블이 벽을 따라 드문드문 놓여 있다. 이렇게 창가에 앉아 있으면 공간이 어찌나 넓은지 가장 먼 테이블에 있는 사람의 얼굴이 잘 보이지 않을 정도다.

얼굴을 확인할 수 있는 범위 내에서지만, 문예지 표지를 장식할 만한 수준의 유명 작가가 몇 명씩이나 편집자와 잡담을 하고 있다. 그 말소리는 높은 천장을 향해 서서히 올라갔다가 천장에 부딪히면 비눗방울처럼 터져 사라지기 때문에 아무리 사람이 많고 활기찬 분위기라도 이 살롱은 신기하게도 소란스럽다는 인상이 없었다. 최신형 다이슨 선풍기가 소리도 없이 돌아간다.

벽면 중앙에는 이 출판사를 세운 소설가 기쿠치 간●의 상반신을 본뜬 동상이 세워져 있다. 초콜릿색으로 투박하게 빛나는 그 흉상은 견고한 목재 받침대 위에 설치돼 있다. 각진 얼굴에 수염을 기르고 입에 파이프를 물고 있는 그는 양복을 차려입었으며 지금 봐도 멋스럽고 세련된 동그란 안경을 꼈다. 곱슬한 뒷머리는 남겨 놓고 옆머리만 바짝 깎은 머리 모양은 '소프트 모히칸'이라 해도 될 것이다. 아저씨이긴 하나 흔치 않은 귀염성이 느껴져 나는 이 머리 모양이 싫지 않았다. 이렇듯 잘 안다는 듯이 말했

● 1888~1948. 소설가, 극작가. 1923년 잡지 〈문예춘추〉를 창간하고, 1926년 '문예춘추사'를 설립했다. 1935년 순문학을 지향하는 아쿠타가와 류노스케상과 대중성을 중시하는 나오키 산주고상을 제정해 작가 육성과 문학 보급에 힘썼다.

지만, 사실 나는 기쿠치 간이 나오키상과 아쿠타가와상을 제정했다는 것만 겨우 알고 있을 뿐 그가 어떤 작품을 썼는지는 하나도 모른다.

나는 오늘 마침 기쿠치 간이 올려다보이는 위치의 소파에 몸을 파묻고 있다. 두툼한 눈꺼풀에 덮인 그 눈빛은 멍해 보이기도 하고 나쁜 꾀를 궁리하는 것처럼 보이기도 한다. 기쿠치 간은 그런 알 듯 말 듯한 눈빛으로 살롱을 한가롭게 둘러보고 있다.

지금 맞은편 소파에는 내 담당 편집자 사하시 마모루 씨가 앉아 있다. 그의 은테 안경에 반사된 빛이 내 바로 앞까지 도달해 검시럽의 바닥 부분을 훤히 비췄다.

"오빠의 아내 캐릭터 말인데요, 살아 있다는 느낌이 조금도 들지 않는군요. 삼십 대 중반에, 사회생활을 오래 했는데도 그간의 경험으로 쌓아 왔을 법한 각오나 긍지가 전혀 드러나 있지 않단 말입니다."

지난번에는 이해하기 어렵다고 하길래, 그가 추천한 백만 부팔린 인기 시리즈 소설을 참고해서 최대한 개성이 돋보이는 인물로 캐릭터 구축을 했다. 국민적인 휴먼 코미디 시리즈 영화인 '남자는 괴로워'처럼 매회 유쾌한 소동이 벌어지는 코미디 연작 소설을 써 봤다. 사하시 씨는 감정의 변화가 없는 표정을 한 채 클립으로 고정된 원고에 시선을 떨어뜨렸다. 원고는 빨간 펜으로 교정한 흔적이 거의 없다. 교정한 부분이 많으면 의기소침해지지만, 전혀 없으면 또 없는 대로 초조해진다. 얼마 전의 내가 신나게 쓴 대사 하나가 눈에 들어와 긴장으로 배가 차가워졌다.

"저기, 그런데, 지난번에 지적해 주신 부분은 전부 고쳐 썼는데요."

썩 만족스럽지 못한 자신의 작품을 "이거, 진짜 재미있어요!" 하고 과장하는 것만큼 민망한 일도 없다. 마트 시식대에서 일일 판촉 아르바이트를 할 때가 생각났다. 잠시 후 여자 종업원이 사하시 씨 앞에 녹차를 내려놓고는 내 차림새를 재빨리 훑어봤다. 니트 소재의 비니에 집에서 입을 법한 낙낙하고 후줄근한 티셔츠 차림. 사하시 씨의 손이 베일 듯 다림질된 셔츠 깃과 소맷부리와는 대조적이다.

"리얼리티에 관해 좀 더 생각했으면 좋겠군요. 예를 들어."

사하시 씨는 독자들에게 꽤 좋은 평가를 받고 있는 모양인, 젊은 대중 소설가 두세 명의 작품을 언급했다. 나는 거의 반사적으로 받아 적었다.

내 이름은 하라지마 사메코, 올해로 스물다섯 살이다. 내가 단편소설 〈소면 데드 코스터〉(이하 '소면')로 문예춘추사에서 발행하는 대중문학 중심의 문예지 〈올요미모노〉 주최 신인상을 받은 것은 지금으로부터 삼 년 전, 대학교 4학년이 끝날 무렵이었다.

'소면'은 이런 이야기다. 부모님 집에서 살며 취업 대신 아르바이트만 하는 프리터족 여주인공은 100퍼센트 내가 모델이지만, 어느 날 갑자기 이혼하고 직장까지 그만두고 본가로 돌아온 오빠 시게노부 캐릭터는 아빠의 젊은 시절(엄마에게 수없이 들었음)을 약간 과장되게 변형한 것이다. 온갖 과일나무로 가득한 널찍한 마당과 밭에 둘러싸인 환경도 우리 집 환경을 고스란히 가져다 쓴 것이다. 죽고 못 사는 연애 끝에 결혼한 아내에게 버림받은 뒤 실의의 구렁텅이에 빠진 오빠는 동네를 어슬렁거리거나 멍하니 하늘만 보면서 지낸다. 그러다 오빠는 아내가 떠난 이유는 자신이 '계절 행사를 챙기지 않아서'가 아닐까 하는 얼토당토않은 결론에 이른다. 어느 날 길을 잘못 들어 동네 땅 부자가 소유한 대밭에 들어간 오빠는 대나무를 쪼개서 나가시소멘•을 하면 좋겠다고 생각한다. 대밭 주인을 설득해 대나무를 받아 오고, 홈센터•에서 재료를 구비하고, 소원해진 동료에게 연락하는 과정에서 오빠는 서서히 기운을 되찾는다. 재결합 가능성이 전혀 없기는 하나 전처와도 친구처럼 만나게 된다. 대나무를 쪼개서 연결하다 보니 대나무 미끄럼틀은 이윽고 복잡기괴하고 구불구

- 세로로 쪼갠 대나무를 연결해 미끄럼틀처럼 만든 다음 찬물이 흐르게 하고 소면을 한 줌씩 흘려보내 젓가락으로 건져 먹는 것으로, 주로 여름의 축제나 행사 때 먹는다.
- 각종 자재, 인테리어 제품을 전문적으로 취급하는 대형 판매점

불한 롤러코스터로 변해 마당에 꽉 차는 지경에 이른다. 부모님은 동네 창피하니 그만하라고 말리지만, 오빠는 들은 척도 안 한다. 클라이맥스는 소면이 대나무 통 속을 빠르게 미끄러져 내려가는 부분으로, 이야기는 거기서 끝난다. 전처와의 재결합 가능성이 없어 보이는 것은 내가 남녀 관계에 별로 흥미가 없어서인 것 같다.

'소면이 어찌나 빠르게 떠내려가던지 마치 빛으로 이루어진 술 장식을 보는 것 같았다. 빛이 보여 주는 지나온 길과 나아갈 길을, 오빠는 그저 흐뭇한 눈길로 좇을 뿐이었다.'

심사 위원은 '신선한 감성이 빛난다.', '완전히 새로운 가족 소설이다.' 하고, 정말 재미있었는지 어떤지 알 수 없는 말로 평가해 나를 불안하게 했다.

'소면'이 실린 〈올요미모노〉가 발행되던 날 아침에 내 남자 친구는 셔터가 막 올라간 서점에 들어가 누구보다도 먼저 잡지를 구입해 읽어 줬다. 홈센터에서 일하는 그는 내가 아르바이트하는 도시락 가게에서 게살크림크로켓 도시락을 사서 출근한다. 그날도 우리 도시락 가게에 들른 그는 도시락이 나오기를 기다리는 동안 이런 엉뚱한 작품이 어떻게 유서 깊은 〈올요미모노〉에 실렸나 몰라, 하고 잡지를 넘기며 고개를 갸웃거렸던 것 같다. 나는 냉동 상태의 콘크림크로켓을 튀기면서 독서가인 남자 친구가 문학에 관한 이런저런 이야기를 해 주는 것을 듣고 있었다. 사실 그의 이야기를 듣기 전까지 나는 〈올요미모노〉가 어떤 월간 지이며 업계에서 어떤 위치에 있는지 전혀 몰랐다. 애초에 문예 지라는 것을 사 본 적이 없다. 아쿠타가와상과 나오키상이 어떻 게 다른지도 솔직히 잘 모를뿐더러 순문학과 대중문학의 차이도 사하시 씨는 물론 전임 편집자인 스즈무라 씨에게도 몇 번이나 설명을 들었는데도 여전히 잘 이해하지 못하고 있다. 다만 요즘 에는 작가의 활동 영역이 '어느 문예지로 등단했는가?'로 결정된 다고 하니, 정의가 분명하게 내려진 것은 아닐지도 모르지만.

오전 아르바이트를 마치고 낮에 집에 갔더니 수상 작품이 실 린 〈올요미모노〉가 도착해 있었다. 표지에는 다리 위에서 무사 가 목덜미를 드러낸 기모노 차림의 여자와 이렇다 할 표정 없이 다투고 있는 그림이 들어가 있었다. 시대 소설의 삽화처럼 요란 하지 않고 차분한 표지였다. 표지를 넘기자 두루마리처럼 펼쳐 지는 속표지가 나왔다. 거기에 나열된 걸출한 집필진과 사전처 럼 두꺼운 잡지의 두께에 깜짝 놀랐다.

"이걸로는 독자가 공감해 주지 않아요. 빨려 들어가지 않습니 다. 무엇보다 모든 장면마다 기시감이 드는 것이 문제로군요. 하 라시마 씨."

창백한 피부에 뾰족한 턱, 희한하게 꼬불거리는 앞머리. 차분한 태도와 말투로 보아 사하시 씨는 삼십 대 중반일 것 같지만, 테이블에 놓인 손의 느낌으로 판단하자면 나와 별 차이가 없을 것 같기도 하다. 만약 학창 시절에 같은 반이었다면, 책 읽기를 좋아한다는 공통점이 있을지언정 졸업할 때까지 말 한번 섞지 않을 유형이었다.

사하시 씨는 벌써 몇 번을 만났는데도 하라지마(原嶋) 사메코(覚子)라는 내 이름을 외울 생각이 없는 것 같았다. 메일에도 '原嶋'와 '原島'를 섞어 쓴다. 심지어 약속을 깜빡한 적도 있었다. 혹시 신인 작가라고 일부러 군기를 잡으려는 건가 싶었지만, 최근에야 깨달았다.

사하시 씨는 진심으로 내게 관심이 없는 것이다. 그가 정한 등급에서 나는 하위에 속한다. 최근 출판계에서는 편집자 한 명이 서른 명의 작가를 담당하는 일이 흔하다고 한다. 내가 그중에서 꼴찌인 건 나로서도 어쩔 수 없는 일이다.

내가 이 살롱에 처음 온 것은 삼 년 전 '올요미모노 신인상'이 발표되기 직전이었다. 전임 여성 편집자인 스즈무라 미사코 씨의 갑작스러운 전화를 받고 급하게 온 것이었다. 그때 나는 설마 이 상에 응모한 모든 사람이 이곳에 와 있을 리는 없다고 생각했다. 발표의 순간이 다가올수록 수상작이 과연 내 작품일지 아닐지 애가 타고 무엇 때문에 나를 보자고 했을까 싶어 등에 땀을 뻘뻘 흘리고 있었다.

만에 하나 수상했을 때를 대비하자며 별실로 안내를 받은 뒤 문예춘추 출판사의 전속 사진사가 얼굴 사진을 찍었다. 떨어졌을 경우 내 얼빠진 얼굴은 여기서 어떤 취급을 받을까 하고 사소한 부분까지 상상했더니 불안해서 속이 뒤집히는 것 같았다. 사진사는 이런 일이 익숙한지 내가 질문을 퍼부어도 흘려듣기만 했다.

스즈무라 씨는 무슨 옷을 입어야 할지 몰라 면접용 정장을 입고 온 나를 유심히 살펴보더니 약지에 낀 반지를 보고 착각을 한 듯했다. 그저 평소에 반지 끼던 손가락을 아르바이트하다 칼에 베여서 바꿔 꼈을 뿐이지만.

'실례지만 결혼하셨나요? 주제넘은 질문인 줄은 알지만 부군은 무슨 일을 하시는지?'

그녀는 그렇게 물었다. 그게 소설이랑 무슨 상관인데요? 하고 받아쳤어도 됐지만, 그녀를 만족시킬 만한 대답을 못 하면 수상도 물 건너가는 게 아닐까 생각할 만큼 초조함에 짓눌렸던 나는 횡설수설 대답했다.

'홈센터에서 일하는 남자 친구는 있는데 결혼은 안 했고 부모님 집에서 살아요.'

굳이 할 필요 없는 이야기까지 솔직하게 털어놓은 나를 보고 스즈무라 씨는 엷게 웃었다. 그 웃음에 희미하게 경멸의 빛이 깃든 것은 둔감한 나도 잘 알 수 있었다.

'그거 다행이네요. 가족과 함께 살고 있어서 생계 걱정이 없는 거면. 신인상을 탄 것만으로는 먹고살기 힘들거든요. 생활이 보장돼 있으면 저희로서도 안심이에요.'

현재 나는 도쿄 외곽에 있는, 보이는 것이라곤 밭뿐인 작은 주택가에서 할머니, 아빠, 엄마, 언니와 살고 있다. 대학생 때부터 아르바이트를 해 온, 집에서 자전거로 15분 거리에 있는 개인 도시락 가게에서 주 5일 일한다. 최근 들어 허리와 다리가 부쩍 약해진 할머니의 시중을 들고 있기는 하지만, 아르바이트하는 시간을 제외하면 기본적으로 자유로이 쓸 수 있는 시간이 많다.

"예를 들어 가슴이 찢어지도록 괴로웠거나 슬펐던 일, 비참했던 일, 그런 경험이 좋은 작품을 쓰게 합니다만."

사하시 씨의 말투에서 '너에게는 그런 경험이 없겠지만.'이라고 말하고 싶어 하는 기색이 배어났다.

아, 슬프도다. 애석하게도 그의 말이 맞다. 내 원고가 재미없는 것은 필시 내가 세상 물정 모르는 소심하고 나약한 어리광쟁이이기 때문일 것이다. 그뿐만 아니라 나는 부끄러울 정도로 주변 사람들의 덕을 톡톡히 보며 자랐다. 무슨 일이 있을 때마다 가족이나 남자 친구, 친구들의 도움을 받았다. 결핍을 채우기 위해 문학을 좇은 것이 아니라, 어렸을 때부터 숨 쉬듯 당연하게 이야기를 쓰거나 읽어 왔다. 대학에 들어가자 소설가나 편집자를 꿈꾸는 세미나 동기가 생겼고 자연스레 작품을 써서 투고하게 되었다.

하지만 당시 내가 어떤 기분으로 수상작을 써냈는지 이제는 떠올리려 해도 잘 기억나지 않는다. 다섯 살 위인 언니가 편의점에서 사다 준 공모 안내 잡지를 뒤적이다, 제출해야 할 최소 원고지 매수가 가장 적은 문학상을 골랐는데 그게 마침 '올요미모노 신인상'이었던 것이다. 취업에 어려움을 겪고 있던 나는 이로써 취직하지 않아도 되는 이유가 생겼다며 안심하고 모든 것을 내팽개쳤다. 졸업 때까지 여행 다니기 바빴다.

"하라시마 씨는 현재 목표가 뭡니까?"

면접 같은 질문에 허를 찔렸지만 나는 제대로 생각하지도 않고 거침없이 대답했다.

"그야 당연히 이 원고가 실려서 돈이 들어오면 좋겠다고 생각하죠. 돈을 모아서, 언젠가 혼자 사는 게 목표예요. 첫 책이 나올 무렵에는 그렇게 됐으면 좋겠어요."

사하시 씨가 갑자기 웃음을 참는지 화를 삭이는지 알쏭달쏭한 표정을 짓더니 고개를 회회 저었다. 눈꼬리가 이상한 모양으로 처져 주름이 많이 잡혔다.

"작가님들은 돈 이야기를 하지 않았으면 합니다. 제 개인적인 바람입니다만."

왠지 죄송하네요, 하고 내가 죄인이 된 것 같아 어깨를 움츠리자, 아뇨, 사과하지 마세요, 제가 좀 고지식해서 그런 거니까요, 하고 사하시 씨가 전에 없이 상냥하게 달래 주었다. 당황한 나는 더 어쩔 줄을 몰랐다. 자신의 속물적인 생각에 넌더리가 났다. 뭐 하나 부족함 없이 사는 주제에 돈타령을 하더라니까요! 하고 편집부에서 비웃음을 당할지도 모른다. 나는 편집자의 반감을 사는 일이 무섭고 두려워 견딜 수가 없다.

원고를 고쳐 쓴 것도 이번이 열한 번째다.

내가 생각해도 한심하지만, 언제부터인가 첫 책을 출간하기보다 〈올요미모노〉에 원고를 게재하는 것이 목표가 되고 말았다.

'올요미모노 신인상'은 유서 깊은 단편소설 분야의 문학상으로 유명하지만, 그 상을 받은 뒤 신인 작가가 〈올요미모노〉에 새 원고를 게재하기까지 엄청난 시간이 걸린다는 것 또한 마찬가지로 유명하다고 한다. 그뿐만 아니라 첫 책을 출간하려면 더 좁은 문을 비집고 들어가야 하기 때문에 이 상을 받았는데도 지금은 작품을 발표하지 않고 있는 선배가 한둘이 아니라고 들었다. 수상만 하면 작가가 되는 줄 알았던 나는 충격이 컸다. 또한 운 좋게 첫 책을 출간하는 데 성공한다 해도 이후 두 번째와 세 번째 책을 출간한 다음 한 번도 2쇄를 찍지 못하면 문예춘추사에서는 더 이상 책을 낼 수 없게 된다고 한다. 그 밖에도 사십 대 초반까지 아무런 상도 받지 못하면 문단에서 사라진다, 누구누구에게 미운털이 박히면 작가 생명이 끝난다고 당시 내 담당 편집자였던 스즈무라 씨에게 온갖 주의 사항을 들었고, 그것만으로 나는 기가 잔뜩 죽었다. 남을 밀어내거나 악착같이 싸우거나 훨씬 앞질러 가는, 그런 것이야말로 내 적성에 안 맞는 일이건만.

사하시 씨가 안절부절 손목시계를 흘끔거리는 것을 뒤늦게 알아차린 나는 입을 열었다.

"저는 여기서 차 마시면서 느긋하게 있다가 갈게요. 바쁘신 것 같으니 먼저 일어나셔도 돼요."

평소 사하시 씨는 현관홀까지 따라 나와서 배웅을 해 준다. 편집자로서 지켜야 할 예의인지 늘 내 모습이 시야에서 완전히 사라질 때까지 꼼짝 않고 서서 지켜보기 때문에 나는 민망함과 미안함을 느낀다. 그래서 오늘은 내가 먼저 마무리를 짓고 싶었다. 사하시 씨가 자리에서 일어나 빠르게 말했다.

"배려해 주셔서 고맙습니다. 그럼 이만 실례하죠! 다음 작품이 완성되면 또 봅시다."

그러고는 홀쭉한 새우등을 이쪽으로 돌리고 살롱을 떠났다. 그 모습이 완전히 보이지 않게 되기를 기다렸다가 나는 멍하니 주위를 둘러보았다. 웬일로 사람이 없다. 멀리 떨어진 테이블에 일러스트레이터인 듯한 여성이 편집자 앞에서 작품을 펼치고 있는 모습이 겨우 보이는 정도다. 나는 한숨을 내쉬며 크게 기지개를 켰다.

"아아, 다른 신인상에 응모해서 아예 처음부터 다시 등단할까……."

스스로도 놀랄 만큼 큰 목소리가 나왔지만, 어차피 듣는 사람도 없다.

"그래 봤자 아무 의미 없어."

유난히 새된 남자 목소리가 대각선 위에서 들려왔다. 나는 몸을 일으켜 좌우를 살폈다. 잘못 들었나?

"처음부터 다시 시작한다고? 그래 봤자 아무 의미 없다니까."

나는 목소리가 들리는 쪽을 쳐다봤다. 아무리 봐도 기쿠치 간의 동상밖에 없다. 동상은 쨍하게 쏟아지는 햇빛에 하얗게 빛나고 있어 그 입술이 움직이는지 아닌지 잘 분간이 가지 않았다. 당연히 환청이지, 하고 단정하려던 순간, 다시 목소리가 들렸다.

"애당초 〈올요미모노〉에 웬만해서는 신인의 작품이 실리기 어렵다는 것부터가 잘못됐어. 본말전도. 난센스. 내가 편집장한테 말해 줄까?"

"죄송한데요, 혹시 지금 말을 했어요? 저한테 말 거는 거예요?"

조심스레 질문하자, 갑자기 구름이 해를 가리면서 환하게 빛나던 동상에 서서히 그늘이 졌다.

"응!"

초콜릿색 입술이 오므라지고 눈이 되록 움직인 것을 알 수 있었다. 비명은 나오지 않았다. 이런 일을 겪는 것은 이십오 년 인생에서 완전히 처음이다. 아니, 잠깐만, 이런 로봇이 있을 가능성은……? 아니다, 그런 이야기는 들은 적도 없고 여기에 드나든 지삼 년이나 된 지금에서야 갑자기 말하기 시작한 것도 이해가 가지 않는다. 눈앞에는 얼음이 녹아 밍밍해진 아이스커피가 있다. 유리컵 밑은 물방울이 맺혀 젖어 있다. 빨간 펜으로 드문드문 교정된 원고도 있다. 아까 속이 쓰리도록 창피한 대화를 나눈 직후 이일이 일어난 것을 생각하면, 꿈은 아닌 것 같다. 이 황당한 일을 소화하기도 전에 내 안에서 의문이 폭발했다.

"어째서요? 아니, 천하의 〈올요미모노〉잖아요. 중진 작가의 작품이 실리는 걸로 유명하잖아요. 여기에 실리면 어엿한 작가로 인정받는 거라고 담당 편집자도 그랬는걸요……."

"아니야, 그렇지 않아. 애당초 〈올요미모노〉는 〈문예춘추〉의 임시 증간호였어. 알고 있었어?"

나는 고개를 가로저었다. 실은 아빠가 애독하는 〈문예춘추〉조차 읽어 본 적이 없다. 소설 잡지가 아닌 칼럼이나 논설이 중심인 인텔리적인 잡지라는 것 정도는 안다.

"내가 처음에 〈문예춘추〉를 만든 건 젊은 사람이나 무명작가가 글을 자유롭게 쓸 수 있는 공간이 있기를 바라서야. 이름이 알려진 지식인들만을 위한 잡지가 아니라 문턱이 낮은, 열린 읽을거리로 만들고 싶었지. 나한테 중요한 건 언제나 젊은 사람이니까."

이 말이 사실인지 확인하고 싶어서 나는 휴대폰으로 '기쿠치 간'을 검색하기로 했다. 대화 도중에 예의 없는 행동이라며 화내는 거 아닐까 싶었지만, 동상은 어쩐지 부러운 듯 내 어깨 너머로 휴대폰을 내려다봤다.

"그거, 좋아 보이네. 갖고 싶어."

그가 내 쪽으로 고개를 숙여 귓전에 대고 소곤소곤 말했다. 검색 엔진이 뜬 화면에 희미하게 비친 기쿠치 간과 문득 눈이 마주치자 체온이 내려갈 만큼 덜컥 겁이 났다. 말하는 동상보다도, 순식간에 이 말도 안 되는 세계관에 적응한 나 자신에게 말이다. 나는 황급히 원고를 배낭에 쑤셔 넣고, "잠깐, 어디 가는 거야? 나 혼자 두고 가지 마." 하고 슬프게 부르짖는 기쿠치 간을 무시하고 부리나케 도망갔다.

역으로 달려가는 동안에도, 지하철 안에서도, 그 새된 목소리가 머릿속에 들러붙어 떨어지지를 않았다. 당장 어디 병원에라도 뛰어 들어가야 할 것 같다고 생각하면서도, 막상 진짜로 병명을 알게 되면 책을 내겠다는 목표를 고스란히 포기해야 할 것 같아서 도저히 용기가 나지 않았다. 그러나 시부야역에서 이노카시라선으로 갈아타 메이다이마에역까지 가서 다시 게이오선으로 갈아탈 무렵에는 처음 느꼈던 충격이 많이 가라앉아 있었다. 매미 울음소리가 귀청을 찢는 듯한 역 앞의 자전거 주차장에서 자전거 페달을 힘껏 밟을 무렵에는 아까 그 일이 영화나 텔레비전의 한 장면처럼 조작된 것이라는 생각이 들었다. 그런 것보다는 원고를 퇴짜 맞았다는 사실이 점점 크게 다가와 나는 다시 사하시 씨의 시선을 떠올리고는 숨 막히는 소용돌이에 지배당했다.

집에 도착하자마자 2층의 내 방에 틀어박혔더니 휴일 근무를 하고 온 언니가 말을 걸어 줬다. 이곳은 눈앞에는 덮개를 씌운 수로가 보이고 주변이 밭으로 둘러싸인 조금 외진 곳이다. 그러나 지은 지 삼십오 년 된 2세대 주택인 우리 집은 부지 면적이 넓고 방도 많다. 우리 조상은 원래 이 부근 일대를 소유한 땅 부자였다고 한다. 하라지마 성씨를 가진 집이 주위에 여럿 있다.

"괜찮아? 편집자가 또 뭐라고 했어? 너 요즘 살도 빠지고 우울해하는 것 같아서 걱정이야."

언니는 나와 비교도 되지 않을 만큼 우수하지만, 직장에서는 이런저런 마음고생을 하는 모양이다. 대학교 졸업 직후 은행에 입사함과 동시에 세타가야구 가미노게에 방을 얻어 독립했지만,

격무로 건강을 해치는 바람에 이렇게 본가로 돌아와 살고 있다. 예전에 비해 수면과 식습관에 신경을 많이 쓴다는 인상이다. 언니를 불안하게 할 수야 없지, 하고 나는 우렁차게 대답했다.

"아무 일도 아냐. 금방 갈게! 배고프다!"

이럴 때 아무것도 먹지 않고 방에 틀어박힐 수 있는 사람이 역시 거물이 되는 거겠지, 하고 조금 분한 마음도 들었지만 정말 배가 고팠던 나는 계단을 쿵쿵거리며 내려갔다. 밥상에는 전갱이튀김초절임, 마당 텃밭에서 기른 차조기, 파, 양하 등의 고명이 듬뿍 올라간 초밥, 속 재료 없는 달걀찜을 넣은 냉국, 삶은 풋콩, 옆집에서 받은 토마토가 차려져 있었다. 아빠는 구청에서 일하는데, 그곳에 걸핏하면 찾아와서 제 할 말만 하고 가는, 머리에 코르사주나 리본을 잔뜩 꽂은 노부인 이야기를 식탁에서 했다. 이어서 할머니가 돌아가신 할아버지를 만나기 전에 좋아했던 청년을 닮은 아이돌 이야기를 해서 분위기가 후끈 달아오르자, 언니가 "불쌍한 우리 할아버지!" 하고 부르짖었고, 엄마는 부엌 카운터에 세워 둔 할아버지 액자를 앞으로 탁 엎어뜨렸다. 나는 이내 기분이 좋아져 초밥을 다 먹고 더 달라고 해서 또 먹었다. 물론 지금처럼 부모님의 울타리 속에서 사는 것도 좋지만 언젠가는 꼭 자립해 보고 싶다. 글 쓰는 일만으로 생계를 꾸리는 것이 이상적이지만 우선은 혼자 사는 것을 최대 목표로 삼고 있다. 그러기 위해서 가급적 나다니지 않고 데이트도 우리 집이나 근처에서 해치우고 물건도 사지 않으며 한 푼이라도 더 꾸준히 저축하고 있다.

저녁상 뒷정리를 마치고 할머니의 목욕을 도운 뒤, 이왕 물에 젖은 김에 내 몸도 씻고 수건으로 머리 물기를 닦으면서 방으로 갔다. 창문 밖 마당에 있는 귤나무 가지가 방충망을 뚫을 기세다. 어둠 속에서도 날카롭게 빛나는 나뭇잎을 바라보며 나는 컴퓨터를 켰다. 위이잉, 하는 소리가 어두운 마당에 울려 퍼졌다가 떨어진다.

어쩌다 작가가 되고 싶다는 생각을 했더라……. 옛날부터 책 읽는 것을 좋아했다. 아마도 사하시 씨가 읽을 법한 어려운 작품은 아니겠지만. 나는 등 뒤에 있는 책장을 돌아봤다. 진심으로 사랑하는 '말괄량이 쌍둥이' 시리즈 전권과, 소녀문학의 대표 작가 히무로 사에코의 작품, 19세기 영국 작가 제인 오스틴의 작품이 죽 꽂혀 있다. 어렸을 때부터 우리 집에는 책이 많았고, 학교 다닐 때부터 친하게 지내는 아이는 남자 친구를 포함해 신기하게도 독서가인 경우가 많았다.

검색을 여러 번 반복하다 보니 월간지 〈문예춘추〉가 창간되었을 당시 기쿠치 간이 한 인사말에 도달했다. 창간사라고 되어 있었다.

'나는 청탁을 받고 말하는 것에 싫증이 났다. 내가 스스로 생각하고 있는 것을 독자나 편집자에게 스스럼없이, 자유로운 마음으로 말하고 싶다. 친구들 중 내 의견에 동감하는 사람도 많을 것이다. 그리고 내가 아는 젊은이들 중에는 말을 하고 싶어서 입이 근질거리는 사람이 많다. 첫째로는 나를 위해, 둘째로는 남을 위해 이 소잡지(小雜誌)를 발행하기로 했다.', '워낙 충동적으로 발행한 잡지인 만큼 정해진 것은 아무것도 없다. 원고가 모이지 않으면 다음 달에라도 폐간할지도 모른다.'

방충망에 큰 나방이 달라붙어 파닥파닥 몸부림을 친다. 점점 징그럽게 느껴져 몸서리를 치고 창문을 닫기로 했다. 잠자기 전에 남자 친구에게 모바일 메신저 '라인'으로 채팅을 하려다 그제야 휴대폰이 없다는 것을 깨달았다. 문예춘추사 살롱에서 본 것이 마지막이었다. 기쿠치 간의 욕심 가득한 눈빛이 머릿속에 되살아나 엄청나게 꺼림칙한 예감이 들었다. 그날 밤 좀처럼 잠을 이루지 못한 것은 미친 듯이 울어 대는 매미 때문만은 아니었다.

도시락 가게에서 오전 근무를 마친 나는 약속도 없는데 문예춘추사를 이틀 연속으로 찾아갔다. 살롱에 들어가자마자 곧장 기쿠치 간의 동상을 향해 카펫을 밟으며 걸어갔다.

이른 아침에 남자 친구가 집 전화로까지 연락해 잠에서 깬 뒤부터 나는 제정신이 아니었다.

"네 트위터, 난리 났어. 뜬금없이 왜 그런 소리를 한 거야?"

나는 황급히 며칠 만에 컴퓨터로 트위터에 접속했다. 내 계정은 일상의 소소한 내용을 가끔 생각날 때면 글로 올리는 정도라 신상이 노출될 리가 없다. 팔로워는 실제로도 알고 지내는 서른 명 정도였는데, 하룻밤 새에 1만 명 가까이 늘어나 있었다.

예상은 적중했다. 내 휴대폰은 동상 뒤쪽에 떨어져 있었다. 트위터 앱을 열자 셀 수 없이 많은 댓글이 달려 있고, 쪽지함도 터지기 직전이었다.

"저기요, 남의 걸 멋대로 사용하면 안 되죠. 아니, 내 휴대폰 비밀번호는 어떻게 알았는데요?"

나는 동상에 대고 따졌다.

"이 위치에서 자네가 휴대폰 만지작거리는 걸 얼마나 많이 봤는데~."

기쿠치 간은 후훗 하고 소녀처럼 웃더니 고개를 풀썩 고꾸라지듯 기울였다. 내 트위터 계정을 빼앗은 그는 자신이 '기쿠치 간'임을 밝힌 뒤 하룻밤 새에 글을 30건 넘게 올렸고 그것만으로 일약 트위터계의 인기인이 되었다. 가장 최신 글은 오전 8시 45분에 올린 "일본에서 최초로 미디어 믹스를 한 사람은 나야 나ㅋ"

라는 글로, 무려 1,400회 넘게 리트윗되었다. 기자 겸 작가, 코미디언 할 것 없이 기쿠치 간의 글에 자신의 의견을 달아 리트윗하는 등 지금 뜨고 있는 유명인을 자신과 적극적으로 엮으려는 사람들의 솜씨는 가히 감탄스러웠다. 게다가 인터넷상의 정보를 주제별로 모아서 편집한 정보 백과 사이트에서 "기쿠치 간에 빙의한 트위터 계정, 완전 재밌어." 하고 칭찬까지 받고 있었다. 박식한 네티즌의 댓글을 읽다 보니 나는 자연스레 기쿠치 간이 어떤 인물이었는지 알고 싶어졌다.

기쿠치 간은 다이쇼 시대(1912~1926)부터 쇼와 시대(1926~1989)에 걸쳐 활약한 합리주의를 중시하는 아이디어맨으로, 작가로서 희곡부터 소설까지 폭넓게 높은 평가를 받았을 뿐만 아니라, 편집자, 경영자로서도 매우 뛰어났다고 한다. 대표작으로는 《진주부인》, 《은혜와 원한을 넘어서》, 〈아버지 돌아오다父帰る〉가 있다. 선거에 입후보한 적도 있다. 노는 것을 좋아해 장기, 낚시, 테니스, 탁구, 노름, 춤 등 취미가 많았다. 문인극에서는 쟁쟁한 작가에게 배역을 맡기는 등 프로듀서의 능력도 뛰어나고, 사람과 사람을 연결하는 재능이 있었다. 그가 도움을 준 많은 작가는 재능을 꽃피워 후세에 이름을 남겼다. 내가 정말 좋아하는 《곰돌이 푸》의 번역가 이시이 모모코 씨도 기쿠치 간의 밑에서 일했다고 한다.

"트위터로 글 한번 올려 보고 싶었단 말이야! 계정 빌려주는 사람이 있어야 말이지."

그는 기분이 무척 좋아 보였다. 나는 하는 수 없이 어제 앉았던 자리에 다시 앉았다. 여느 때처럼 유니폼 차림의 여성 종업원이 다가왔지만, 왠지 주문을 받지 않고 다른 쪽으로 가 버렸다.

"아차, 그렇지. 자네 첫 작품이 실린 〈올요미모노〉를 여기 서고에서 찾아내서 읽었어. 굿 센스, 굿 센스! 나쁘지 않더라."

잘은 모르지만 기쿠치 간은 사람들이 다 퇴근해서 출판사가 비면 평범한 인간의 모습을 하고 마음대로 돌아다닐 수 있다고 한다. 컴퓨터나 인터넷도 잘 다루기 때문에 기본적으로 현대 사회에서 무슨 일이 일어나고 있는지 대체로 파악하고 있는 모양이다. 그는 "그러니까 2016년인 오늘날의 관습이나 상식 때문에 옛날 위인이 일일이 놀라 자빠지는, 타임 슬립물에 있을 법한 좌충우돌 전개는 기대하지 마." 하고 못 박았다.

"다행이야, 자네가 다시 와 줘서. 얘기하고 싶어서 혼났거든. 지금껏 내가 말을 걸었을 때 반응해 준 사람은 자네가 처음이야."

그는 싱글벙글 웃고 있다. 나는 왠지 조금 울고 싶어졌다.

"자네, 한가하면 내 얘기 상대 좀 해 줘. 내가 옛날부터 주변에 사람이 없는 상태를 견디지 못했거든. 그 긴긴 세월 동안 여기서 사람들이 얘기하는 걸 엿듣기만 해서 더 이상은 못 참겠어. 쌓인 아이디어로 폭발할 것 같다고. 그러니까, 응? 상대해 줘, 상대해 달라고. 나를 부를 때, '간'이라고 이름으로만 불러도 돼!"

"작가는 친구들이랑 왁자지껄하는 걸 좋아하는 유형이면 안 되는 줄 알았어요⋯⋯."

대학교 때 친구와 왠지 모르게 소원해진 것은 사회인이 된 친구들이 바빠서 일정을 맞추기가 어렵기도 하고 부모님 집에 얹혀살며 아르바이트하는 내 처지가 창피해서인 것도 있지만, 무릇 작가란 고독하게 집필에 힘써야 한다, 나 자신과 마주해야 한다고 생각한 탓이 크다. 누가 뭘 같이 하자고 해도 늘 완곡하게 거절했다. 직장에 다니는 남자 친구가 있는 것조차 왠지 좀 떳떳하지 못하기도 하고, 사하시 씨는 나의 이 하루하루를 별 어려움 없이 즐길 수 있는 성품을 노골적으로 못마땅해한다.

"어? 나는 친구랑 왁자지껄하게 어울리는 걸 좋아하는데. 그게 제일 즐겁잖아. 나는 사람 말고는 거의 관심도 없는걸. 미술품도 그렇고 자연의 경치도 시시해. 움직이지도 않고 말도 안 하잖아. 말 없는 아름다운 것을 보면 일단 칭찬부터 해야지, 안 그러면 사람이 아니다, 하고 압박하는 풍조가 있는데, 딱 질색이야."

나도 꽤 경박한 편이지만, 간 씨는 뼛속부터 껄렁한 것 같아서 오히려 경탄할 지경이다.

"내가 철칙으로 삼은 게 있는데, 바로 '생활이 먼저다.'라는 거야."

"생활이요?"

"그래, 예술보다 생활이 더 중요하다는 의미지. 자네 담당 편집자 말이야, 자네가 원고료 얘기 꺼냈을 때 대놓고 얼굴을 찌푸리더라. 그런데 돈을 위해 글을 쓰는 건 조금도 이상한 일이 아니야. 나는 가난에서 벗어나기 위해 글 쓰는 길을 택했다니까. 작가가 앞날에 대한 불안을 입 밖에 내거나 돈 얘기를 하면 안 된다니, 그거 직업 차별 아니야? 그래서 나는 작가가 슬럼프에 빠졌을 때 대학에서 느긋하게 공부하는 시스템이나 작가를 위한 양로원 같은 것도 생각했고, 실제로 작가 협회를 만들었어.* 아, 지금도 있을걸. 아직 가입 안 했지? 그럼 담당자한테 상담 요청해서 가입하는 편이 좋아. 회비를 내면 이것저것 도움 받을 수 있거든. 아니, 편집자가 이런 중요한 것도 안 가르쳐 준 거야?"

간 씨와 이야기를 나누다 보니 사하시 씨에 대한 긴장과 두려움이 누그러지는 것 같아 도리어 불안해졌다. 나는 아무래도 소설을 쓰는 것과 책을 내는 것을 엄청나게 특별하고 숭고한 일로 여긴 것 같다. 잘 생각해 보면 지금의 내 삶이 있어야 소설도 태어날 수 있는데 말이다.

"생각해 봤는데, 신인상을 받은 단편 작품에 얽매일 필요는 없어. 완전히 다른 작품을 시작하는 것도 괜찮지 않아?"

● 기쿠치 간은 1926년 문예가 협회를 설립해 문예가의 권리를 지키는 데 힘썼다.

전혀 생각지도 못한 발상이라 내심 놀랐다.

"그런데 편집자는 '소면'을 연작 단편으로 써서 책을 내라고 하던데요. 그게 지름길인 것 같고요…….."

"으음. 그걸 해낸다 해도 웬만큼 훌륭하지 않으면 묻혀 버릴 거야. 요즘 연작 단편이 얼마나 많은데."

왠지 간 씨가 나보다 더 현대 출판계 사정을 훤히 꿰뚫고 있는 것 같다. 이 살롱에서 사람들의 대화에 귀를 쫑긋 세웠기 때문일 테지만, 그게 전부는 아닌 것 같았다.

"네, 그렇긴 한데 일단 책을 내야지, 안 그러면 저는 아무것도 시작되지 않는걸요…….."

"그런데 자네, 왜 그렇게 자신이 없어? 반칙을 한 것도 아니고 정정당당하게 작품으로 수상해서 심사 위원에게 나름 좋은 평가를 받으며 등단했잖아."

"그렇죠, 그런데…….. 저는 진짜 평범한 사람이거든요. 가족도 화목하고 옛날부터 주변에 비교적 좋은 사람들만 있어서 좌절이나 배신을 경험한 적도 없어요…….. 더 쓰라린 경험도 해야 하는데…….."

"스톱. 그래 봤자 아무 의미 없어."

간 씨가 초콜릿색 얼굴을 찡그렸다. 나를 한심하게 생각하나 싶었지만, 아무래도 하품을 억지로 참은 모양이다. 눈가에 눈물이 조금 어려 있다.

"젊어서 고생은 사서라도 하라는 말 있잖아? 작가는 행복해지면 끝이라는 둥 여자 작가는 색다른 연애를 많이 해 봐야 한다는 둥. 그런데 그런 거 다 아무 소용없어. 가난해서 불행해지고 연애하면 명작을 쓸 수 있어? 그렇다는 보장 있어? 그런 정신론이야말로 가장 의미 없다고 생각해. 나는 마음에도 없으면서 의리상 어쩔 수 없이 베푸는 인정과, 근성이 있으면 뭐든지 할 수 있다는 근성론 같은 것도 진짜 싫어! 내가 가난해 봐서 잘 아는데, 고생해 봤자 성격만 비뚤어질 뿐이야. 고생을 많이 했는데도 착한 사람은 고생해서 성격이 둥글둥글하게 다듬어진 게 아니라 원래 인품이 훌륭한 희소한 유형이라고. 그렇잖아도 힘든 사람한테 고생도 해 보라는 둥 성격이 좋아야 한다는 둥 요구가 너무 많아. 별 어려움 없이 편히 지낼 수 있다면 그걸 부끄러워 말고 환경에 감사하는 마음으로 부지런히 앞서가면 되고, 그만큼 남을 도와주면 돼. 새롭고 편리한 게 나오면 주저 말고 수용했으면 좋겠어."

"하지만 그렇게 하면 깊이가 없다거나 편의주의라면서 핀잔을 들을 텐데요?"

"나 참, 내 인생 자체가 그야말로 편의주의라니까. 곤란할 때는 반드시 누군가가 도와줬어. 옛날에, 아, 제일고등학교에 다녔을 때 말이야. 아쿠타가와 류노스케랑은 그때부터 친했는데. 아무튼 내가 다른 학생의 교복 망토를 훔쳤다는 누명을 쓴 적이 있는데. 아, 물론 내가 그런 거 아니야. 다행히 의혹은 금방 풀렸어. 도와준 사람도 있었고. 나는 덜렁거리는 성격에 씻기를 싫어하는데도 다들 나를 아끼고 좋아해 주더라……."

간 씨가 막힘없이 술술 말하기 시작했다. 이 사람이 정말 다이쇼 시대부터 쇼와 시대까지 활약한 대문호일까. 마음속에서 의심이 피어났다. 그가 하는 말마다 너무 합리적이라 듣는 사람은 마음이 지나치게 편안해진다. 긍정적이고 심플한 그의 말이 이곳 살롱에서는 너무 가볍게 느껴졌다. 뭐, '살롱'을 만든 장본인이 그이긴 하지만……. 오히려 사하시 씨에게서 더 고뇌하는 예술가 분위기가 풍기지 않나. 이렇게 포동포동 살이 오르고 히죽히죽 웃는 사람이 작가여도 될 리가 없다. 나도 말은 이렇게 해도 사실 나 외에 작가라 불리는 사람을 만난 적은 없지만.

"자네가 밝고 마음씨가 고운 것과, 자네 소설이 〈올요미모노〉에 좀처럼 실리지 못하는 건 전혀 별개의 일이라 생각해. 재능이 없어서가 아니야. 굳이 말하자면 자네는 남의 의견이나 독자 같은 건 머릿속에서 싹 지우고 일단 글부터 많이 써 봐야 능숙해지는 유형이지. 쓰지 않으면 앞으로 나아갈 수 없어. 끙끙 앓지 말고 뚝딱 해치워 버려. 쓰고 싶은 대로 쓰라고."

느닷없이 간 씨의 안경 속 졸린 눈이 번쩍 빛났다. 그 시선 끝에는 몇 미터 떨어진 자리에 앉아서 멍하니 허공을 바라보는, 선이 가는 여성이 있었다. 꼭 어제의 나처럼 무료하고 어두운 오라가 온몸을 휘감고 있다.

"아, 저 사람 말이야. 딱 보니까 신인 작가네. 테이블 위에 순문학 문예지 〈문학계〉가 놓인 걸로 봐서는 순문학 작가인가 보군. 등단한 지 몇 년 안 된 것 같은데. 편집자한테 퇴짜 맞고 풀죽어 있어. 자네가 가서 힘든 점을 공감하고 위로도 해 주고 와. 친구가 될지도 모르잖아?"

나는 화들짝 놀라 얼굴 앞에서 두 손을 세차게 흔들었다.

"네에? 못 해요, 못 해! 갑자기 말 걸면 이상한 사람으로 오해받을 거예요. 대중문학과 순문학은 아무런 접점도 없다고요!"

"무슨 소리! 애초에 내가 이 살롱을 만든 건 작가들의 사교를 위해서라고. 그 만남 덕분에 수많은 걸작이 탄생했고, 끈끈한 인연을 맺게 된 사람도 얼마나 많은데. GO! GO! GO!"

"그런데 지금은 단순히 담당 편집자와 미팅을 하러 오는 곳이잖……."

"규칙 따위 깨 버려! 자, 내 안경 빌려줄게!"

"네? 필요 없어요! 콘택트렌즈 꼈는데 웬 안경이람!"

그 순간 롤러코스터를 탈 때처럼 강한 풍압이 온몸에 느껴졌다. 간 씨가 끼고 있던 안경이 호를 그리며 날아오더니 내 오른

손바닥 한가운데에 떨어졌다.

소파에 앉아 있던 나는 몸이 밑에서 위로 밀어 올려지듯 저절로 자리에서 일어났다. 한 손으로 안경을 접어 배낭에 넣으면서도 나는 내 의지와 상관없이 그녀를 향해 비틀비틀 걸어갔다. 뒤를 돌아보려 해도 목에 깁스를 한 것처럼 고개가 돌아가지 않고, 발끝은 앞으로만 향했다. 아아, 모르겠다. 될 대로 되라지. 눈앞에 불쑥 나타난 나를 그 신인 작가가 의아한 표정으로 올려다봤다. 나는 마음에 상처를 받지 않기 위해 여자만 보면 들이대다 거절당하기 일쑤인 '헌팅꾼'의 자세로 임하기로 했다.

"저기, 실례합니다만? 원고 퇴짜 맞으셨어요? 저도 그래요. 저는 〈올요미모노〉로 등단한 신인이랍니다. 열심히 하는데도 도통 원고가 실리지를 않아요. 글쎄, 열한 번이나 까였다니까요."

당연히 무시할 줄 알았는데, 그녀가 두피가 희미하게 보일 만큼 가는 머리카락을 나풀대며 대뜸 입을 열었다.

"어, 그럼 등단한 지는 몇 년 됐는데요?"

흐늘흐늘한 소재의 줄무늬 니트, 셀로판테이프로 이어 붙인 안경, 화장기 없는 창백한 얼굴이 조금 박복해 보이기는 하지만 눈썹과 눈꺼풀 언저리에서 지성의 번뜩임이 느껴지는 사람이었다.

"삼 년이요. 하라지마 사메코입니다. 본명이고요."

"저는 육 년 됐어요. 이름은 미야시타 아야메. 저도 본명인데,

한자 이름인 아야메를 가타카나*로 쓰고 있어요."

아무것도 묻지 않았는데도 그녀는 띄엄띄엄 말하기 시작했다. 담당 편집자를 기다리는 것 같지는 않아서 앉아도 되느냐고 묻자 그녀가 고개를 끄덕였다. 나는 조심스레 맞은편 소파에 앉았다.

〈문학계〉도 〈올요미모노〉와 마찬가지로 신인상 수상 후, 새 원고를 게재하기까지의 여정이 험난하다고 한다. 게다가 신인은 매월 권말에 실리는 '신인 소설 월평'에서 신랄한 비평까지 듣는 모양이다. 아야메 씨도 등단작인 단편이 실렸을 때 그곳에서 가차 없이 헐뜯었다고 그늘진 얼굴로 말했다. 문예지에 실리면 '합격 도장 꽝꽝'을 받은 셈이니 나머지는 단행본으로 묶여 출간될 때까지 알아서 해 주세요, 인 나와는 천지 차이였다. 만일 내가 심한 혹평을 받는다면 다시는 일어서지 못할 것이다. 벌써 아야메 씨를 존경하게 된 나는 나의 부족한 열정과 노력이 부끄러워졌다. 연락처를 교환하려 했지만 그녀는 휴대폰이 없다고 했다. 이메일 주소도 지금 당장은 생각나지 않는다고 한다. 그때 아야메 씨가 저기 좀 보라는 듯 불안해하며 내 뒤쪽을 가리켰다. 입구 쪽에서 사하시 씨가 나더러 오라고 손짓하는 것이 보였다. 아직 할 이야기가 많이 남은 듯한 그녀를 두고, 나는 편집자를 향

● 일본어 문자의 한 종류로 외래어, 의성어, 혹은 강조하고 싶은 표현 등에 주로 사용한다.

해 뛰어갔다. 땡감이라도 씹은 듯한 얼굴이 점점 가까워진다.

"아니, 지금 여기서 뭐 하는 겁니까? 오늘은 약속도 없잖습니까."

"그게, 어제 휴대폰을 놓고 가서 가지러 왔어요. 저기에 떨어져 있더라고요."

"방금 그분……, 미야시타 아야메 씨와는 아는 사이입니까?"

"아뇨, 실은 조금 전에, 제가 먼저 말을 걸어서 알게 됐어요."

사하시 씨는 숨을 크고 깊게 들이마셨다. 목 아랫부분이 씰룩씰룩 떨린다. 눈언저리가 차츰 적자색으로 물드는 것으로 보아 그가 몹시 화났다는 것을 알 수 있었다. 애석하게도 나는 그가 왜 화가 났는지조차 모른다. 내 행동을 되돌아봤지만 사하시 씨에게 폐를 끼칠 만한 행동은 없었다.

"지금, 그러고 있을 시간이 있습니까? 여기는 놀이터가 아닙니다."

"죄송해요. 그런데 살롱은 원래 작가들의 사교를 위한 공간이잖아요."

내가 조심스럽게 말하자, 사하시 씨는 이제까지의 그 어떤 순간보다도 분노에 찬 표정을 지었다. 혼나는 데에 익숙지 않은 나는 이것만으로도 벌써 울음이 날 것 같아서 냉정한 판단을 전혀 할 수 없게 되었다. 무엇보다 나는 이런 긴장감이 싫어서 취직하지 않는 길을 선택했다고 말할 수 있다.

"그 정도는 당연히 알죠. 설마 제가 우리 회사 역사에 대해 아무런 공부도 안 했겠습니까. 잘 들으세요. 물론 그런 목적에서 생겨난 문화도 있기는 합니다. 그런데 지금은 그런 시대가 아니잖습니까."

"죄송해요. 죄송합니다."

"지금 이 시대에 작가의 세계는 치열한 경쟁 사회입니다. 단짝 친구 놀이나 할 때가 아니라고요. 특히 당신 같은 신인은."

"죄소, 죄송합니다."

"최근 들어 좀 이상해 보이는 거 압니까? 잘 들으세요. 제가 친절해서 당신과 함께 원고를 고민하는 게 아니에요. 이건 일입니다. 늘 말하고 싶었는데, 당신은 진지함이 부족하다고 생각합니다. 책을 내고자 하는 신인은 다들 죽기 살기로 매달리더군요. 목숨을 깎겠다는 각오로 임한다고요. 등단하고 싶어도 못 하는 사람이 발에 채이도록 많습니다."

"죄송해요. 저도 장난으로 이러는 거 아니에요. 알겠습니다. 그럼 사실대로 말할게요. 실은, 목소리가 들려요."

미친 사람 취급을 받아도 좋다. 나는 솔직하게 털어놓기로 했다.

"여기 있는 기쿠치 간이 저한테 말을 걸어요. 안 들리세요?"

괜히 말했다! 사하시 씨가 눈을 휘둥그렇게 뜬 것을 보고 나는 격하게 후회했다. 그러고는 당장 뒤돌아 살롱 밖으로 후다닥 뛰처나갔다. 현관홀 접수처 앞의 테이블에 앉아 있던 아야메 씨가 벌떡 일어났다. 나를 기다리고 있었던 모양이다. 혼자 있기 싫었는데 그녀의 존재가 얼마나 고마웠는지 모른다.

우리는 문예춘추사를 나와 왼쪽으로 가다 프랜차이즈 카페인 '벨로체'에 들어갔다. 둘 다 가장 저렴한 메뉴인 뜨거운 홍차를 주문했다. 아야메 씨는 퇴짜 맞은 원고를 내게 건네더니 묻지도 않은 내용을 설명하기 시작했다. 내가 마음에 들었다기보다 누군가에게 이야기하는 것 자체에 굶주려 있다는 인상이었다.

여주인공은 지극히 평범한 회사원으로, 부모님이 돌아가시면서 나름 거액의 유산을 물려받는다. 결혼 계획 없이 지금 회사에서 꾸준히 근무할 생각이기 때문에 이번 기회에 평생 살 집을 마련하기로 결심하고 적당한 분양 주택을 보러 다닌다. 그런데 여자 혼자 왔다는 이유만으로 영업 사원이 번번이 무례하게 군다. "남편 분이나 아버님은?" 하고 의아하다는 듯 물어볼 때마다 그녀는 자신의 존재가 점점 희박해지는 느낌이 든다. 위화감을 품은 채 수많은 집을 보러 다니는 사이, 시간의 흐름도 공간의 개념도 뒤죽박죽이 되어 간다. 문을 열었더니 1만 개쯤 되는 문이 죽 늘어서 있거나, 분명히 계단을 걷고 있었는데 어느새 천장에 서 있기도 했다.

"왠지 상처를 받았어요."

아야메 씨가 불쑥 중얼거렸다.

"실제로 겪어 본 건, 아니에요. 제가 집을 살 돈이 있는 것도 아니고. 다만 일하면서 분양 주택에 물건을 전달할 일이 있어서 몇 번 가 봤거든요. 그런 곳은 저랑 아무런 상관도 없는데 이상하게 마음이 안 좋더라고요."

"왜 그럴까요? 죄송해요, 저는 그런 곳에 가 보질 않아서……."

"분양 주택은 어디든 그곳만의 독특한 인테리어로 꾸며져 있어요. '이런 가족이 살 것을 예상했습니다.' 하는 식의 밝고 화목하고 반드시 아이가 있는 설정의 가족 인테리어 말이에요. 꼭 이래야 한다는 압박감이 느껴진달까. 그 집에 없는 가공의 사람들의 존재에 짓눌리는 것 같았어요."

그 말을 듣는 사이, 아, 내가 한 가지 감정만 느끼며 사는 건 아니구나, 하고 당연한 사실을 갑자기 깨달았다. 나도 까닭 없이 상처를 받은 적이 있다. 정말 사소하고 민망한 일로. 엄마가 피곤한 얼굴로 할머니를 은근히 인정 없이 대할 때, 언니가 나를 보는 눈빛이 완전한 보호자의 눈빛일 때, 회사 사람들이 아빠를 별로 안 좋아하겠구나 싶은 몇몇 순간을 맞닥뜨릴 때, 남자 친구가 약간 마초적인 사고방식으로 나를 격려할 때. 전부 내 잘못인 듯한 기분이 들었다. 누구도 잘못하지 않았고 나는 그들에게 감사한 마음을 갖고 있다. 그런데도 매일 눈에 보이지 않을 만큼 작은 생채기가 났다. 물론 나는 좋은 환경에서 자란 어리광쟁이이지만, 그렇다고 아무것도 못 느끼는 것은 아니다. 아야메 씨가 세련되고 깔끔한 분양 주택에서 상처를 받았다고 했는데, 충분히 그럴 수 있다고 생각했다.

별로 내키지 않았지만, 아야메 씨가 재촉하는 바람에 '소면'의 명랑한 줄거리를 설명했다. 예상대로 그녀는 자기가 졸라 놓고도 심드렁한 얼굴로 듣고 있다 급기야 배에서 꼬르륵 소리를 냈다.

"배고파요? 샌드위치라도 시킬래요?"

그녀는 얼굴을 붉게 물들이고 기어 들어가는 목소리로 말했다.

"실은, 돈이 없어서……. 이제 집에 가야겠어요."

나는 별 깊은 생각도 없이 그녀를 재촉해 자리에서 일어났다.

"그럼 우리 집으로 가요. 먹을 거라면 얼마든지 있고 자릿세도 안 들잖아요."

지하철 한조몬선과 이노카시라선, 게이오선을 타면서, 그리고 집까지 이어지는 덮개 씌운 수로를 지나가면서 들은 바에 의하면 그녀는 복잡한 가정 환경으로 인해 기댈 친척 하나 없고, 고등학교를 졸업하고 나서 여러 직업을 전전하다 32세가 된 지금은 파견직으로 일하며 도쿄 고엔지의 연립 주택에서 혼자 살고 있다고 한다. 남들과 쉽게 어울리지 못하는 성격이기 때문에 회사에서 일하다 퇴근하면 거의 입을 열지 않고 생활하는 모양이다. 이렇게 말하면 큰 실례일 테지만, 그야말로 글을 쓰기 위해 태어났다고 할 만한 프로필에 아주 잠깐 부러움을 느꼈다가 곧바로 반성했다.

"어머, 오랜만에 친구를 다 데려왔네. 마침 저녁 차릴 건데, 먹고 갈래?"

아야메 씨의 드라마틱한 성장 과정을 듣고 난 직후인 탓에 초등학교 시절과 조금도 달라지지 않은 엄마의 현관 마중이 창피했다.

할머니는 신문을 보며 담배를 피우고 있고, 아빠는 할머니가 다 읽은 신문지를 펼쳐 놓고 잠두콩 껍질을 까고 있다. 놀러 와 있던 남자 친구는 언니와 나란히 앉아 비디오 게임을 하고 있었다. 두 사람이 손을 움직이면서도 이름을 댔기 때문에 나를 둘러싼 인간관계는 이로써 더 설명하지 않아도 얼추 소개가 끝난 셈이었다. 아야메 씨는 흥미진진해하며 "이런 건 처음이에요. 관객의 웃음소리가 녹음된 미국 시트콤 같아요. 여기 설마, 세트장은 아니죠……?" 하고 말했다.

우리는 식탁에 둘러앉았다. 아야메 씨는 처음에는 사양하더니 막상 밥상에 차려진 음식을 보고는 눈빛이 달라졌다. 그녀는 그 가냘픈 몸에 차조기를 넣은 치즈치킨가스, 간 무를 올린 여름채소조림, 내가 아르바이트하는 곳에서 받아 온 여주로 만든 여주

볶음을 잔뜩 욱여넣어 모두를 홀딱 반하게 만들었다. 신바람이
난 엄마가 줄줄이 내놓은 채소절임이며 매실절임도 맛있다는 말
을 연발하며 먹었다. 빈말이 아닌 증거로 흰쌀밥을 몇 그릇이나
먹었다. 디저트인 복숭아도 과즙을 줄줄 흘리며 먹어 치웠다.

"이제 가야 하는데, 정말 죄송해요. 제가 너무 폐를 끼쳤죠?"
하고 말하면서도 우리 집 책장을 구경하거나 엄마가 담근 과실
주를 맛보았다. 그러다 잠이 왔는지 빨래한 옷가지를 쌓아 놓은
소파에 벌렁 누워서 그대로 잠들었다. 예상 외로 야생아 체질인
그녀에게 나는 호감을 느꼈다. 그녀의 기척이 어딘지 모르게 조
용해서인지 우리 집에 타인이 와 있다는 긴장감이 전혀 없었다.

"옛날 생각난다. 너 대학생 때는 이렇게 모르는 애를 집에 데
려오곤 했는데."

엄마가 아야메 씨의 니트 위로 불거져 나온 견갑골 언저리에
보풀투성이인 타월 이불을 덮으며 들뜬 어조로 말했다. 그랬다.
불과 몇 년 전까지만 해도 우리 집에는 동아리나 세미나 동기가
끊임없이 찾아와서 소파 같은 데서 대충 자기도 하고 며칠씩 머
물다 가는 것이 당연시되어 왠지 매일 합숙하는 것 같았다.

나는 방으로 들어가 손수건에 싸 뒀던 간 씨의 동그란 안경을
조심스레 꺼냈다. 안경을 쓰면 재능을 조금은 나눠 받을 수 있을
까. 도수가 없는지, 안경을 써 봐도 시야에는 아무런 변화도 없

었다. 나는 벽에 세워 놓은 전신 거울 앞에서 점잔 빼며 포즈를 잡기도 하고, 문호인 것처럼 침대에 걸터앉아 휴대폰으로 셀카를 찍으면서 잠시 기분을 냈다. 그 상태로 아야메 씨가 맡긴 원고를 읽고 있는데 느닷없이 새빨간 글자가 튀어나와 소리를 꽥 질렀다.

"후홋. 깜짝 놀랐나?"

귀에 걸린 안경다리 근처에서 마치 조직의 리더가 인터컴의 소형 마이크를 통해 비밀 지시를 내리는 것처럼 간 씨의 목소리가 흘러나왔다.

"이렇게 먼 곳으로 의식이나 목소리를 보내는 것도 하려고만 하면 되거든."

"설마 아까부터 계속 보고 있었던 건 아니죠? 그건 훔쳐보는 거라고요. 옷이라도 갈아입고 있었으면 어쩔 뻔했어요?"

"아이쿠, 미안해. 사과의 뜻이라고 하기엔 뭐하지만 내 안경을 쓴 채 아야메 양의 원고를 다시 한번 읽어 봐."

원고로 시선을 되돌렸더니 아야메 씨의 담당 편집자의 필체가 아닌 것이 분명한, 힘차고 박력 있는 필체의 붉은 글자가 또다시 눈앞에 쑥 밀려 올라왔다. 기겁을 한 나는 하마터면 의자에서 굴러떨어질 뻔했다. 안경을 벗으면 튀어나온 글자가 사라진다. 3D 영화와 같은 원리다.

"이게 도대체 뭐예요?"

"그 안경을 쓰고 아직 세상에 발표되지 않은 원고를 읽으면 교정할 부분이 보이지. 정확하게는 내가 편집자라면 이렇게 교정하겠다는 의미이지만."

역사에 이름이 남은 초일류 편집자에 의한 교정……. 반영하면 엄청난 걸작이 탄생하지 않을까. 나는 곧바로 컴퓨터를 켜고 아쿠타가와상 후보 조건을 확인했다. 일 년에 두 번, 상반기와 하반기에 시상이 이루어지는데 하반기에 해당하는 작품은 6월부터 11월 사이에 발표된 작품이라고 되어 있다. 그렇다면 앞으로 두 달 안에 아야메 씨가 담당 편집자에게 OK를 받으면 이 작품이 다음 아쿠타가와상 후보에 오르는 것도 가능하다. 기본적으로 단행본으로 출간되지 않으면 후보에 오르지 못하는 나오키상과 가장 큰 차이점이다. 그동안 마감 기한도 없이 느슨하게 문예지에 실리는 것을 목표로 되는대로 원고를 썼던 나는 남의 일인데도 괜히 긴장이 됐다. 아야메 씨는 지금부터 분발하면 반년 후에는 전혀 다른 장소에 설 수 있다. 엄청나게 드라마틱한 것 같지만, 그것이 오직 작품으로만 승부하는 세계의 특징일지도 모른다.

"문예지 게재에만 얽매여서 정작 쓰고 싶은 이야기를 못 쓰는 건 의미가 없다고 생각해요. 그런데 아야메 씨의 경우에는 지금부터 분발하면 다음 작품으로 일약 스타가 될 가능성이 있어요."

나는 말을 하다 말았다. 이 즉흥적인 생각에 브레이크를 거는 것은 내가 과연 그러고 있을 시간이 있을까, 하는 찜찜함이다. 이렇게 아야메 씨의 일에 참견해 봤자 결국 내가 마주해야 할 문제에서 도망가는 것뿐이지 않을까? 내 망설임은 바로 안경다리를 통해 그에게 전달된 듯했다.

"누군가를 돕는다고 해서 자네 재산이 줄어들진 않아. 오히려 자네 자신에게도 좋은 경험이 될걸? 가와바타 야스나리°가 인기가 전혀 없던 시절에 내가 그에게 이런저런 조언을 해 줬는데, 나도 많은 공부가 됐거든."

이 사람은 남에게 뭘 하든지 뭘 주든지 간에 조금도 아깝지도 않고, 그로 인해 닳아 해지는 그릇도 아닌 것이다. 이렇게 내 일에 상관하는 것조차 놀이의 일종으로, 어쩌면 그것이 삶의 보람일 수도 있겠다고 생각했다. 뭐, 이미 죽은 사람이지만.

"실은 아쿠타가와°가 자살하기 직전에 말이야, 나 있는 곳에 몇 번이나 찾아왔거든. 하필 내가 자리에 없을 때였어. 한 번이면 그나마 괜찮은데 그게 여러 번 반복되는 바람에. 마지막까지

- 1899~1972. 소설가. 1968년 《설국》으로 노벨문학상 수상
- 1892~1927. 일본 근대문학을 대표하는 소설가. 대표작으로 단편 〈라쇼몬〉, 〈코〉, 〈지옥변〉 등이 있다. 사후 문예춘추사 사장이자 절친한 친구인 기쿠치 간이 '아쿠타가와상'을 제정했다.

전혀 알아차리지 못했어. 운이 나빠도 그렇게 나쁠 수가 없지. 그 일이 자살의 도화선이 되지 않았을까 싶어서 엄청난 자책감에 시달린다니까. 정말, 그때…… SNS가 있었으면 얼마나 좋았을까 싶다고!"

도입 부분이 심각해서 진지하게 듣고 있던 나는 '뭔 소리야.' 하는 생각이 절로 나오는 결론에 어처구니가 없었다.

"그렇잖아. 그때 아쿠타가와가 나한테 '지금 어디야?' 하고 라인 메시지 한 건만 보냈어도 해결될 일이었어. SNS가 사람들 마음을 황폐하게 한다고들 하는데, 그렇지 않아. 물론 나쁜 면도 있지. 그런데 SNS 덕분에 위로받는 일도 분명히 많아!"

무슨 일이든 덮어놓고 부정부터 하는 사람이 있는데, 간 씨는 그런 사람이 아니었다. 미지의 것도 일단 받아들이고, 곧바로 자기 것으로 만들기 때문에 유령이 되어서도 아이디어가 넘치는 것이다.

"하고 싶은 말이 뭐냐면, 모처럼 사귄 친구니까 할 수 있는 건 최대한 하는 게 좋고, 살아 있는 동안은 최대한 많이 만나는 게 좋다, 이 말이야. 나오키 산주고*랑 아쿠타가와가 죽고 나니까 나도 맥이 탁 풀리더라. 의욕도 떨어지고 죄다 시시하게 느껴졌

● 1891~1934. 소설가. 대표작으로 시대소설 《남국태평기》 등이 있다. 사후 문예춘추사 사장이자 절친한 친구인 기쿠치 간이 '나오키상'을 제정했다.

어. 뭐랄까, 녀석들은 나랑은 달랐거든. 오직 글을 쓰기 위해서만 태어난 인종이라는 느낌이었어. 내게는 없는 매력을 지닌 친구란 참 좋은 거거든. 녀석들이 있었을 때는 정말 하루하루가 재미있었는데. 그 시절을 조금이라도 떠올리고 싶은 마음에 이름을 따서 문학상을 만들었지."

"죄송한데요, 좋은 이야기라고는 생각하는데, 좀 대충대충……이지 않나요?"

"어, 맞아. 내가 뭘 결정할 때는 다 그냥 그러는 게 좋을 것 같아서거든. 의미는 나중에 급하게 부여한 거야."

간 씨가 친구를 위해서라고는 하지만 결국 어떻게 하다 보니 결정한 일이 문단의 확고한 규칙이 되어 버렸고, 이 때문에 후세의 작가와 편집자가 진지하게 고민하고 초조해한다고 생각하니 왠지 머리 위를 짓누른 자욱한 안개가 걷히는 느낌이었다. 아야메 씨가 놓인 상황은 나보다 더 혹독할지도 모르지만, 그녀는 빛을 받을 가능성이 높다. 그렇다면 아야메 씨를 곁에서 돕는 데 힘쓰는 것도 의미 있는 일이라는 생각이 들었다. 무엇보다 대강 훑어봤을 뿐인데도 그녀의 원고는 경쾌하면서도 가시가 돋쳐 있어 매우 재미있었다.

"규칙 따위는 신경 쓸 것 없다니까 그러네. 두 문학상을 처음에 생각해 낸 나도 분위기를 타다 그런 거니까 자네처럼 젊은 사람이야 얼마든지 깨부숴도 되지. 쇼와 시대 사람인 우리가 만들긴 했지만, 순문학과 대중문학의 장벽이 있는 것도 일본뿐이거든."

"저, 역시 지금은 이 안경을 사용하지 않을래요. 제 눈으로 아야메 씨의 원고를 읽고 도대체 뭘 어떻게 하면 좋을지 생각해 봐야겠어요."

와, 그거 진짜 의미 있겠는데! 하고 간 씨가 콧노래를 흥얼거리기 시작했다.

책상 앞 의자에 다시 바르게 앉아 안경을 벗고 아야메 씨의 원고에 눈길을 떨구었더니 신기한 일이 벌어졌다. 강력한 힘이 내 어깨를 붙잡고 몸을 일으키더니 활짝 열린 창밖으로 데려갔다. 나는 밤하늘로 높이높이 올라갔다. 매미 울음소리가 작아지더니 이윽고 완전히 사라졌다. 아득한 저 아래에 우리 집의 녹색 지붕과 마당과 주변 밭이 보인다. 내 몸은 밤바람에 날려 둥둥 떠다녔다. 집 앞의 수로와 상점가, 아르바이트하는 도시락 가게, 남자 친구가 일하는 홈센터, 아빠가 일하는 구청, 전철역. 여름의 밤하늘은 뜨뜻미지근하고 풋내가 난다. 손발에 힘이 조금도 들어가지 않는다. 그렇지 않아도 현실감이 희박해지는 계절과 시각이다. 이제는 몸의 어디에도 뚜렷한 감각이라는 것이 남아 있지 않았다. 의외로 그런 것일지도 모른다. 막차에서 승강장으로 쏟아져 나오는 수많은 사람을 내려다보면서 생각했다. 다들 지친 얼굴을 하고 있었다. 시대 같은 것은 관계없다. 원래 이 세상에 확실한 것은 아무것도 없으며 그 어떤 일도, 직업도 보장되지 않는다. 그렇다면 재미있는 일을, 내가 즐겁게 할 수 있는 일을 믿어야 단연 삶이 풍요로워지지 않겠는가. 몸에서 힘을 빼자 나는 갑자기 잘 날 수 있게 되었다.

문득 옆을 봤더니 양복 차림의 간 씨가 있었다. 나처럼 두 팔두 다리를 활짝 펴고 떠다니고 있었다. 눈이 마주치자 그는 가만히 있어도 구깃구깃한 얼굴을 더 찌그러뜨리듯 웃었다. 나는 푸하하 소리를 내며 웃었다. 우리는 새벽녘까지 지하철 게이오선을 따라 별이 전혀 보이지 않는 밤하늘을 날아다녔다.

계절은 한겨울이지만, 문예춘추사 살롱에 가면 어김없이 아이스커피를 주문하고 만다.

"저기, 이 검시럽 굉장히 맛있네요. 어떻게 만들길래 이렇게 맛있어요?"

아야메 씨에게 용기를 내서 말을 건 그 여름날 이후 나는 사교성을 되찾았다.

아직도 기쿠치 간의 동상에 안경을 돌려주지 못하고 있다. 동상에서 안경이 사라지는 바람에 한때는 난리가 났었던 모양이다. 물론 돌려줄 생각으로 안경을 가지고 이 살롱을 계속 찾아왔지만, 누가 볼까 신경 쓰여 번번이 실패로 끝났다. 결국 그 안경은 '100엔 숍'에서 산 케이스에 잘 보관해서 불단 서랍에 숨겨 놓았다. 꼼수는 역시 좋아하지 않는다. 정말 곤란할 때 한 번쯤은 의지할지도 모른다.

작가의 세계는 치열한 경쟁 사회라고 하지만, 계속 이기지는 않더라도 차근차근 끈질기게 살아남으면 되거니와, 반드시 싸워야 할지라도 내 나름의 스타일을 선택할 자유는 있을 것이다. 무기도 그렇고 싸움 방식도 말이다.

"무슨 특별한 비법이라도 있나요?" 하고 묻자, 유니폼 차림의 여성이 흔쾌히 가르쳐 주었다.

"아아, 실은 검시럽을 끓일 때 볶은 원두를 넣어 주거든요."

"와, 저도 다음에 해 봐야겠어요!"

드디어 새해가 밝았다.

아야메 씨는 '문학계 신인상' 수상 후 첫 단편으로 아쿠타가와상을 수상했다. 수상 연락은 우리 집 거실 전화기로 왔다. 우리 가족과 내 남자 친구가 지켜보는 가운데 나와 아야메 씨는 서로 얼싸안고 기뻐했다. 그녀는 그 여름부터 거의 우리 집에서 살다시피 했다.

지금도 문예춘추사 정면 현관에는 미야시타 아야메의 사진이 들어간 수상 작품의 포스터가 붙어 있고, 전국 어느 서점에 가더라도 그녀의 수상 인터뷰가 실린 〈문학계〉가 산더미처럼 쌓여 있다. 수상자 기자 회견에서 수상 소감을 발표할 때 살짝 얼빠진, 그러나 누구도 상처 주지 않는 센스 있는 말씨가 화제를 불러 그녀는 지금 언론 매체의 섭외 1순위가 되었다. 빈곤 가정 출신임을 솔직하게 말하고, 독특한 명랑함을 지닌 작풍과 고지식할 정도로 성실한 분위기가 이 시대 대중들이 원하는 작가상(像)에 딱 들어맞았다.

　나와 아야메 씨는 두 달 동안 거의 매일 밤 이마를 맞대고 나중에 아쿠타가와상을 받은 〈골든 하우스〉를 다듬고 또 다듬었다. 성공 요인은 내 조언 덕분이라기보다 그녀가 우리 집에서 지내며 생활의 대부분을 해결한 덕분에 파견직 일을 줄이고 집필에 집중할 수 있어서였는지도 모른다. 내 직감적인 판단으로 가족 이야기를 그리는 대신 집 구조 자체에 초점을 맞추는 방향으로 원고를 수정했다. 그녀가 이미지를 떠올릴 수 있도록 둘이서 분양 주택을 보러 다니며 다양하게 변주된 집들을 머릿속에 집어넣었다. 그녀의 말대로 여자 둘뿐인 손님은 구경만 하고 사지 않는 손님으로 여겨져 무시당하는 일이 많았다. '이런 가족이 살 것을 예상했습니다.' 하고 자신만만하게 선보이는 인테리어는 어딘지 뒤틀려 있고 독선적이었다. 나는 아야메 씨가 말한 '위화감'인지 뭔지를 알게 되었다. 어쩌면 우리가 소설을 씀으로써 각자의 방식대로 맞서려 하는 것은 같은 종류의 사회의 억압일지도 모른다.

이렇게 아야메 씨를 다소나마 돕고 격려한 것으로 나는 그제야 내 환경을 받아들일 수 있게 되었다. 가족이 화목한 것도, 건강하게 자란 것도 내 개성이자 귀중한 배경이다. 더 가진 만큼 구두쇠가 되지 않고 내 재산을 주위에 나눠 주면 그만이다. 간 씨가 인심이 좋고 남을 잘 돌본 것은 본래 사람을 좋아하기 때문이기도 하지만, 자신의 오지랖 넓은 성격을 남사스럽게 여겨 우물쭈물 망설이고 싶지 않았고 또 그렇다고 현재 상황에 안주하고 싶지도 않았기 때문이리라.

지난 몇 달 동안 기쿠치 간에 관한 문헌은 물론 그의 대표작인 〈아버지 돌아오다〉와 《진주부인》도 찾아 읽었다. 그의 작품은 지금의 가치관에서 보면 '응?' 하고 의문이 드는 부분도 있고, 용감한 '진주부인'이 결국 죽는 것도 납득이 가지 않는다. 걸리는 부분이 없는 것은 아니지만, 당시로서는 가족주의에 회의적인 작가인 동시에 상당한 페미니스트로, 실제로 여성에게 많은 기회를 주었다는 사실도 알 수 있었다. 그리고 실제로 '그래 봤자 아무 의미 없어.'가 입버릇이었던 모양이다.

나는 간 씨에게 말을 걸었다.

"저는 이렇다 할 큰 상처도 없고, 목숨을 깎으면서까지 노력할 바엔 그냥 잠이나 자고 싶은데요. 그, 뭐라고 해야 하나. 사소한 순간에, 예를 들어 뉴스를 보거나 남과 대화를 하거나 전철을 타거나 하면 괜히 상처 받을 때가 있어요. 왜 그런지는 저도 잘 몰라요. 그리고 느긋하게 있으면 안 된다, 행복해지면 안 된다며 누군가에게 혼나는 기분이 들 때가 있어요. 그런 기분을 느끼는 건 어쩌면 나뿐만이 아니겠다는 생각도 들고……. 잘 표현하지는 못하겠는데, 아무튼 그런 것에서 해방될 수 있는 소설을 쓰고 싶어요."

연말연시 연휴를 이용해 완성한 원고는 이번에도 퇴짜인 모양이다. 미팅은 이제부터지만 간밤에 사하시 씨가 보낸 메일을 읽고 어쩐지 알게 되었다.

"저, 결심했어요. 〈소면 데드 코스터〉를 연작 단편으로 쓰는 거, 그만둘 생각이에요. 신인상 받은 작품은 일단 머릿속에서 지워 버리고, 완전히 다른 이야기를 장편으로 쓸 거예요. 무슨 이야기를 하고 싶은지가 최근에 어렴풋이나마 보이기 시작했거든요. 그걸 이제부터 담당 편집자에게 똑똑히 얘기할 거예요."

원고를 이리저리 고치기를 반복한 탓에 '소면'의 설정과 등장인물을 미워하는 지경에 이르렀다. 애초에 긴 이야기로 상정하지 않았기 때문에 쓰다 막히는 것도 생각해 보면 극히 당연한 사태였다.

아야메 씨에 대한 질투가 전혀 없다고 하면 거짓말일지 모르지만, 그녀만이라도 이 진창에서 헤어날 수 있어 기쁘다. 나는 작가로서 아직 한참 부족하지만, 재미있는 것을 발견하는 안테나는 날카로울지도 모른다. 그렇다, 기쿠치 간처럼 프로듀싱 센스를 다소나마 품고 있을지도. 한때는 우리 집에 거의 매일같이 눌러살았던 아야메 씨이지만, 지금은 자기 집으로 돌아간 지 오래고 많이 바쁜지 거의 연락도 없다. 어쩔 수 없는 일이고, 조만간 또 함께 놀 수 있게 되지 않을까 하고 생각한다.

"멀리 돌아가게 될지도 모르지만, 이미 충분히 돌고 돌았으니 이만하면 됐지, 하는 생각이 들어요. 첫 책을 출간할 때까지 길고 긴 여정이 될 테니 아르바이트비 저축하면서 마음잡고 노력할 거예요. 신인의 연작 단편은 지금 포화 상태인 데다 저보다 훨씬 잘 쓰는 사람은 얼마든지 있을 것 같거든요."

내내 입을 다물고 있던 간 씨가 얼굴을 구기며 웃었다.

"맞는 말이야. 편집자가 하는 말을 하나부터 열까지 지킬 필요는 없어. 어디까지나 조언이니까. 자네가 쓰고 싶은 건 자네 스스로 정해야지."

이로써 누구의 탓도 하지 못하게 되었다. 나는 각오를 굳혔다. 생각해 보면 나는 지금껏 사하시 씨에게 모든 판단을 맡기고 의존했다. 그가 나에게 쌀쌀맞았던 것도 당연하다. 규칙을 따르는 것은 실은 그게 가장 편하기 때문이다.

"게다가 해 보고 싶은 것도 많이 생겼어요. 간 씨처럼 집필 외에도 이것저것 말이에요. 더 다양한 책을 읽고 싶고 외국어도 공부해 보고 싶어요. 여행도 가고 유채화도 그리고 사람도 만나고 뮤지컬도 보고 싶어요. 물론 자립도 포기하지 않을 거예요."

"그래그래, 뭐든 다 해 봐. 대신 그 경험을 소설에 활용하니 마니 하는 좀스러운 생각은 해 봤자 아무 의미 없어. 아, 그럼 이참에 나랑 춤추지 않을래?"

간 씨는 정말 인기가 많았을지도 모른다……. 나는 지난 몇 달 동안 닥치는 대로 읽은 간 씨의 여자관계에 대한 수많은 일화를 떠올렸다. 추잡하고 상스러운 일화도 많아서 환멸스럽고 싫어지기도 했지만, 보다시피 그에게서는 어딘가 곰돌이 인형 같은 분위기가 풍겨 그 일화를 전적으로 믿지는 않았다. 그런데 이렇게 보니 상대방이 부담을 느끼지 않도록 자연스럽게 권하는 방식이 참으로 훌륭하다.

"그런데 저는 춤을 한 번도 춰 본 적이 없어요. 간 씨의 발을 밟을 게 뻔할 텐데요?"

내가 머뭇거리고 있어도 간 씨는 개의치 않았다.

"내가 59세에 죽은 그날도 집에서 춤을 췄다니까? 춤추고 생선초밥을 먹은 뒤 협심증으로 죽었지. 그런데 말이야, 춤 실력은 정말 형편없었어. 아무리 해 봐도 노래도, 춤도 다 꽝이었지. 다들 날 보며 많이 웃더라. 그런데 나는 노래와 춤이 정말 좋았어. 좋아하는 걸 하면 얼마나 즐거운데. 뭐 어때? 자네가 즐거우면 뭐든 다 해도 돼. 남이 어떻게 생각하든 그건 그 사람의 문제지, 자네가 떠안을 문제는 아니잖아."

간 씨는 사는 것 자체를 정말 좋아했구나. 나는 기분이 좋은데도 괜스레 코끝이 찡해졌다. 뭔가를 이룬다기보다 그저 살아서 뭔가를 보고 느끼는 것을 정말 사랑했구나. 내게 이토록 의욕을 주는 간 씨는 생전에 많은 일을 저질렀는지 칭찬과 비난을 동시에 받았지만 본바탕은 선한 사람 같았다.

나는 여전히 책도 나오지 않았고 문예지에 이름도 실리지 못했다. 실린다 한들 이 출판 불황에 일반 독자에게 내 작품이 가닿는 것은 아득히 먼 훗날이 될 것이다. 일본 문학사 전체로 보면 쌀알만 한 존재라는 것에는 변함이 없다.

"아가씨, 한 곡 추시겠습니까?"

그 순간 동상의 웃는 얼굴이 허공에 이중으로 둥실 떠올랐다. 햇빛 때문인가, 하고 나는 눈을 깜빡였다. 하얀 빛 속에 기쿠치 간이 번져 간다. 어느새 땅딸막한 중년 남성이 나를 내려다보고 있었다. 다름 아닌 동상에서 빠져나온 기쿠치 간이었다. 그가 내 발밑에 정중히 무릎을 꿇었다. 그렇게 해 준 남자는 그가 처음이었다.

네, 기꺼이, 하고 나는 미소를 머금고 우아하게 오른팔을 내밀었다. 처음 닿은 간 씨의 손가락은 따뜻하고 땀이 끈적하게 배어 있었다. 살롱의 풍경이 빙글빙글 돌기 시작하더니 기쿠치 간의 각진 얼굴만이 선명하게, 내 세계의 바로 앞에서 웃고 있었다.

사하시 마모루는 속수무책으로 살롱 입구에 서 있었다.

하라지마 사메코가 큰 원을 그리면서 빙글빙글 춤추고 있다. 발로는 경쾌한 스텝을 밟고, 두 팔은 마치 보이지 않는 파트너의 몸에 내맡긴 듯이 그녀의 가슴보다 높은 위치에 올린 채, 오른팔은 세우고 왼팔은 옆으로 둥글게 뻗어 단단히 고정하고 있다. 매우 즐겁다는 듯 반짝반짝 빛나는 눈으로 약간 위쪽을 응시한 채 다른 곳은 아예 쳐다보려 하지도 않는다.

살롱에 있는 모든 편집자와 작가가 저 무명의 신인을 멀찍이 둘러싸고 구경하며 공포와 호기심에 표정을 굳히고 있다. 문고 서적부 남자 직원이 이쪽으로 탓하는 시선을 흘끗 보내 왔다. 굳이 말하지 않아도 사내에서 그녀의 기행을 자신의 탓이라고 여기는 것은 명백했다.

사메코는 원래 이상했지만 최근에는 더 심해졌다. 혼잣말로 중얼대는 일이 늘었고, 눈도 깜빡이지 않고 한 곳을 물끄러미 보곤 한다. 마치 담당 편집자가 군기를 심하게 잡아서 이상해졌습니다, 하고 말하려는 듯해서 더욱 화가 난다. 친절해야 한다, 마음을 느긋하게 먹고 잘 지내야 한다고 아무리 자신을 타일러도 막상 그녀를 만나면 어김없이 매정한 말투가 튀어나온다.

사메코에게는 농담이나 약간의 빈정거림이 전혀 통하지 않는다. 무슨 말을 해도 고지식하게 받아들여 상대방을 통째로 집어 삼킬 듯한 기세로 덤벼든다. 사메코가 원고에 죽기 살기로 매달릴수록 '사회의 톱니바퀴에 불과한 네가 나처럼 장래성 있는 젊은이를 어설프게 대하는 건 절대 용서 못 해.'라는 비난을 온몸으로 받는 기분이 들어 진이 다 빠진다. 이만큼이나 퇴짜를 맞으면 조금은 풀이 죽을 법도 한데 말이다.

사하시는 예전에 작가를 꿈꾸었다. 그 에너지와 진지함은 저 여자에 비할 바가 아닌 데다 우울함과 서글픔 가득한 청춘 시절이었다. 죽어도 좋다고 생각할 만큼 열렬한 사랑을 했다. 사하시는 확실히 써야 할 이야기를 가지고 있었던 것이다.

저 여자는 글재주가 없다. 문학적 지식과 어휘가 압도적으로 부족하다. 소설을 제대로 배우지도 않았고, 듣기로는 고독이나 좌절도 모른 채 주위에서 권하는 대로 응모했더니 단박에 등단하게 되었다고 한다. 모든 작가 지망생과 한때 작가를 꿈꾸었던 사람에 대한 모욕이라고밖에 볼 수 없었다. 자신의 행동은 결코 정신적인 괴롭힘이 아니다. 그녀를 위해서 다른 작가보다 엄격하게 대했을 뿐이다. 자신의 한계를 마주하고 한 번 제대로 깊은 상처를 받으면 된다. 그러나.

그녀가 타인을 곁에 얼씬도 못하게 할 만큼 강렬한 개성의 소유자라는 것은 사하시도 인정할 수밖에 없다.

지금 사메코는 누가 보든 말든 상관 않고 춤추고 있다.

사메코에게 상처를 줄 수 있는 사람은 결국 아무도 없지 않을까 하는 생각이 들게 하는 자기 자신을 향한 깊은 몰입, 절대 불가침의 영역을 지닌 사람 특유의 투명함이라고는 전혀 없는 눈빛을 하고 있다. 그 견고한 벽은 언뜻 종잡을 수 없는 홈드라마 같은 그녀의 작품에도 잘 나타나 있다.

스스로도 놀랄 만큼 긴 한숨이 나왔다. 원고 교정의 마무리를 앞두고 있어 몹시 피곤했다. 이제 멋대로 하게 놔두면 된다. 자신과 저 여자는 무관하다. 어느 세계에 저런 정신 나간 여자와 이인삼각을 할 수 있는 편집자가 있단 말인가. 그렇지 않아도 문예춘추사는 부서 이동이 잦기로 유명하다. 한 명의 작가에게 홀딱 반한다 한들 영원히 담당할 수도 없다. 겨우 책 한 권 출간한 뒤에 팔리지 않으면 곧바로 관계는 끊긴다.

만에 하나 그녀에게 영능력이 있다 해도 이곳에 기쿠치 간의 유령이 나타날 리가 없다. 왜냐하면 그가 죽은 것은 이곳 도쿄

기오이정에 문예춘추사 건물이 들어서기 전이기 때문이다.

살롱의 바에서 술이 제공되었을 무렵처럼 작가와 편집자가 마음을 터놓고 실컷 놀기도 하며 손을 맞잡고 창작에 몰두했던 시대가 다시는 돌아오지 않을 것을 잘 알고 있다. 그런데도 사하시는 도저히 눈을 뗄 수 없었다. 왜냐하면 사메코만큼 즐거워 보이는 작가를 일찍이 이 살롱에서 본 적이 없기 때문이다.

큰 소리로 웃으면서 빙글빙글 왈츠를 추는 사메코를 오늘도 안경을 쓰지 않은 기쿠치 간이 무거워 보이는 눈꺼풀 너머로 다정하게 지켜보고 있었다.

둔치 호텔에서 만나요

택시가 해안선에 바싹 다가붙어 완만하게 커브를 틀었다.

줄곧 나란히 달리던 에노시마 전철이 앞질러 간 순간, 쇼난 해안으로 튀어나온 절벽 위 호텔이 전방에 나타났다. 8월의 끝 무렵의 바다는 온화한 청회색으로, 모래사장에는 서핑 보드를 옆구리에 낀 사람이 몇 명 있는 정도였다. 택시는 에노시마 전철의 건널목을 건너 산으로 이어지는 가파른 언덕길을 천천히 올라갔다. 관광객인 듯한 젊은 남녀가 휴대폰을 들고 언덕길과 그 앞에 서 있는 호텔을 사진에 담고 있었다. 모리는 그 광경이 만족스러운 나머지 삼십 대쯤 돼 보이는 택시 기사에게 말을 건넸다.

"이야, 저 사람도 참 대단하네. 지금도 이 호텔은 팬에게 '성지'로군."

"아, 그렇죠. 요즘 멀리서 일부러 사진 찍으러 오는 사람이 많거든요. 듣기로는 무슨 인기 심야 애니메이션에 나왔다고 하던데요. 이 언덕길이."

택시 기사가 가벼운 말투로 대답한 것을 듣고 모리는 아무것도 모르는군, 하고 그를 한심하게 여겼다. 그런데 비스듬히 기운 차창 너머로 잘 살펴보니 관광객들은 모두 소년 만화 그림이 그려진 티셔츠를 입고, 가방이나 휴대폰에 굿즈인 듯한 열쇠고리를 매달고 있었다.

주차장은 일정한 간격으로 심은 야자수에 둘러싸여 있었다. 그곳에 들어서자 가지런히 늘어선 호텔의 유리창이 산비탈에 잇닿은 별장을 비추어 마치 집어삼키는 것 같았다. 볼을 스치는 바람에서 염분을 머금은 습기가 사라져 상쾌하다.

"어서 오십시오, 모리 선생님. 저희 직원들 모두 기다리고 있었습니다."

호텔 입구에 택시를 대자마자 낯익은 지배인이 쏜살같이 나와 머리를 깊이 숙이고는 안내 직원이 들고 있던 모리의 짐을 낚아채듯 가져갔다. 그의 태도는 결코 호들갑이 아니다. 모리가 1992년에 출간한 연애소설 《영원의 낙원》에서 가마쿠라에 위치한 이 호텔을 무대로 등장시킨 덕분에 이곳은 통칭 '둔치 호텔'로 불리며 일세를 풍미했기 때문이다. 가정이 있는 남녀의 사랑을 그린 애절하고 에로틱한 모리의 소설은 평단의 극찬을 받고 상을 수상했을 뿐만 아니라 무려 2백만 부나 판매되고 영화와 드라마로도 제작되어 큰 인기를 끌면서 급기야 《영원의 낙원》은 사회 현상으로까지 불렸다. 당시 '둔치 호텔'을 이용하는 불륜 커플은 끊이지 않았고, 주인공들이 즐겨 먹은 와인과 디너 코스가 인기인 것은 물론 두 사람이 숙박한 스위트룸도 한때는 예약이 어렵기로 유명했다.

로비로 들어가 완벽하게 닦인 대리석 바닥에 발을 내딛자마자 모리의 얼굴에 모래가 잔뜩 묻은 비치볼이 날아왔다. 비치볼은 발치에서 몇 번 튕기더니 데굴데굴 굴러갔다. 콧속이 시큰하게 아파 왔다.

"할아버지, 미안~."

작은 남자아이가 모리의 얼굴을 제대로 보지도 않고 바로 옆을 쌩하니 달려갔다. 지배인도 고객의 아이인 만큼 주의를 주기가 어려운지, "어디 다치신 곳은 없으십니까?" 하고 쩔쩔맬 뿐이었다.

모리는 손수건으로 얼굴을 닦으며 새삼 로비를 둘러봤다. 호텔이 보였을 때부터 어렴풋이 품었던 위화감이 지금 뚜렷한 형태를 이루었다. 온 사방에 어린아이가 뛰어다니는 것이다. 어쩌다 보니 삼 년 만에 이 호텔을 다시 찾아왔는데, 그새 분위기가 확 바뀌었다. 담배와 술 종류만 취급하던 매점에는 불꽃놀이용 폭죽이며 곤충 채집망이 진열되어 있다. 로비 중앙에는 계절이 물씬 느껴지는 꽂꽂이 장식이 철거되었고, 대신 회의실에서 쓸 법한 패널에 크레파스로 휘갈긴 지지리도 못 쓴 글씨가 몇 장이나 얌전히 장식되어 있다. 가까이 가서 보니 아무래도 '어린이 하이쿠• 전시' 같았다.

'잔멸치덮밥 / 바다와 에노전철 / 엄마의 미소 – 우스이 가오루.'

금색 리본이 반짝이는 것으로 보아 이게 대상이로군······. 모리는 등줄기에 꺼림칙한 한기를 느꼈다. 아무리 불경기라지만 호텔의 격이 떨어질 대로 떨어졌다. 유행이 끝난 후에도 일정한 격은 유지하고 있었을 터인데. 모리는 축제 후의 고요함이랄까, 김 빠진 샴페인 같은 나른한 호화로움도 사랑했다. 이 호텔은 무척 시끌벅적한 해수욕장에서 떨어진 고지대에 위치해 고객층도 점잖고 세상의 이목을 피하는 커플에게 안성맞춤인 공간이라 모리 자신이 개인적으로 거듭 이용했던 경험에서 《영원의 낙원》의 구상을 번뜩 떠올린 것이었다. 뒤에서 지배인의 목소리가 났다.

"이것은 저희 호텔 오너가 운영하는 슈퍼마켓에서 주최한 '전국 칠석 하이쿠 경연 대회'에서 금상을 받은 네 살짜리 어린이의 하이쿠입니다. 부상으로 저희 호텔에 가족 모두가 2박 3일간 머물 수 있도록 초대했습니다."

● 5 · 7 · 5의 3구(句) 17자(字)로 된 일본의 정형시

문득 주위를 둘러본 모리는 남녀의 향기가 나는 조합이 한 팀도 없다는 사실에 충격을 받았다. 팔랑대며 돌아다니는 아이를 가는눈으로 지켜보는 것은 할아버지와 할머니뿐이었다.

　"한동안 안 온 새에 고객층이 많이 바뀌었군."

　추궁할 셈으로 한 말이었지만, 지배인은 들뜬 목소리로 대답했다.

　"네, 《영원의 낙원》의 유행을 타고 90년대에 커플로 이용해 주신 손님께서 지금은 손주분과 함께 와 주고 계십니다. 고객의 니즈에 맞춰서 각종 서비스는 대폭 가격 인하를 하고, 손주분과 함께 식사나 수영을 즐길 수 있는 '그랜드파 그랜드마 플랜', 통칭 '그래그래플랜'이 현재 저희 호텔의 인기 상품이죠. 그래그래플랜을 이용하시는 손님은 햇살이 차분한 이맘때를 가장 선호하십니다. 《영원의 낙원》과 연관된 와인 메뉴와 서비스도 물론 그대로 남아 있습니다만, 연세가 많으신 손님과 어린이 손님도 맛있게 드실 수 있는 잔멸치덮밥이 큰 호평을 받고 있지요. 모리 선생님도 한번 드셔 보시겠습니까?"

　아직 치아는 괜찮다고 대꾸하려던 순간, 허리에 무지근한 통증이 스쳤다. 돌아보니 바가지 머리를 한 작은 여자아이가 할아버지, 하고 모리의 무릎에 매달려 있다. 자신을 올려다보는 아이의 얼굴을 보고 모리는 가슴이 소란해졌다. 긴 속눈썹으로 테를 두른 까맣고 촉촉한 눈망울을 지닌, 아역 배우를 해도 될 만큼 사랑스러운 여자아이였기 때문이다. 아이 아빠인지, 사십 대의 땅딸막한 남자가 유모차를 밀며 잽싸게 달려왔다. 딸과 닮은 구석이라고는 없이 눈, 코, 입이 살에 파묻힌 아빠의 얼굴은 유모차 안에서 손가락을 빠는 더 작은 남자아이 쪽이 물려받은 것 같았다.

"죄송합니다, 실례했습니다. 얘가 노인, 이 아니라 시니어 남성을 본 적이 거의 없어서 지금 신기해 이러는 거예요. 아까부터 할아버지, 가 아니라 나이 지긋하신 남성만 보면 말 걸기 바쁘답니다."

고기완자처럼 생긴 남자는 땀을 뻘뻘 흘리며 횡설수설을 늘어놓았다. 흐늘흐늘한 티셔츠 곳곳이 땀에 젖어 얼룩졌다. 촌티를 못 벗은 재수생 같은 옷차림과 달리 머리는 흰머리가 섞여 있고 얼굴은 벌겋게 익었다. 예전 같았으면 이 호텔에 절대로 발을 들이지 못했을 부류인 그를 보고 모리는 맥이 쑥 빠졌다.

"저희는 양가 아버지가 다 돌아가셨거든요. 요즘 어린이집에도 꽤 많아요, 나이 많은 사람끼리 결혼해서, 처음부터 할아버지가 없는 아이가……, 아차, 정말 죄송합니다!"

육십 대 후반에 그런 식으로 불릴 이유는 없다고 반박하고 싶었지만, 여자아이가 속눈썹을 내려뜨리고 풀 죽어 있기에 가까스로 말을 삼켰다. 부녀 일행에게 등을 돌리고 모리는 체크인에 집중했다. 원래 아이를 좋아하지 않는다. 올해로 마흔두 살이 되는 딸은 해외로 나간 뒤 연락 한번 제대로 하지 않는 것으로 보아, 가령 딸이 앞으로 출산을 한다 해도 손주 얼굴을 보여 줄 가능성은 매우 적지만 별로 대수로운 일도 아니다. 모리는 지배인을 따라가 엘리베이터를 탔다.

여느 때처럼 통칭 '영원룸'으로 불리는 최상층의 스위트룸으로 안내를 받았다. 빳빳한 커버가 씌워진 침대에 걸터앉아 짐을 풀고 나서야 겨우 한숨을 돌렸다. 한쪽 벽면을 차지한 통창으로 사가미만(灣)과 에노시마가 내다보인다.

아침놀이 수평선을 녹이고 물결 사이를 연분홍으로 물들이는 그 순간을 기미코는 무엇보다도 사랑했다. 그녀는 내가 지금도 그림을 그릴 수 있다면 이 순간을 영원히 남길 텐데, 하고 슬프게 읊조렸다. 미대를 졸업한 그녀는 저명한 화가인 남편의 모델 겸 아내가 되는 길을 택했을 때 스스로 붓을 꺾었다. 무엇보다도 예술을 가장 사랑하기 때문에 오히려 그런 선택을 했다고 할 수 있다. "기미코." 하고 모리는 작게 불러 봤다.

챙이 넓은 밀짚모자와 흰 원피스 차림을 좋아해 밤에 그토록 대담하게 흐트러질 수 있다고는 상상도 못 할 가련한 모습의 여자였다. 그런 그녀의 모습은 고스란히 《영원의 낙원》의 여주인공, 도와코로 탈바꿈해서 전국의 남자들을 열광시켰다.

갑자기 가슴이 답답해진 모리는 침대에서 일어나 발코니로 나갔다. 기미코는 호텔의 이 방에서만 보이는 에노시마 등대를 유난히 좋아했다. 모리는 수영복으로 갈아입고 옷장에 비치된 샤워 가운을 걸친 뒤 발코니에서 이어지는 나선 계단을 사뿐사뿐 내려갔다. 이 호텔은 스위트룸에서 곧장 풀 사이드로 내려갈 수 있는 장점이 있어 수영을 좋아하는 그녀는 이 계단을 자주 왔다 갔다 했다. 아직도 절벽 위에 그물망이 쳐져 있고 추락 방지용 난간이 곳곳에 설치돼 있는 것은 그 소설의 마지막 장면이 논란을 일으킨 탓이었다.

오후 4시가 가까워서인지 걱정과는 달리 수영장에는 아이를 동반한 손님은 보이지 않았다. 모리는 안심하고 파라솔이 달린 선베드에 눕고서 지나가는 젊은 남자 직원에게 마티니를 주문했다. 약 40미터 길이의 수영장 물은 라무네* 유리병처럼 옅푸른 빛깔을 띠고 잔물결이 끊임없이 찰락거렸다.

모리는 눈을 감았다. 그러자 기미코가 옆에 있는 것처럼 느껴졌다. 있잖아요, 선생님, 하고 그녀는 늘 수줍은 목소리로 속삭였다. 수영복을 입은 채 이렇게 칵테일을 마시는 것을 특히 좋아했

● 탄산수에 시럽과 향료를 가미한 청량음료로, 독특한 유리병과 그 속에 든 유리구슬이 특징이다.

다. 기미코와 함께 있으면 항상 남자들의 타는 듯한 시선이 여기 저기서 느껴질 만큼 주목을 받았다. 그녀의 남편이 모리의 책 표지 디자인을 맡은 것을 계기로 개인전에 초대받아 갔을 때 눈과 눈이 마주쳤고, 밀회를 거듭하는 사이 자연히 연인으로 발전했다. 두 사람의 관계는 출판계에서 공공연한 비밀이었고, 쉰 살이 넘은 편집자들은 아직도 모리의 무용담이라며 풀어놓곤 한다.

모리가 눈을 뜨자, 옆 선베드에 놀랄 만큼 기미코를 닮은 검은 색 비키니 차림의 미인이 누워서 조용히 바다를 바라보고 있었다.

"혼자 오셨습니까? 괜찮으시면 마티니를 대접해 드리고 싶군요."

모리는 몸이 뜨거워지는 것을 느끼고 말을 건넸다. 미녀는 도발적인 미소를 띠더니 완벽하게 굴곡진 몸매를 과시하듯 훌쩍 일어나 물속으로 사라졌다. 그녀의 손에 이끌리듯 모리도 덩달아 물가로 다가갔다. 발끝에 뭔가 탱탱한 것이 닿았나 싶은 순간, 수영장과 바다와 하늘의 3층으로 된 푸름이 뒤집어졌다. 염소 냄새가 나는 물이 목에서 코로 넘어와 비명을 지르려 했지만 기관이 막혀 버렸다. 아름다운 인어가 물속을 떠다니며 이쪽을 이상하다는 듯 쳐다보는 기분이 들었다. 할아버지이, 하고 멀리서 목소리가 들렸다.

정신을 차리고 보니 모리는 두툼한 목욕 수건에 감싸여 풀 사이드 한구석에서 덜덜 떨고 있었다. 따뜻한 손길이 등을 살살 쓸

어내리고 있다. 주변 손님이 자신을 안쓰럽게 보는 것이 창피해 견딜 수가 없다. 오랜만에 접하는 타인의 손길에, 목구멍에 뭔가 단단한 것이 울컥 넘어와 얼결에 뱉어 냈더니 온몸이 녹아 버리는 기분이었다.

"죄송합니다. 저희 애들이 튜브를 내던지는 바람에 이렇게 되었습니다."

모리는 남자의 굵은 목소리에 흠칫 놀라 돌아봤다. 로비에서 맞닥뜨린 부녀가 또다시 모리를 들여다보고 있었다. 여자아이는 디즈니 인어공주 같은 복장을 하고 있다. 아직 말도 잘 못할 것 같은 남자아이는 노란색 물고기 복장이었다. 수영복 차림의 고기완자가 손으로 가리킨 방향에는 거대한 조개 모양의 튜브가 있었다. 저 튜브에 발부리가 걸려 수영장에 빠진 모양이다.

"정말 죄송합니다. 아까부터 계속 폐를 끼치는군요……."

잔뜩 위축된 남자를 보고 있었더니 아물어 가느라 간지러운 상처를 시원하게 긁는 듯한 쾌감이 일어 금세 활력이 돌아왔다. 모리는 목욕 수건으로 몸을 단단히 감싸고 일부러 콧방귀를 뀌었다.

"시대가 바뀌었군. 내가 아는 이 호텔은 아이를 데리고 쉽사리 올 만한 곳이 아니었는데 말이야."

"그러게 말입니다. 애초에 이런 전통 있는 호텔은 제 힘으로는 도저히 묵을 수 없거든요. 아이 덕분에 운 좋게 올 수 있었답니다."

"앗! 설마, 그, 로비에 붙어 있던 하이쿠! 자네 애가 쓴 거였나!"

모리가 비난을 가득 담아 소리쳤지만, 남자는 활짝 웃었다. 그러자 눈, 코, 입이 살에 점점 빨려 들어가 고기완자가 슈마이로 변했다.

"네, 우스이 가오루, 첫째 가오루의 하이쿠입니다. 동네 슈퍼에서 칠석에 연 대회인데, 마침 히라가나를 쓸 수 있게 돼서 응모해 봤죠. 제목은 '가마쿠라의 추억'입니다. 아내가 옛날부터 가마쿠라 바다와 잔멸치를 무척 좋아하고 이 호텔도 워낙 동경했거든요."

이제 그만 이 자리를 떠나고 싶지만 모리는 저도 모르게 질문을 하고 말았다.

"자네⋯⋯, 우스이 군은 혼자 왔나? 아내는 어쩌고?"

"지옥에 있어!"

가오루라고 불린 여자아이가 별안간 큰 소리로 끼어들어 주변 손님이 이쪽을 조용히 쳐다봤다. 우스이는 딴사람처럼 무서운 얼굴로 딸을 야단쳤다.

"그런 말 하면 못써! 가오루, 지옥이라는 말은 안 돼! 엄마가 불쌍하잖니."

"안 불쌍한데. 나는 엄마 싫어! 왜 여기 없어? 나, 엄마 보고 싶어. 히카루도 나랑 똑같을걸!"

"그건……."

우스이는 말을 잇지 못했다. 가오루가 으앙 하고 울음을 터뜨렸다. 히카루라고 불린 둘째 아들도 덩달아 훌쩍이더니 누런 콧물을 질질 흘렸다. 우스이는 두 아이를 굵은 팔뚝으로 한꺼번에 끌어안고 진지하게 타일렀다.

"아무튼, 엄마를 나쁘게 말하면 못써."

"그런데 할머니가 엄마는 지옥에 있다고 했잖아! 아파트 아줌마들도 그러던걸. 엄마는 바보야! 엄마 보고 싶어! 엄마 어딨어!"

지옥, 지옥, 하고 둘째 아들도 누나를 따라 소리쳤다. 콧물이 아빠 팔에 들러붙어 현수막처럼 쭉 늘어났다.

"그만!"

엉엉 우는 아이들과 당황하고 쩔쩔매는 애 아빠를 보는 사이, 약 삼십 년 전의 기억이 되살아났다. 그렇다……. 그 여름, 모리와 기미코는 감미로운 지옥에서 업화에 불타고 있었다. 세상으로부터 비난받고 가족에게 상처를 주고 이 호텔로 도망쳐 왔다. 죄의식이 도리어 두 사람을 더욱 타오르게 했다. 그렇다. 이 남자는 업화의 반대편에 있었을 터인 존재다.

가오루가 예쁘장한 얼굴을 누구에게 물려받았나 생각하면 그 엄마라는 사람은 지금 눈앞에 있는 남자와는 전혀 어울리지 않는 미인임에 틀림없다. 우스이의 외모와 언행으로 봐서, 안됐지만 애인과 도망간 것은 타당하다고 할 수 있다. 모리는 갑자기 어떤 생각이 번뜩 떠올랐다.

"자네 이야기를 천천히 듣고 싶군. 저녁 7시에 여기 꼭대기 층에 있는 바에서 만나면 어떤가? 내가 대접하지."

대답을 기다리지 않고 모리는 지체 없이 그곳을 빠져나왔다. 한시라도 빨리 방에서 이 아이디어를 정리하고 싶었다.

샤워를 하고 새 셔츠와 치노 팬츠를 입은 다음, 모리는 원고지를 앞에 두고 손을 비볐다. 우스이를 모델로 《영원의 낙원》의 속편을 쓰는 것이다. 아내를 빼앗긴 남자의 시점에서 레이와 시대 (2019~현재)에 걸맞은 연애소설을 쓰면 모리 쇼이치로의 신경지를 열었다고 평가받을 것이다. 무대는 지난번과 같이 '둔치 호텔'이다. 여름의 끝 무렵에 남자가 어린 딸과 함께 휴가를 보내러 온다. 거기까지 갈겨쓴 모리는 아까 가오루의 카랑카랑한 목소리와 남동생의 누런 콧물이 떠올라 얼른 그 이미지를 지워 버렸다. 가오루의 사랑스러움은 그대로 살리고, 나이는 손이 가지 않는 나이로 올리기로 했다. 열다섯 살, 과묵하고 어른스러운 미소녀, 나오코, 로 하자. 아버지 대신 집안일을 돌볼 수 있는 나이로 설정하면 주인공을 자질구레한 일에서 벗어나게 할 수 있을 뿐만 아니라, 모리가 거의 관여하지 않은 육아 묘사도 생략할 수 있다. 모리는 머릿속에서 가오루를 성장시켜 자신의 취향으로 꾸몄다.

뇌가 오랜만에 회전해 손끝이 근질근질하다. 요즘에는 강연회 일만 하느라 소설의 세계에서 부쩍 멀어졌다. 모리 자신도, 지금껏 모리와 술자리에서 어울린 남자들도 전부 남의 아내를 빼앗는 쪽에 있는 사람뿐이었다. 반대편에 있는 남자를 접해 본 경험은 없다. 글 쓰는 사람으로서의 피가 끓는다. 아내에게 배신당해 상처받은 남자가 다시 인생에 복귀하기 위해 필요한 소재란 무엇일까.

물론 술과 뛰어난 미모의 여성……. 이것저것 적어 두는 사이, 눈 깜짝할 새에 해가 지고 바다에는 어두운 남색이 드리워졌다. 모리는 커튼을 치고 방을 나섰다. 바에는 약속 시간보다 훨씬 일찍 도착했다.

아이를 동반한 투숙객이 거의 대부분인 탓인지 바의 어둑어둑한 카운터에는 등이 파인 드레스 차림의 미인이 혼자 있을 뿐이었다. 모리는 낯익은 초로의 바텐더 건너편에 앉아 위스키를 홀짝이며 그녀의 옆얼굴을 물끄러미 쳐다봤다. 아까 수영장에서 본 미인과는 다른 의미에서 기미코를 닮았다는 생각이 들었다. 마티니를 대접하자, 그녀는 의미심장한 미소를 띠고 잔에 손도 대지 않은 채 자리를 뜨더니 다시는 돌아오지 않았다.

등 뒤의 쪽창으로 내려다보이는 밤바다로 그녀가 사라진 듯한 여운을 느끼고 멍하니 있는데, 우스이가 늦은 것을 사과하며 또 박또박 걸어왔다. 놀랍게도 그는 주름진 짧은 목에 가오루를 매단 채, 작게 코 골며 자는 히카루를 태운 유모차를 밀고 있다. 아이들은 당연히 어딘가에 맡기고 오는 줄 알았기에 모리는 내심 기가 찼다.

우스이는 딱히 미안해하는 기색도 없이 스툴에 털썩 앉고는 신기한 듯이 사방을 두리번거렸다. 가오루는 설탕과자 같은 물빛의 드레스풍 네글리제로 갈아입었고 한껏 신이 나 있었다.

"너는 이다음에 크면 엄청난 미인이 되겠구나. 그렇다고 남자를 울리면 안 된다."

모리가 한쪽 눈을 찡긋해 보였지만, 가오루는 불끈 화가 난 것처럼 얼굴을 찌푸렸다.

"나는 울보 아니야. 크면 엘사가 될 거야!"

그렇게 말하고는 자못 황홀한 눈빛으로 비쳐 보이는 소재의 잠옷을 내려다보더니 그 자리에서 한 바퀴 돌아 치맛자락을 둥실 띄우고는 쿡쿡 웃으면서 스툴에 기어올랐다. 눈을 가늘게 뜨게 하는 여자다움에 '나오코'의 몸짓과 향기가 떠오르는 듯해 모리는 장단을 맞췄다.

"가만있자, 겨울나라인지 뭔지 그거로군. 그 정도는 알지. 공주님이구나."

"공주님 아니야, 눈의 여왕이야!"

가오루는 아직 할 말이 많다는 듯이 바 카운터에 턱을 얹었지만, 우스이가 휴대폰을 건네자 입을 딱 다물고 동영상에 빠져들었다.

"바람직하지 않군. 이런 교육은. 자네가 그림책이라도 읽어 주면 될 텐데."

모리가 핀잔을 주자, 우스이는 편해서 그만, 하고 머리를 긁적였다.

"내가 만나자고 했으니 한턱 내지. 뭐든 다 마셔도 돼."

"아앗, 정말 그래도 됩니까? 고맙습니다. 그럼 한 잔만 해도 될까요? 실은 제가 술을 잘 못해서. 달콤한 칵테일로 부탁합니다."

모리는 실망했지만 마음을 가다듬고 바텐더에게 말을 걸었다.

"《영원의 낙원》, 지금도 만들 수 있나?"

그는 가볍게 눈짓으로 승낙하고 거울처럼 반짝이는 셰이커를 위아래로 흔들기 시작했다.

잘 생각해 보니 '겹띠동갑' 이상 차이 나는 젊은 남자와 술을 마시는 것은 처음이었다. 한때는 거의 매일 밤마다 편집자들과 함께 긴자로 몰려 나간 것이 거짓말인 것처럼 최근에는 일찍 자고 일찍 일어나는 습관이 몸에 배었다. 우스이에게 어른의 미학을 이것저것 가르쳐 주고 싶은 마음이 들었다.

모리는 본래 남을 돌보는 것을 좋아했다. 그러나 정도가 지나쳐 어느새 남자들이 멀어지곤 한다. 그래서 모리의 친구 역할은 늘 애인이 겸했다.

웨이터가 내민 유리잔을 우스이는 넋을 잃고 봤다. 하얀 셔벗이 떠 있는 새파란 칵테일은 여름 바다를 연상케 하지만, 이윽고 서서히 보라색으로 변한다.

"와, 신기하네요. 색깔이 점점 달라져요."

"블루멜로라는 허브를 사용합니다."

바텐더가 일러 줬다. 표면의 레몬 셔벗이 녹기 시작하면 이번에는 부드러운 핑크색으로 물든다. 우스이는 한 모금 마시고 진심으로 맛있다는 듯 한숨을 내쉬었다. 모리는 득의양양해져 어깨가 들썩거렸다.

"바다에 아침 햇살이 비치는 한순간을 칵테일로 재현한 거야. 《영원의 낙원》의 클라이맥스에 나오는, 이 호텔에서 보이는 아침놀의 바다라네."

"그러고 보니 《영원의 낙원》이라는 이름, 어디선가 들어 봤는데요."

우스이는 잠시 칵테일을 보고 바 전체를 훑어본 뒤 아아, 하고 외쳤다.

"그렇지, 제가 초등학생이었을 때 텔레비전에서 했었어요. 상당히 야한 드라마였잖아요. 부모님 몰래 재방송 보는 게 유행이었는데. 끝내줬지요, 90년대는. 지상파에서 젖꼭지를 보여 줬잖아요! 아, 젖꼭지라니 죄송합니다!"

우스이는 얼굴을 붉히고 머리를 숙인 뒤 변함없이 휴대폰에 푹 빠진 가오루의 눈치를 살폈다. 모리는 울컥 화가 치밀었지만, 바텐더는 우스이를 유난히 친절히 대하며 상냥하게 설명까지 곁들였다.

"저희 호텔은 소설에 나올 뿐만 아니라 영상화될 당시 로케 현장이 되기도 했습니다. 이번에는 원작자인 모리 선생님을 위해 영화에서 사용한 것과 똑같은 잔으로 칵테일을 만들어 드렸습니다."

우스이는 깜짝 놀란 듯이 잔과 모리를 번갈아 봤다. 모리는 일부러 성가시다는 듯이 코앞에서 손을 홰홰 내저었다.

"세상에! 아차, 야하다고 해서 죄송합니다. 와, 모리 씨는 작가 선생님이었군요. 다음에 사인해 주세요!"

"내 이야기는 됐어. 자네 이야기를 듣고 싶군."

"제 이야기요?"

예상대로 우스이는 이게 무슨 소린가 하는 표정이었다. 모리는 위스키를 내려놓고 잎궐련을 꺼내 불을 붙였다.

"그래, 자네 인생 이야기. 관심이 많아."

"으음. 재미없을 수도 있고, 아무런 감흥도 없을지도 모르는데요."

우스이가 고개를 숙였다. 향긋한 연기가 피어오르고 바텐더가
잔을 닦는 희미한 소리만이 편안하게 울렸다. 잎궐련을 권하자
그는 건성으로 거절하고 드디어 입을 열었다.

"실은 저희가 어린이집 마흔 군데에 떨어졌거든요."

달그락, 위스키 잔 속에서 얼음이 허물어졌다. 모리는 그런 이
야기를 듣고 싶은 게 아니야, 하는 말을 삼키고 가까스로 여유로
운 미소를 띠고 다음을 재촉했다.

"아침마다 첫째와 둘째를 각각 다른 어린이집에 보내는 것부
터 하루가 시작돼요. 저는 패밀리 레스토랑 점장으로 일하고 있
고요."

우스이가 무섭도록 지루한 이야기를 시작했다. 오래도록 이어
지는 이야기에 자꾸만 잠이 와서 버티기가 힘들었다. 아르바이
트생은 인근 대학의 이과생이 많아 기말고사 시즌이 되면 다들
근무 일정을 조절해 출근하지 않기 때문에 우스이 혼자 홀을 맡
고 있다는 고민을 모리는 거의 흘려들었다. 이대로는 눈꺼풀이
달라붙을 것 같아 흐름을 바꾸기로 했다.

"음, 그러니까, 아내와는 어디서 어떻게 만나게 되었나?"

"아내는 구 년 전에 손님으로 만났어요. 늦은 밤에 꼭 혼자 오는
여자 손님이었는데, 백화점 행사 매장 주임이라고 하더라고요."

"그래서 두 사람은 어떻게 시작되었나?"

자기 이야기에 귀를 기울여 준 것이 기쁜지 우스이의 말과 표정에 생기가 돌았다.

"그녀는 늘 혼자 와인을 마셨어요. 잔으로 몇 잔이고 주문해서 마시길래, 어느 날 디캔터로 마시는 편이 더 저렴하다고 귀띔한 것이 시작이었죠."

우스이는 문득 등 뒤의 바다에 시선을 주었다. 등대에서 곧게 뻗은 탐조등이 이곳 바에까지 닿을 것 같았다.

"첫째 아이가 생기기까지 오래 걸려서 둘째가 이렇게 금방 생길 줄은 몰랐어요. 아내가 출산 후에 많이 힘들어했는데, 저는 그런 것도 전혀 모르고……."

잠든 히카루와 동영상에 푹 빠진 가오루를 번갈아 보고 그는 깊은 한숨을 내쉬었다. 모리는 조용히 물었다.

"자네는 그 이야기의 결말을 어떻게 생각하나?"

"죄송해요, 결말까지는 기억이 안 나요. 불륜 이야기였던 것 같은데, 맞나요?"

우스이가 미안하다는 듯 고개를 숙이기에 모리는 설명하기로 했다.

"그래, 맞아. 해서는 안 될 사랑을 한 끝에, 여주인공인 유부녀 도와코는 이 호텔에서 애인과 최고의 밤을 보낸 뒤 발코니에서 바다에 몸을 던지지. 그녀의 시신이 발견되지 않은 채 이야기는 막을 내린다네."

코퀴(cocu), 즉 아내를 빼앗긴 남자에게 이런 이야기를 하는 건 가혹한가 싶었지만, 우스이는 원래 둔한 성격인지 눈썹을 팔자로 하고 고개를 끄덕였다.

"남편에게 불륜이 들통나서 위자료라도 청구 받았나요? 아니면 남편이 이혼을 안 해 줘서 자포자기의 심정으로 그런 거예요?"

"그것도 있긴 한데, 아니야."

모리는 친절하고 자상하게 가르쳐 줬다.

"요컨대 그녀는 행복의 절정에서 제 손으로 인생을 마감하고 싶었던 거야. 주체적인 삶을 위한 궁극의 선택이라고 할 수 있지."

"네에? 아니, 아직 이혼도 안 한 상태잖아요. 그럼 그 남자의 호적에 오르지도 않았는데, 그게 왜 행복의 절정이라는 거예요?"

우스이는 정말 무슨 영문인지 모르겠다는 얼굴을 하고 있다. 아내가 도망간 것도 납득이 간다는 생각이 들어 모리는 왠지 그가 가여워졌다.

"그러니까, 사랑하는 남자와 사랑을 나누고 몸도 마음도 절정을 맞은, 그 한순간이야말로 그녀의 여자로서의 정점이었던 거지. 인생에서 가장 아름다운 순간이었어. 그래서 스스로 목숨을 끊은 거라네."

"그러기엔 너무 아깝잖아요. 앞으로 더 행복해질 거였는데, 그 사람 혹시 우울증 증세가 있었던 건 아니에요?"

동영상이 끝났는지, 가오루가 골을 내며 날카로운 비명을 질러 이야기가 끊겼다.

"자네, 한번 잘 생각해 보게. 이혼하고 애인과 함께한다 해도 막상 두 사람의 생활이 시작되면 어떻게 될 것 같나? 그녀는 가정을 꾸린 경험이 있으니까 더 잘 아는 거지. 하루하루의 자질구레한 일 속에서, 점점 사라지지 않겠나? 순수한 형태의 사랑이라는 것이……."

"하루하루의 자질구레한 일이라……."

휴대폰을 조작해서 가오루에게 건네며 고개를 갸웃거리는 우스이를 보고, 그거야, 지금 자네가 하고 있는 그 행동이 바로 그거라고, 하고 모리는 속을 부글부글 끓이며 생각했다.

"그럼 남자가 집안일을 절반 이상 부담하고 그녀와 함께할 시간을 내겠습니다, 하고 계약서를 쓰면 해결되잖아요."

바텐더가 잔을 놓쳐 떨어뜨릴 뻔했다. 실례했습니다, 하고 지금껏 그의 입에서 한 번도 나온 적이 없는 당황한 목소리가 나왔다. 모리는 기가 막혔다. 제가 뭐 이상한 말을 했나요? 하고 우스이가 어리둥절해하는 표정으로 포동포동하게 살이 오른 볼을 처덕처덕 만졌다.

"굳이 죽을 것까지는 없을 것 같아서요……. 상대방이 죽고 싶을 만큼 앞으로의 생활이 불안하다고 하면, 잘 이야기를 나눠서 집안일을 더 많이 맡는 것쯤은 아무것도 아니지 않나요? 서로 사랑하는 사이잖아요."

"아니, 집안일 가지고 그러는 게 아니라……. 자네도 연애할 때가 아내와 더 남자와 여자로 마주할 수 있었을 것 아닌가? 지금보다 여유롭고 윤택했을 테지. 그 점은 사실 아닌가?"

"으음, 그렇긴 하네요. 그 무렵에는 밤 근무를 하고 나면 늘어지게 잘 수 있었으니까요."

우스이가 당장에라도 군침을 흘릴 듯한 표정으로 중얼거렸다.

"그런데 그 무렵은 '가성비'에 무관심했던 것 같아요. 외식 대신 집에서 밥을 해 먹게 되면서 저축도 늘었거든요. 알뜰하게 경품 행사 정보를 찾아본 덕분에 이렇게 꿈에 그리던 호텔에 묵게 되었고 아파트 장만을 위한 대출도 될 것 같고요……."

"돈 이야기가 아니라, 나는 영혼의 이야기를 하는 걸세!"

모리는 욱해서 고함을 지르고 주먹으로 카운터를 쳤다. 이놈이고 저놈이고 돈이나 정성을 들이지 않고 큰 결과를 얻으려고 야비하게 어슬렁거린다. 지성에 경의를 표할 줄을 모른다. 무료 동영상에 푹 빠진 가오루마저 얄밉게 보였다.

"죄송합니다, 워낙 없이 살았다고 해야 할지, 실제로 가난하다

보니, 저도 모르게……."

우스이는 굽실굽실 사과했다. 이렇게 정신이 빈곤한 사람들만 많다 보니 책이 안 팔리는 시대가 되는구나 싶어 모리는 콧방귀를 뀌고 스카치위스키를 새로 주문했다.

"저와 마리는 둘 다 꽉 찬 나이에 결혼을 해서 아이를 빨리 갖고 싶었어요. 원래 그렇게 생겨 먹은 영혼이라고 해야 할지, 달콤한 시간 같은 건 없었을지도 몰라요. 그런 점에서 모리 씨는 인기가 많으셨을 테니 풍요로운 인생이었겠네요."

그 말을 듣고 모리는 금세 기분이 좋아졌다.

"뭐, 이런저런 일이 있었지. 이 호텔에 많은 여자를 데려왔다네."

우스이가 눈부신 듯한 표정으로 마냥 귀를 기울이기에 모리는 저도 모르게 이야기를 줄줄 늘어놓았다.

"기미코는 처음부터 다른 여자와는 달랐지. 내가 유일하게 진지하게 생각했던 여자야. 기미코는《영원의 낙원》의 도와코의 모델인데, 도와코처럼 내 앞에서 모습을 감추었다네. 마침 여기 꼭대기 층의 발코니에서 등대를 바라보는 걸 무척 좋아했는데. 상식에 맞지 않게 엉뚱하고, 깜빡하는 면이 있어서 말이야, 몸을 내밀 때마다 번번이 위험하다고 말했는데……."

갑자기 히카루가 "주스 주세여." 하고 소리쳤다. 우스이가 마시던 칵테일을 손가락으로 가리키고 있다. 모리의 목소리가 커진 탓에 잠이 깬 모양이다.

"히카루, 이건 주스가 아니란다."

"주스, 주스."

"죄송합니다만, 주스도 되나요?"

우스이의 부탁에 바텐더가 자몽을 짜기 시작해 모리는 기겁을 했다. 옛날의 그였다면 차갑게 거절했을 것이다.

"더 주세여!"

빨대를 꽂은 주스를 순식간에 바닥낸 히카루가 촉촉한 목소리로 우렁차게 말했다. 가오루까지 동영상에서 고개를 들어 주스, 주스, 하고 조르기 시작했다.

"가오루, 조용! 죄송합니다, 히카루는 깼고 가오루는 이제 재워야 해서, 모리 씨, 다음 이야기는 밑에 있는 제 방에서 해도 될까요?"

우스이가 미안해하며 말하기에, 아직 할 이야기도 듣고 싶은 이야기도 많이 남은 모리는 마지못해 자리에서 일어났다. 바에서 나와, 눈을 비비는 가오루를 안고 유모차로 카펫에 두 줄의 흔적을 남기며 걷는 우스이를 따라갔다. 엇갈리듯 방금 엘리베이터에서 내린 여자를 보고 모리는 순간 걸음을 멈추었다.

"기미코……."

이 미인도 그녀를 꼭 닮았다. 먼저 아이들과 함께 엘리베이터에 올라탄 우스이가 '열림' 버튼을 누른 채 두 사람을 쳐다보고 있다.

"실례했군요. 너무 근사한 분이라 무심코 말이 나왔습니다. 여기에 자주 묵으십니까?"

모리의 말에 그녀는 고개를 살짝 기울이고 상대를 놀리는 듯한 미소를 띠더니 그대로 복도의 모퉁이로 사라졌다. 엘리베이터에 올라탄 모리는 문이 닫히자 중얼거렸다.

"기미코를 닮았군……."

혹시 저 미인들은 자신의 눈에만 보이는 환상이 아닐까, 하는 생각도 들었지만 우스이가 이렇게 말했다.

"저기, 아까부터 젊은 사람한테만 말을 거시는데요, 기미코 씨가 삼십 년 전에 삼십 대였다면 지금 만약 살아 계신다 해도 육십 대일 텐데요."

"무례하군. 내 안에서 그녀는 영원히 서른다섯 살이라네."

모리는 발끈해서 쏘아붙였다. 할머니가 된 기미코라니 상상도 하고 싶지 않다.

"아, 그렇지. 매점에 들러서 음료수를 사야겠어요. 방 냉장고에 있는 건 비싸니까요."

1층에서 문이 열리자마자 우스이가 궁상맞은 소리를 하기에 모리는 하는 수 없이 매점까지 따라갔다. 우스이는 손님이 거의 없는 매점에서 캔에 든 주하이*와 잔멸치센베이를 사며 들떠 있었다.

"왠지 총각 때로 돌아간 것 같아요. 친구랑 편의점에서 이것저것 잔뜩 사서 방으로 가서 술을 다 마시게 됐네요."

우스이의 '친구'라는 말에 모리는 왠지 가슴이 뜨끔했다. 아이들을 챙기느라 손이 모자란 그를 대신해 물건이 담긴 비닐봉지는 자연히 모리가 들게 되었다. 두 사람이 로비 앞을 가로지르는 순간 지배인이 기겁한 얼굴로 뛰쳐나왔다.

"저, 모리 선생님, 죄송합니다. 다른 손님으로부터 불편 신고가 들어왔습니다."

뒤에 있는 우스이를 신경 쓰는지, 지배인은 어깨를 움츠리고 송구하다는 듯 목소리를 낮추었다.

"아아, 저 우스이 군의 애들이 시끄럽다는 거로군? 괜찮아, 내가 잘 타이르겠네."

"아뇨, 저, 모리 선생님에 대한 불편 신고입니다. 저……."

"뭔가? 빨리 말하게."

모리는 의아한 마음에 재촉했다. 지배인은 결심한 듯이 빠른 어조로 말했다.

● 저 알코올 칵테일 음료

"그, 모리 선생님께서 갑자기 말을 거셔서 곤혹스러웠다고, 오늘만 해도 벌써 여러 명의 여성 손님들로부터 불편 신고가 접수되었습니다. 실례되는 말씀을 드리는 것을 부디 용서해 주십시오. 아무래도 작금의 사정이라는 것이 있으니까요. 더 이상은 성희롱이 용납되지 않는 시대의 풍조를, 모쪼록 헤아려 주시면……. 아, 아뇨, 물론, 모리 선생님께서 성희롱을 하셨다는 말씀이 아니라……."

귀와 목이 화끈거렸다. 흑심 따위 추호도 없건만, 이 얼마나 무례한 오해인가. 애초에 호텔이라는 곳은 일생에 한 번뿐인 소중한 인연을 만날 수도 있는 어른들의 장소가 아닌가. 사소한 일로 흠을 잡기 때문에 사랑이 피어나기 어려워지는 것이다. 그나저나 불과 몇 년 전까지만 해도 모리가 말을 걸면 여자들은 곧바로 웃는 얼굴로 대해 주었는데, 지금은 왜 불쾌하게 받아들이는 걸까. 벌써 몇 년째 책을 내지 않아 자신을 알아보지 못해서일까. 더 이상 젊지 않아서일까. 아니면 누구와도 말을 섞지 않는 날이 계속된 탓에 어쩐지 언행이 부자연스러워서일까.

"저기, 잠깐 저 좀 봅시다."

우스이가 불쑥 끼어들더니 모리가 아닌 지배인에게 다가갔다.

"당신, 말을 전달하는 방법이라는 게 있잖습니까."

그에게 어울리지 않는 딱딱한 어조에는 노여움이 배어 있어 괜히 모리까지 움츠러드는 것 같았다.

"미안합니다. 제가 패밀리 레스토랑 점장으로 일해서 손님끼리의 트러블을 중재하는 일이 얼마나 힘든지 압니다. 이런 고급 호텔과는 비교도 안 되겠지만……. 여성 손님의 불쾌감은 당연합니다. 그런데 모리 씨의 사정……. 이 호텔에 소중한 사람과 함께 왔었던 것을, 당신이 모리 씨를 오랫동안 손님으로 모셨다면 아실 것 아닙니까. 당신만큼은 어떻게 표현하면 좋을지 더 생각해 볼 수도 있지 않을까요? 소중한 사람이 지금 이곳에 없는 외톨이라면 누구를 봐도 그 사람으로 보인다는 걸 저도 잘 알아서……."

지배인은 무슨 말인가 의아해하더니 곧바로 송구한 얼굴로 고개를 숙였다.

1층 모퉁이에 있는 그의 방에 어떻게 도착했는지, 모리는 잘 기억나지 않는다. 우스이가 권한 캔 주하이는 탄산 과즙 음료 같은 맛으로, 쭉쭉 들이켰더니 눈이 핑핑 돌기 시작했다. 두 사람은 발코니로 나와 난간에 기대어 나란히 에노시마를 바라보았다. 유리문을 사이에 둔 등 뒤의 침대에는 히카루와 가오루가 나란히 새근새근 잠자고 있다.

"이 방에서도 등대가 보이는군."

모리는 불쑥 말했다. 저층에서도 같은 경치가 보이다니 몰랐다.

"아, 어느 방에서든 다 등대가 보인다고 하더라고요. 호텔 홈페이지에 나와 있었어요."

모리는 핀잔을 줄 기운도 없어 난간에 이마를 기대고 힘을 뺐다.

"저는 호화로움이나 절정 같은 걸 경험한 적은 없어요. 그런데 오늘 알았어요. 호텔은 참 근사한 공간이네요."

우스이는 자애로운 눈길로 등대를 바라보며 읊조리고는 캔 주하이를 한 모금 마셨다.

"오늘은 애들이 태어난 뒤 가장 편했던 날이에요. 많은 사람들이 친절하게 도와줬고, 어디를 가도 깨끗하게 정돈돼 있어서 애들을 돌보면서도 혼자가 아니라는 생각이 들었어요. 이런 비일상을 누리고 싶어서 다들 필요 이상의 돈을 내는 거였네요. 아까그 바도 분위기 있고 멋스럽더라고요. 같이 가자고 해 주셔서 고맙습니다."

이 정도 가지고 편하다니 평소에는 어떻게 생활하길래, 하는 생각을 했더니 모리는 진심으로 겁이 났다. 눈앞의 남자가 용사처럼 용맹해 보인 것은 술에 취한 탓일까. 나는 못 한다. 모리에게는 생활에 정면으로 맞서는 용기가 지금은 물론 옛날에도 없었다.

"나야말로 고맙네. 아까는 기쁘더군."

짧게 말하자, 우스이가 깜짝 놀란 듯이 이쪽을 보고 눈만으로 웃어 보였다. 그러자 실은 가오루를 꼭 닮은 매력적인 얼굴이라는 것을 알 수 있었다.

"쉬야."

등 뒤에서 목소리가 들려왔다. 가오루가 유리문을 열고 눈을 비비며 사타구니를 가리켰다. 그러자 히카루까지 으앙 울음을 터뜨리고 팔다리를 버둥거리기 시작했다. 우스이가 가오루 옆을 지나 실내로 뛰어 들어가 히카루의 엉덩이를 살폈다.

"으악, 무른 응가라 등까지 샜어! 모리 씨, 죄송하지만 가오루가 잠이 덜 깨서 그러는데, 욕실로 데려가 주시겠어요? 변기에 앉히기만 하면 나머지는 스스로 할 수 있거든요!"

그 말을 끝으로 히카루에게 달라붙어 바삐 움직이는 우스이를 보고, 모리는 어쩔 수 없이 비틀비틀 걷는 가오루를 욕실로 데려 갔다. 변기에 앉히자, 당황한 모리가 나갈 새도 없이, 가오루는 일어나서 제 손으로 팬티를 내리고 중얼거렸다.

"쉬야."

모리의 얼굴을 향해 노란 물줄기가 똑바로 날아왔다. 모리는 화장지를 둘둘 감아 얼굴을 미친 듯이 닦으며 새파랗게 질려서 욕실에서 뛰쳐 나왔다.

"저, 저기, 가오루는……. 그, 남자아이인가?"

"앗, 제가 말씀 안 드렸나요? 아, 그렇지, 하루 종일 공주 차림을 하고 있어서 그렇군요. 지금은 유아용 콘텐츠의 인기에 성별의 구분이 없거든요. 둘째는 딸인데도 기차를 아주 좋아해요."

우스이가 기저귀를 돌돌 말면서 가볍게 말했다. 히카루는 개운한지 숨을 후 쉬고 편안하게 눈을 감았다.

"히카루는 여자아이……."

자신은 아무것도 보지 못했을지도 모른다. 모리는 고개를 떨구었다. 오늘뿐만 아니라 기미코와 이 호텔에 온 그날 이후 줄곧 그랬을지도 모른다. 가오루는 화장실에서 나온 뒤 곧바로 히카루 옆에 누워 속눈썹을 내려뜨렸다. 남매에게 이불을 덮어 주면서 우스이는 이렇게 말했다.

"모리 씨가 하신 이야기를 내내 생각했어요. 마리와, 남자와 여자로 마주해 왔느냐고 물으신다면, 그건……. 친구라고 할지, 전우 쪽이 더 가까울지도 모르겠어요. 벌써 몇 년 동안은 애들 얘기 말고는 나눠 보지도 않았네요."

"그렇군."

"모리 씨도 지금 기미코 씨를 만나서 얘기 나누고 싶으시죠?"

"그래. 만나고 싶네. 너무 외로워."

순순히 그렇게 대답했더니 모리는 견디기가 힘들어졌다. 침대에 놓인 자신의 손에 힘줄이 툭 불거지고 검버섯이 피어 있는 것도, 저 등대가 어디에서나 보이는 것도, 패밀리 타입인 이 방의 어메니티가 스위트룸의 그것과 똑같은 것도.

모리는 가오루와 히카루가 깨지 않도록 우스이에게 조심스레 인사를 건네고 살며시 방을 나왔다. 모리는 한 번도 맞서 싸워본 적이 없다. 모리는 아직도 쌀도 씻지 못하고 빨래는 세탁소에 맡긴다. 딸이 다녔던 학교가 어디에 있는지도 모른다. 지난 삼십 년간 아내는 이혼을 요구했고 딸도 제발 헤어져 주라고 성화지만 무시로 일관해 왔다. 오래도록 별거 중인 데다 이제 와서 호적을 뺄 필요는 없다. 게다가 아내는 혼자서는 살아갈 힘이 없으니까, 하고 주장해 왔지만 실은 더 이상 누구에게도 버림받고 싶지 않아서다.

영원의 순간을 볼 때까지 깨어 있고 싶었지만 결국 잠들고 말았다.

이튿날 어울리지도 않게 두통으로 눈이 뜨였다. 그 달콤한 술은 의외로 알코올 도수가 높았던 모양이다. 방 열쇠를 맡기고 모래사장에 산책을 나가려다 로비에서 우스이 가족과 마주쳤다.

"좋은 아침입니다. 잠은 잘 주무셨어요? 어제는 늦게까지 붙잡아서 죄송했어요. 조식 뷔페 드시러 가세요? 마침 잘됐다. 같이 가시죠!"

우스이의 얼굴은 숙취 없이 환하다. 역시 젊다. 시끌벅적한 조식이 될 것 같아 거절하려 했더니 그새 가오루와 히카루가 모리의 무릎에 매달렸다.

"할아버지, 좋은 아침~."

가오루는 그렇게 말하고 싱글벙글한 얼굴로 모리의 손에 자기 손가락을 꼬물거리며 감았다. 살이 탱탱하게 오른 차갑고 조그만 손이었다. 산책하는 김에 적당한 곳에서 커피로 해결할 생각이었지만, 오랜만에 아침이나 든든히 먹어 볼까 하고 마음이 바뀌었다. 우스이는 단단히 벼르는지 두 손을 맞잡았다.

　"뷔페는 본전을 뽑을 수 있어서 참 좋아요! 애들아, 잔멸치 많이 먹어야 한다! 여기서만 먹을 수 있거든! 점심과 저녁까지 겸한다는 생각으로 잔뜩 먹자!"

　"에이, 나는 호빵맨 포테이토가 좋은걸."

　"호빵맨 포테이토는 언제든지 먹을 수 있잖아. 잔멸치, 잔멸치."

　모리는 절로 웃음이 났다. 《영원의 낙원》 속편의 주인공은 역시 이 남자다. 새벽녘에 곯아떨어지기 직전에 번뜩 떠올랐다. 아내를 빼앗긴 남자가 호텔에서 만나는 것은 미인이 아니다. 모리처럼 세상에서 잊혀 가던 초로의 남자다. 남자를 구원하는 것이 꼭 여자일 필요는 없다. 남자가 남자를 구원해도 되지 않을까. 레이와 시대의 《영원의 낙원》은 와인과 연애 이야기가 아니다. 세대를 초월한 잔멸치와 우정의 이야기다.

　"저, 우스이 군."

　"네."

　"내가 일상을 겁내지 않았으면, 지금도 그…… 기미코와 함께

였을 수도 있다고 생각하나?"

모리의 물음에 우스이가 웃는 얼굴로 뭔가 말하려던 그때였다.

"앗, 엄마다!"

가오루가 입구 방향으로 쌩하니 달려갔다. 마침 호텔 셔틀버스에서 투숙객이 쏟아져 나오는 중이었다.

"자네 아내가 왜 여기 있나? 어떻게 된 일인가?"

이게 어떻게 된 일인가 싶어 모리는 따지듯 물었다.

"네? 백화점의 여름 대결산 세일이 끝났으니까 오늘부터 합류하는 건데요. 이 플랜은 2박 3일이거든요."

우스이는 영문을 몰라 눈을 멀뚱거렸다.

"나는 당연히 그녀가 자네와 떨어져 살고 있거나 이혼했다고만……."

"네에? 제가 그런 얘기를 했던가요? 아아, 가오루가 또 이상한 소리를 했구나!"

우스이는 당황한 얼굴로 가오루를 불렀지만, 가오루는 이미 방금 호텔에 몰려든 손님들 쪽으로 달려간 직후였다. 우스이는 히카루를 유모차에 태우고 뒤늦게 따라갔다.

모리는 그 광경을 망연히 바라보았다.

실은 기미코도 사라진 것이 아니다. 그녀와의 추억을 자기 안에서 어떻게 처리할지 고민하다 이야기 속에서 죽였더니 진실도 점점 흐릿해졌을 뿐이다.

그동안 셀 수 없이 많은 인터뷰에서 밝혔듯이 《영원의 낙원》은 모리의 경험을 토대로 한 이야기다. 그러나 사이가 깊어짐에 따라 섹시하고 차분한 요정 같았던 기미코가 큰 소리로 자기주장을 하게 된 것은 생략했다.

남편과 대화한 끝에 이혼하기로 했어, 이혼하면 같이 살자, 친구네 아파트에 세 들어 살 수 있을 것 같아, 나도 일할게, 아이도 낳고 싶어, 실은 나 아이를 무척 좋아해, 그럼 최대한 빨리 가지는 게 좋잖아, 아이참 어서, 당신도 이혼해, 어서어서. 그녀는 딴사람처럼 눈을 번뜩이며 모리의 손을 꽉 붙잡고 앞서가려 했다. 게다가 모리의 아내까지 만나 정면에서 대화를 나누고 서로의 이해득실을 일치시켰다. 아내까지 대번에 이혼 서류를 가져와서, 자, 그녀를 위해서라도 빨리 사인해, 나도 홀몸으로 돌아가 인생을 다시 시작할 거야, 하고 압박했다.

자신을 차지하려 싸워야 할 아내와 애인의 구도가 무너지자 왠지 기미코에 대한 열정이 단숨에 식어 버렸다. 그러자 기미코는 모리를 격한 말로 추궁하기 시작해 온갖 말로 비난하는 지경에 이르렀다. 마지막 아침은 딴사람 같은 얼굴로 "당신과 함께한 시간은 다 쓸데없는 거였어. 기대한 내가 어리석었지." 하고 소리 지르고, 방 안을 다 뒤집어 놓더니 발코니에서 이어지는 나선 계단을 엄청난 속도로 뛰어 내려가다 갑자기 사라졌다. 깜짝 놀라서 내려다봤더니 기미코의 몸은 물결 사이에 떠 있었다. 그녀는 뒤도 돌아보지 않고 그대로 거침없이 헤엄쳐 모래사장에 당도했다. 흠뻑 젖은 옷을 몸에 착 붙인 기미코가 모래사장을 단단히 밟고 주위 시선을 물리치며 인도로 나가 택시를 잡는 일련의 과정이 그 스위트룸 발코니에서 보였다. 그것이 그녀와의 마지막이었다. 그 후 기미코는 이혼하고 친구의 연줄로 화랑에 취직했다고 한다. 지인에게 들은 바에 따르면 거래처인 액자 가게 사장과 결혼해 아이를 낳고 지금도 부부가 함께 가게를 운영한다고 한다.

가오루가 달려간 곳에는 어깨가 치켜 올라간 건장한 체격의 여자가 예의 그 패널 앞에서 하이쿠를 보고 있었다. 두 손에는 유명 백화점의 쇼핑백을 들고 있다. 상상했던 어느 여자와도 달랐다. 그녀는 싸구려 카디건과 무릎이 찢어진 청바지를 입고 선캡과 선글라스를 썼다. 햇볕에 타기 싫은지 노출된 곳이 전혀 없고, 하나로 묶은 머리는 멀리서도 푸석푸석한 게 보였다.

"고생 많았어, 마리. 여름 대결산 세일은 어땠어?"

우스이가 반짝반짝한 눈으로 물으면서 유모차와 함께 돌진했다. 여자가 선글라스를 벗었다. 얼굴은 흙빛이고 눈 주위는 거무칙칙했다. 입구의 역광과 운명을 뛰어넘으려 하는 남녀가 눈부셔서, 모리는 순간 손바닥으로 눈썹차양을 만들었다.

"지옥이었어!"

여자는 충혈된 눈을 부릅뜨고 로비 전체에 울려 퍼지도록 외친 뒤, 비틀거리며 아들을 안아 올렸다.

용사 다케루와
마법 나라의 공주

달리는 열차 안에서 열차의 진행 방향을 거슬러 맨 뒤 칸을 향해 걸어갔다. 주요 역만 정차하는 이 통근용 급행열차는 늘 만원이라, 다케루는 주변 사람들에게 몸을 부딪혀 가며 열차에서 열차로 무리하게 옮겨 다녔다. 단지 그 행동만으로 사람들은 혀를 차거나 다케루를 노려보곤 했다. 지난달부터 근무하고 있는 매립지의 콘택트센터에서는 눈에 띄지 않게 지내고 있기 때문에 집단을 거스르는 행동을 하는 것은 맞바람을 가르며 힘겹게 나아가는 기분이었다.

　고속도로변의 급커브 구간에서 차체가 기울어 다케루의 몸이 크게 휘청였다. 그 바람에 손잡이를 붙잡고 한 손으로 휴대폰을 만지작거리는 남자 중학생의 옆얼굴에 볼을 스치며 휴대폰을 들여다보는 자세가 되었다. 레트로 게임이라 불리는 쇼와 시대 인기작의 리메이크판이었다. 정확하게 재현된 거친 도트 그림에 그만 아, 소리를 내고 말았다.

이런 식으로 혼잡한 열차 안을 역주행하는 것은 패미콤*의 횡 스크롤 진행을 꼭 닮았다. 되돌아갈 수 없고 똑바로 나아갈 수밖에 없다. 서 있는 장소와 배경이 점점 뒤로 흘러가는 이 감각을 손끝이 기억한다. 그렇다. 텔레비전 화면의 왼쪽에서 오른쪽으로, 오로지 옆으로만 나아가는 이등신 캐릭터는 다케루와 이름이 똑같았다. 인생에서 누구보다 오랫동안 시간을 함께 보낸 상대인데, 끝내 반쪽 얼굴밖에 보지 못했다.

〈용사 다케루의 전설〉은 1980년대에 사회 현상을 불러일으킬 만큼 큰 인기를 끌었던 비디오 게임이다. '다케루'라는 이름만으로 무작위로 선발돼 이세계에 소환된 시원찮은 소년이 성에 갇힌 공주를 구하기 위해 여덟 개의 왕국을 모험하고 요괴와 싸우면서 파워 업을 거듭한다. 최종적으로는 드래곤 대왕을 쓰러뜨려 공주를 되찾고 키스와 메달을 받는다는 단순한 스토리에 남자아이들은 모두 열광했다. 몸집이 작고 공부도, 운동도 잘 못했던 다케루는 게임 속 주인공과 이름이 똑같다는 이유로 놀림을 받았고 심지어 괴롭힘을 당한 적도 있다. 그래도 〈용사 다케

● 1983년 닌텐도에서 출시한 8비트 가정용 게임기

루의 전설〉은 기사도 정신과 게임의 즐거움을 가르쳐 줬고, 그 후의 인생관을 결정하는 데 큰 영향을 미쳤다고 할 만한 소중한 작품이다. 파이널 월드를 클리어했을 때는 성취감보다 섭섭함이 더 컸다. 더는 앞으로 가지 못하게 된 화면에 얼굴을 가까이 붙이자, 눌린 코앞에서 모험을 함께한 벗도, 드래곤 성도, 공주도 수많은 작은 사각형으로 쪼개져 사라져 갔다.

열차가 지하로 들어갔다. 어둠 속으로 가라앉은 차창은 매끄러운 거울이 되어 다케루의 모습을 비추었다. 직장은 자율 복장이기 때문에, 실내복에 블루종을 걸치고 야구 모자로 흐트러진 머리를 감추었다. 새우등과 피부 노화가 눈에 띄어 놀랄 만큼 늙어 보였다. 올해로 45세. 어둠의 끝에 자신의 옆얼굴을 바라보는 플레이어가 있는 기분이 들었다. 다케루는 맨 뒤 칸으로 가는 연결 통로 앞에 도달했다. 그러고 보니 이 열차는 여덟 개의 왕국이 오른쪽으로만 이어져 있는 게임 속 마법 세계의 구조와 흡사하다. 요컨대 파이널 월드의 게이트에 서 있는 셈인가. 노약자석에 앉아 있던 젊은 남자가 비난하듯 이쪽을 올려다봤지만, 다케루는 일부러 주머니에서 휴대폰을 꺼내 시간을 확인하고, 이 앞에 있는 칸은 7시 반부터 9시 반까지는 여성 전용 칸이라는 것을 충분히 알고 있음을 내비쳤다.

다케루는 미닫이문의 문손잡이를 잡고 심호흡을 했다. 아코디

언처럼 주름진 연결 통로에서 땅속에 차 있던 습한 바람이 다리 사이로 힘차게 불어왔다. 문을 열자마자 땀내와 축축한 먼지내가 싹 물러나고 사방이 환해진 동시에 부드러운 공기로 가득 찼다. 지금 막 열차가 지상으로 나왔기 때문만은 아니다. 조금 전지나온 칸과는 비교도 되지 않을 만큼 승객이 적어서 바닥이 훤히 보이고 누구에게 부딪히지 않고도 앞으로 나아갈 수 있다. 샴푸나 향수의 달콤한 냄새에 목구멍이 간질간질하다. 이 공간은 쾌적함 그 자체라 하마터면 이곳이 통근 열차라는 것을 잊어버릴 뻔했다. 여자들이 모이는 장소란 어째서 이렇게 늘 청결하게 유지되고 여유로움이 묻어나는 걸까. 차창 밖에는 초여름의 햇살을 반짝반짝 반사하는 도쿄만(灣)이 보였다.

"저기, 여기는 여성 전용 칸이에요."

문 앞에 서 있던 젊은 여자가 다케루에게 말했다. 빨간 립스틱에 큼직한 액세서리. 조신한 척을 하고 있지만, 알지도 못하는 남자에게 말을 건 시점에서 이미 약자가 아닌 것이다. 단정하고 깔끔하게 차려입는 것도 특권의 표시다.

"저는 안 내립니다."

여자는 눈살을 찌푸렸다. 여성 전용 칸 이용자와 맞서는 것은 이번이 처음이지만, 목소리를 쥐어짰다.

"철도 회사는 여기에 남성이 타는 걸 딱히 금지하지 않았습니다. 어디까지나 임의인 거죠."

다케루는 휴대폰을 동영상 촬영 모드로 바꾸고 카메라를 갑자기 여자 쪽으로 향했다. 여자는 순식간에 안색을 바꾸더니 이쪽으로 등을 돌렸다. 손끝까지 열이 퍼지고 시야가 넓어졌다. 자신의 몸집이 훌쩍 커진 기분이 들었다. 여자들이 저절로 흩어지는 것을 보고 다케루는 열차의 한가운데를 성큼성큼 걸어 승무원실을 향해 돌진했다. 남성이 여성 전용 칸에 타는 것은 법률 위반이 아니다, 라는 주장만 내세우는 녀석들과 같은 취급을 당하면 곤란하기 때문에 이렇게 외쳤다.

"저는 여성 편입니다. 이 칸은 일본의 남녀평등을 가로막고 있습니다! 그 사실을 알리기 위해 열차 내부를 촬영하겠습니다! 이건 도촬이 아닙니다!"

열차는 쥐 죽은 듯 조용했다. 여자들이 모두 이쪽을 보고 있다. 젊은 여자, 늙은 여자, 그 중간인 여자. 내리세요, 하고 멀리서 카랑카랑한 목소리가 들렸다. 다케루는 재빨리 휴대폰을 그쪽으로 향했다. 그것을 계기로 여자들이 저마다 소리쳤다.

"내려라, 내려라."

처음에는 소극적이었던 여자들의 목소리가 옆으로 전염되면서 점점 커져 갔다. 다케루는 유연하게 가슴을 폈다. 앞으로 다섯 정거장은 정차하지 않는다. 다 계산을 해 놓고 분 단위로 타이밍을 봐서 이 칸에 들어온 것이다. 플랫폼에서 바로 타면 곧바로 차장이 주의를 줘서 다케루가 스스로 내릴 때까지 운행이 중단될지도 모른다. 다케루는 휴대폰을 방패처럼 들고 제자리에서 회전하며 사방팔방을 동영상으로 촬영했다. 카메라 렌즈에서 뻗어 나온 보이지 않는 광선은 다케루의 검이었다. 휴대폰을 향할 때마다 여자들은 얼굴을 가리거나 파랗게 질려 입을 다물었다. 이제 곧 응원 부대가 도착한다. 어젯밤에 트위터에서 모집한 동지가 다음 정차 역에서 올라탈 것이다.

다케루는 언제나 여성의 편이다. 용사 다케루와 마찬가지로 여성을 지키는 것을 인생의 첫째 목표로 삼고 살아간다. 치한 행위는 무엇보다도 비난받아 마땅한 범죄인 데다 여성에게 해를 끼치는 족속들과는 목숨을 걸고 싸울 작정이었다. 그러나 여성 전용 칸을 이용하는 여성은 대부분 치한 피해자로는 보이지 않으며 향후에도 피해를 입을 일이 없는 사람들뿐이다. 그저 편안히 가고 싶어서 특권에 안주해 이용하는 것으로밖에 보이지 않았다. 정작 다케루가 지켜 줘야 할 여성들은 사양하느라 여성 전용 칸을 이용하지 못하는 듯하다. 그런 여성 전용 칸은 무의미하다. 무엇보다 남자라는 이유만으로 치한과 동일시하는 풍조는 용납할 수 없다.

석 달 전에 실수로 여성 전용 칸에 올라탔을 때 다케루는 그제야 이 사회의 모순을 알게 되었다. 아무 잘못도 하지 않았는데도 다케루는 바로 지금처럼 싸늘한 시선을 받았다. 당황해서 다음 역에서 급하게 내렸더니 속옷이 땀에 젖어 몸에 달라붙어 있었다. 심장이 벌렁거리고 배까지 아파 역 화장실로 뛰어갔다. 그날은 지각했고 몸 상태가 계속 좋지 않아 결국 조퇴를 했다. 다케루는 자신이 성범죄자가 된 기분이었다. 학교 선생님과 직장 상사의 질책, 그리고 몇 번의 실연이 떠올랐다. 그날의 충격을 SNS에 올렸더니 생각지도 못할 만큼 많은 찬동자가 모여들었다. 모두 분별이 있는 남자들이었다. 모두 사회에서 푸대접을 받고 있는데도 치한을 증오하고 치한과 동일시되는 것에 분개했다.

그들의 격려에 용기를 얻어 그날부터 다케루는 출근 시간을 조금씩 앞당겨 여성 전용 칸에 올라타는 여자들의 모습을 조사해서 SNS에 올리게 되었다. 물론 신상을 알 수 없도록 주의하여 일부러 가공한 사진을 올려 '이 여성에게 전용 칸이 필요한가, 아닌가?' 하는 설문 조사를 했다. 거의 대부분의 여성이 '아니'라고 판단되었다. 가냘픈 여성도 있기는 했지만, 그런 유형일수록 옷차림이 칙칙해서 성욕을 자극하는 존재로는 생각되지 않았다.

지금 다케루는 그의 발언이 영향력을 지닐 만큼 인터넷상에서 은근히 유명인이 되었다. 제대로 대화하는 것은 한 집에 사는 부모님뿐이었던 생활이 180도 달라졌다. 같은 편이 많은 대신 욕

먹는 일도 종종 있다. 당신 같은 사람이 있기 때문에 여성 전용
칸이 필요한 것 아니냐, 하고 말이다. 며칠 전부터 이런 비판이
계속되어 다케루는 마침내 여자들과 마주하고 정면으로 의견을
전달하기로 결심했다.

"이봐요, 당신."

뒤돌아보니 몸집이 작은 노부인이 이쪽을 매섭게 노려보고 있
었다. 다케루는 입을 꾹 다물고 눈을 딱 치켜떴다. 노부인이 큰
소리로 이렇게 말했다.

"지금 당장 나가게. 당신 때문에 다들 무서워하고 있잖은가."

"무서워하는 것처럼 보이는 사람은 아무도 없는데요. 당신도
치한을 만날 만한 사람으로는 안 보이네요. 당신이야말로 여기
서 나가야 합니다."

다케루는 그녀가 잘 알아듣도록 명료하게 말했다. 얼굴이 벌
게져서 고래고래 악을 쓰나 싶었지만 노부인은 태연했다. 회색
의 짧은 머리는 빈틈없이 빗질이 되어 있고, 짙은 갈색의 트위드
재킷과 바지 세트, 잔꽃 무늬 셔츠를 걸쳤고 잘 닦인 구두까지
신었다. 주행음과 해풍이 창문에 부딪히는 소리만이 유난히 선
명하게 들려왔다. 노부인은 우위에 서고 싶은지, 아이를 상대로
자분자분 타이르듯 말했다.

"여기는 여성이 안심하고 이용할 수 있는 장소일세. 당신 때문

에 모두가 불편해하고 있잖은가."

정의의 사도인 것처럼 구는 태도에 왠지 불쌍하다는 생각마저 들었다. 아이고, 하고 다케루는 일부러 땅이 꺼져라 한숨을 내쉬었다. 이 고독한 노부인은 아직도 치한을 만나는 척을 하는 것으로 누구도 자신을 상대해 주지 않는 현실을 외면하려 하고 있다.

여성이 사회적인 힘이 훨씬 강하고 우대받고 있는 것은 사실이다. 파견 회사에 등록할 때 봤던 면접에서, 친척 모임에서 다케루는 줄곧 여자들의 차가운 시선과 심술궂은 말에 노출되었다. 그 증거로 노부인은 노부인이라고는 생각할 수 없는 강력한 힘으로 다케루에게 덤벼들었다.

"지금 당장 여기서 나가게!"

그때 문이 열리고 남자들이 휴대폰과 디지털카메라를 들고 열차 안으로 들어왔다. 겨우 세 명인데 땀과 먼지 냄새가 훅 끼쳐왔다. 만원 전철의 냄새라기보다 남자 특유의 냄새 같았다. 실제로 만난 적은 없지만 거의 매일 밤 이야기를 나눈 그들임을 한눈에 알아봤다. 동료의 등장에 여자들이 말없이 차례로 자리에서 일어나 승무원실이 있는 열차의 끝으로 서둘러 이동했다. 열차의 4분의 1쯤 되는 공간에 여자들이 꽉꽉 들어찼고 나머지 널찍한 공간을 남자 네 명이 점거하는 모양새가 되었다.

"저희는 여성을 구하기 위해 싸우고 있는 겁니다!"

다케루가 그렇게 말하고 한 발 내딛자, 발밑에 그림물감으로 칠한 것 같은 녹색이 서서히 퍼져 나갔다. 다케루는 어라? 하고 중얼거리며 어디서 액체가 새어 나왔나 생각했지만, 그것은 눈 깜짝할 새에 열차 전체를 뒤덮었다.

주변에 있던 사람들은 모두 사라져 있었다.

폭 20미터쯤 되는 거대한 창고 같은 직사각형의 공간에 다케루는 홀로 서 있었다. 오른쪽 벽과 왼쪽 벽 모두 짙은 하늘색으로 채워졌고 위에는 구름이 떠 있다. 뒤돌아보니 바로 뒤에는 블록 벽이 까마득하게 높이 세워져 있다. 그 수십 미터 끝에 있는 가늘고 긴 천장은 별 하나 없는 밤하늘 같았다. 정면으로 돌아서자 벽돌이 깔린 외길이 끝없이 이어져 있고 주변은 녹색 이끼로 덮였다. 길 건너편은 뿌옇게 흐려져 있다.

다시 사방을 잘 살펴보니 여기저기에 독이 있을 것 같은 색깔의 물방울무늬 버섯이 돋아 있고, 거대한 달팽이가 꼬물꼬물 기어간다. 다케루의 어깨높이 정도 되는 작은 초가집이 곳곳에 흩어져 있다. 춥지도 따뜻하지도 않고 아무 냄새도 나지 않는다. 보이지 않는 조명이 비추고 있는 것처럼 구석구석 밝지 않은 곳이 없고, 공기는 꿈쩍도 하지 않는다. 여기가 실내인지 실외인지조차 알 수 없었다.

솜사탕처럼 폭신폭신한 것이 눈앞을 가렸다. 미케다. 고양이 귀에 다람쥐 꼬리를 지닌, 늘 다케루 주위를 떠다니는 명랑하고 오지랖 넓은 요정. 손을 내밀자 미케가 그 위에 사뿐히 내려앉았다.

"다케루 님, 마법 나라에 오신 걸 환영합니다. 부디 공주님을 구해 주세요. 공주님이 드래곤 대왕에게 납치된 후, 왕국에서 마법이 사라지고 요괴들이 밭과 마을을 쑥대밭으로 만들어 국민들을 힘들게 하고 있어요. 우리는 아무것도 할 수가 없습니다."

다케루는 상황을 순순히 받아들였다. 왜냐하면 열한 살 때부터 평생 이 순간을 기다렸기 때문이다. 인생에서 가장 많은 시간을 들인 게임이다. 요괴가 어디에서 튀어나오는지, 어떻게 하면 포인트를 획득할 수 있는지, 지름길과 숨겨진 비기도 완벽히 파악하고 있다. 지금부터 무슨 일이 일어날지 다 알고 있으니 겁날 것 하나 없었다.

"응, 알겠어, 공주님은 반드시 내가 구할게!"

다케루는 무릎을 꿇고 가슴을 주먹으로 툭툭 쳤다. 그러자 눈 높이에 검이 나타나고 그대로 허공에 둥둥 떠올랐다.

"용사의 조건, 그것은 가냘픈 공주를 구하는 것!"

〈용사 다케루의 전설〉의 캐치프레이즈였다. 검 자루를 쥐자 주위에 불꽃이 튀었다. 검날에 비친 다케루는 중세 서양의 서민풍 겉옷을 걸치고 삼각모를 썼지만, 여전히 아저씨 외모인 것이 우스꽝스러웠다. 허리 벨트에 달린 칼집에 검을 넣은 뒤 미케를 어깨에 얹고 앞으로 나아갔다. 버섯과 달팽이를 발로 찰 때마다 체온이 올라가고 에너지가 충만해지는 것을 알 수 있었다.

불과 20분 만에 첫 번째 적인 박쥐 남작이 나타났다. 3미터 가까이 되는 날개가 퍼덕퍼덕할 때마다 온몸이 가려워질 것 같은 황색 가루와 엄청난 악취가 흩뿌려졌다. 그 심장에 검을 꽂아 넣는 것은 그리 힘들지 않았지만, 단말마의 비명과 칼끝에서 전해지는 목숨이 꺼지는 서늘한 감각은 사라질 줄을 몰랐다. 팔이 뻐근하고 목이 따끔따끔해서 샤워를 하고 싶은 기분이었다. 옷과 모자에는 가루가 잔뜩 묻어 갈아입고 싶었다.

두 번째 왕국의 숲도 마찬가지로 직사각형 공간이었다. 포인트로 방패와 갑옷을 획득했다고는 하나 아무래도 연속으로 싸울 기운은 없었다. 길섶의 나무에 기대앉았더니 배에서 꼬르륵 소리가 났다. 왠지 이쪽 세계에서는 허기나 피로가 없는 줄 알았기에 점점 불안해졌다.

어디선가 중세 서양풍 복장을 한 조그만 남자아이가 나타났다. 이곳에 사는 사람들은 다케루가 살던 세계의 사람보다 몸집이 반절은 작았다.

다케루는 여, 하고 가볍게 손을 들었다. 남자아이는 어쩐지 기분 나쁘게 쳐다보고만 있었다.

"어디 묵을 곳 없을까? 먹을 것도 좀 받고 싶은데."

붙임성 있게 말을 걸었지만, 남자아이는 떠나면서 차갑게 말했다.

"옆 나라가 아저씨 때문에 엉망진창이 됐다고 하던데요."

그러고 보니 박쥐 남작을 쓰러뜨릴 때, 집을 몇 채 날려 버렸을지도 모른다.

"이렇게 열심히 노력하는데 쌀쌀맞네."

그렇게 투덜대자, 미케가 어깨를 톡 치듯이 올라탔다.

"어쩔 수 없어. 용사는 당연히 강해야 하고 그래야 사랑받으니까."

뭔가 이상하다는 낌새를 느낀 것은 마시지도, 먹지도 않은 채 빅 스네이크를 쓰러뜨려 두 번째 왕국을 클리어하고, 시장과 마을이 이어지는 세 번째 왕국에 들어오고 나서다. 육즙이 뚝뚝 흐르는 야생 동물 통구이와 탐스러운 과일, 밭에서 막 따 온 듯한 새빨간 뿌리채소가 노점에 진열되어 있었다. 눈앞에 먹을 것이 있는데도 다케루는 그것을 얻을 방도가 없었다. 검이나 방패를 돈으로 바꾸려 했더니 용사는 전투 능력이라는 특권이 있기 때문에 시민처럼 화폐를 사용하는 것은 인정되지 않는다, 하고 점포와 농가 주인들에게 잇달아 퇴짜를 맞았다.

"죄송합니다만, 물 한 잔만 주시면 안 될까요?"

물동이를 머리에 인 여자에게 간절히 부탁했지만, 느닷없이 설교를 들었다.

"모험을 시작한 건 스스로 책임져야 하는 일 아닌가요? 그럼 남한테 기대지 말고 목숨 걸고 노력해야 하지 않나요?"

다케루는 경악했다. 더 이상 뭘 어떻게 노력하라는 걸까. 다리를 절뚝대며 걷고 있을 뿐인데, 들으라는 듯이 국민들이 흉보는 소리가 날아들었다.

그날은 길섶에 몸을 웅크리고 잤다. 아침 해가 떠오를 무렵, 물을 뒤집어쓰는 바람에 눈이 뜨였다. 험악한 얼굴의 마을 처녀가 빈 나무통에서 물을 뚝뚝 흘리며 다케루를 내려다보고 있었다. 다케루는 온몸이 흠뻑 젖어 이가 달달 떨렸다. 이 정도로 공복 상태가 계속되면 체온이 한없이 떨어진다. 이제는 포인트를 획득하는 족족 체내 에너지로 교환하지 않으면 전투 모드로 들어가지 못할 지경이었다.

"당신의 시간은 모든 사람을 위해 써야 하는 거 아닌가요?"

불합리한 소리에 머리가 어질어질했지만, 그제야 납득이 가기도 했다. 이곳 국민은 다케루의 육체를 소유물처럼 여기기 때문에 이렇게 엄격하게 판단하는 것이다. 마법 나라에서는 이세계에서 소환된 용사란 공유 자원인 셈이다.

"도대체 왜 응원하고 싶은 마음이 들게 해 주지 않는 거지? 지난번 용사는 더 젊고 잘생겼었는데! 우리가 지금 얼마나 큰일 났는지 알아? 식량은 부족하고, 일할 만한 젊은이는 거의 다 요괴들이 돌로 변하게 하거나 끌고 갔단 말이야…….”

처녀는 다케루의 기분이야 어떻든 상관 않고 상처 받은 표정으로 딱딱거렸다. 마치 그녀가 떠안고 있는 고민과 문제는 전부 다 다케루의 책임이라고 말하는 듯 했다. 처녀가 떠난 뒤 다케루는 미케에게 물었다.

“‘저쪽 세계’에서 수많은 ‘다케루’가 소환되었을 거 아냐? 설마 죽었어?”

“시신은 발견되지 않았으니 결계를 쳐서 모습을 감추고 있을 뿐이라고 생각해. 그놈들 참 쓸모없다니까.”

“그럼 그 용사들을 소환해서 다 같이 힘을 합쳐서 요괴와 드래곤 대왕을 쓰러뜨리면 안 되나?”

스스로도 명안이라 생각했지만, 미케는 어처구니없다는 듯 피식 웃었다.

“안 돼, 혼자 해야 해! 애초에 용사들이 여럿 모인다 한들 단결이 되겠어? 용사가 얼마나 콧대가 높고 자존심이 센데. 그래서 인간관계가 진흙탕이라 힘들다는 얘기는 또 얼마나 많이 들었는데. 전부 ‘저쪽 세계’의 높으신 양반이 정한 거니까 따라야지.”

미케는 대낮인데도 유일하게 컴컴한 천장을 우러러봤다. 다케루는 퍼뜩 기억이 났다. 〈용사 다케루의 전설〉은 기본적으로 1인용 게임이다.

"이 나라 사람들은 결국 용사가 싫은 것뿐이지 않을까."

"그렇지 않아. 용사는 마지막 희망인걸. 기대하는 만큼 엄격해지는 법이지. 자, 모험을 계속해서 기대에 부응해야지."

미케가 기운차게 재촉하는 바람에 다케루는 마지못해 일어섰다. 되돌아가서 조금 쉬고 싶었지만, 이상하게도 앞으로밖에 나아갈 수 없었다. 밭에서 몰래 뿌리채소를 뽑아 오려다 농민들에게 들켜서 돌멩이에 맞고 세 번째 왕국의 끝으로 내몰렸다. 이로 인해 원래도 좋지 않았던 다케루의 평판은 땅에 떨어졌다.

네 번째 왕국의 마담 케르베로스를 쓰러뜨리고 골드 아이템을 획득해도, 다케루를 보자마자 일부러 와서 몸을 부딪치는 국민이 끊이질 않았다. 이러다가는 식량은커녕 목숨까지 위험할 지경이었다. 이윽고 호수를 발견했다. 몸을 감고, 옷을 빨아서 나뭇가지에 걸어 놓고 마르기를 기다리는 동안, 수염을 깎고 몸단장을 했다. 그러느라 모험이 많이 지체되었다. 그 소문이 순식간에 여섯 번째 왕국까지 쫙 퍼져 다케루는 더욱 미운털이 박혔다. 마을 사람을 마주칠 때마다 히죽거리는 얼굴로 외모와 나이를 들먹이며 잔소리를 늘어놓는 것을 들어야 했다.

"저는 주어진 일을 다 해내고 있습니다! 그런데 왜 외모 가지고 이러쿵저러쿵하는 말까지 들어야 합니까?"

마침내 참지 못하고 울분을 터뜨리자, 사람들은 한순간 조용해진 뒤 다케루를 죽일 듯이 노려보며 대꾸했다.

"용사 주제에 약해 빠진 사람처럼 굴다니!"

　싸움에서 계속 이겨야 하는 것은 물론 누구나 좋아하는 사람이 되어야 한다. 파이널 월드에 도달할 무렵에는 국민의 요구를 어떻게든 충족시키려는 노력 끝에 완전히 녹초가 되어 있었다. 자리에 쭈그려 앉기만 해도 미케까지 구박하는 바람에 쉬지도 못하고 걸음을 계속했다. 게다가 요괴들은 다케루를 발견하면 부지런하다 싶을 만큼 확실하게 공격해 왔다. 솔직히 제대로 쉴 수 있는 안전한 장소와 음식을 제공해 주고 국민이 방해만 하지 않는다면, 용사들을 거듭 소환해서 쓰고 버릴 필요는 없다고 생각하지만 그 말을 입 밖에 내면 이번에야말로 살해되리라.

　어쨌든 공주만 구출해 내면 모든 평가는 바뀔 것이다. 그 희망만으로 모험과 싸움을 계속했다. 목이 바짝 말라서 입 안이 계속 쓰다. 공주가 갇혀 있는 성 앞에 도달했을 무렵에는 내내 미소를 장착한 탓에 얼굴이 당겨서 혼났다. 문 앞에는 거의 성만 한 크기의 드래곤 대왕이 웅크려 자고 있었다. 몸은 여주 같은 짙은 녹색의 딱딱한 비늘로 덮여 있고, 여기저기 날카로운 돌기물이 나 있는데 거기에 사람처럼 생긴 것이 꼬챙이에 꿰이듯 관통되어 부패하고 있었지만, 지금 상황에서는 국민이 훨씬 더 골치 아프고 무서운 존재였다.

활과 화살을 획득했지만, 덤벼드는 데 필요한 에너지는 이미 바닥나고 없다. 멍하니 있었더니, 드래곤 대왕의 사마귀투성이인 눈꺼풀이 치켜 올라가고 직경 1미터는 되어 보이는 큼직한 눈알이 뛰록 움직였다. 드래곤 대왕이 몸을 천천히 일으키는 것만으로 땅이 흔들리고 강풍이 불어닥쳤다. 그 입이 열리자 시뻘겋고 뜨뜻미지근하게 젖은 동굴이 나타났다. 홀린 듯이 바라보고 있으려니 이쪽으로 불꽃을 뿜어내 망토를 쪼글쪼글하게 태웠다. 열풍을 피하는 것만으로도 벅차서 다케루는 몸을 숨길 수 있는 곳으로 허둥지둥 도망쳤다.

"이제 틀렸어. 미케, 안전한 장소에서 조금만 쉬고 싶어. 부탁이야."

"그럴 시간이 어딨어? 빨리 서둘러! 괴로워도 이를 악물란 말이야!"

결계를 치는 데 필요한 포인트는 이미 확보한 상태다. 미케를 무시하고 주문을 읊자 풍경이 서서히 뿌예지며 멀어졌다.

"숨는 거야? 말도 안 돼!"

미케가 앙칼지게 소리쳤지만, 그것도 점점 작아졌다.

"이 자식이 어디서 게으름을 부리고 있어? 느림뱅이! 늙은이! 못생긴 놈!"

모습이 사라지기 직전에 본 미케는 온몸의 털이 곤두서고 안구는 시뻘겋게 타올랐으며 송곳니가 드러나 있었다.

결계 속은 아득히 먼 옛날에 어디선가 본 적이 있는 뭔가를 떠올리게 했다. 젊은 다케루, 늙은 다케루, 그 중간인 다케루가 가늘고 긴 공간에 빼곡히 들어차 있는데, 모두 벽에 등을 붙이고 앉아 있었다. 이름이 같다는 이유로 무작위하게 소환된 용사들을 보고 있자니 명치가 아팠다.

"여기는 안전해. 밖은 너무 무서워."

늙은 다케루가 나직이 말했다. 다케루는 마지막 기력을 쥐어짜 소리쳤다.

"모두 여기서 나갑시다! 우리가 협력하면 반드시 드래곤 대왕을 쓰러뜨릴 수 있습니다!"

"그건 무리야. 다케루. '저쪽 세계'의 높으신 양반은 우리가 연대하는 걸 허락하지 않아."

"압니다. 그래도 여기 가만히 있다가는 기력이 다해서 죽을 뿐이잖아요."

여기에 당도했다는 것은 모두 다섯 번째 왕국에서 하늘을 날 때는 새와, 일곱 번째 왕국에서 바다에 잠수할 때는 물고기와 합체하는 마법을 익혔다는 뜻이다.

"거울 마법과 합체 마법을 사용합시다. 다 같이 하나로 힘을 합쳐서 적을 물리칩시다."

다케루의 호소에 젊은 다케루가 조심스레 고개를 끄덕였다. 그것을 계기로 한 명, 또 한 명의 다케루들이 일어섰다. 다 같이 둥글게 둘러서서 수줍어하며 아자, 아자, 파이팅! 하고 외쳤다.

결계 밖으로 나온 수많은 다케루는 거대한 다케루로 변신해 거울 방패로 드래곤 대왕이 뿜어내는 불꽃을 반사했다. 검게 그을린 적의 몸뚱이가 쓰러지면서 땅이 위아래로 한 번 흔들렸다. 주위를 둘러보니 수많은 다케루가 곳곳에 고꾸라져 있고, 그나마 간신히 몸을 움직일 수 있는 것은 오직 다케루 혼자였다. 온몸이 베인 상처와 화상으로 가득하고 머리가 깨질 듯이 아팠다.

"가라, 다케루. 공주를 구출하기 전까지 우리는 용사라고 할 수 없으니까."

발밑에 쓰러져 있던 늙은 다케루가 그 말을 남기고는 이마를 땅에 푹 떨구며 눈을 감았다. 그렇게 하지 않아도 당신은 이미 훌륭한 용사입니다, 하는 말을 눈물과 함께 삼키고 다케루는 뒤를 돌아보지 않도록 애쓰며 성문을 통과했다. 경비병이 없어 다케루는 곧바로 감옥에 도착했다. 쇠창살 너머에는 각 왕국에서 잡혀 온 처녀들이 족쇄에 묶여 있었다. 다케루를 발견하자 그녀들은 필사적으로 도움을 청했다. 이곳 세계에 와서 처음으로 다케루는 자신감을 얻었다. 처녀들은 모두 아름답고 우아했지만 지금은 공주가 최우선이었다. 맨 안쪽의 독방에 갇혀 있는 여성은 고개를 숙이고 누더기를 걸쳤지만, 왕족의 상징인 왕관을 쓰고 있었다. 공주님, 하고 부르며 달려가던 다케루는 우뚝 멈춰섰다.

"놀랐지? 할머니라."

그녀는 파란 눈동자에 반듯한 이목구비를 가졌지만, 머리는 하얗게 셌고 피부는 부드럽게 처지고 뼈가 살짝 불거져 아무리 봐도 일흔 살은 넘어 보였다.

"무리도 아니지. 내가 끌려온 지가 벌써 육십 년은 된 옛날이니까."

정신을 추스르는 데 시간은 걸리지 않았다. 다케루의 손으로 구출할 수 있는 공주라면 이제는 나이나 외모는 아무런 상관도 없었다. 검으로 자물쇠를 내리친 뒤 서늘하고 퀴퀴한 냄새가 나는 감옥으로 들어갔다.

"나보다 다른 여성을 먼저 풀어 주게. 나는 맨 나중이라도 괜찮으니."

그 말을 무시하고 홀쭉한 손발에 연결된 네 개의 족쇄를 끊었다. 그때 벽 일부가 와르르 무너졌다. 그 너머에서 번뜩이는 것은 아까 쓰러뜨린 드래곤 대왕의 눈알이었다. 불에 탄 거대한 몸뚱이를 비틀비틀 움직여 공주를 향해 입을 크게 벌렸다.

"그만둬!"

자유로워진 공주가 오른손을 번쩍 치켜들자 손에서 빛의 기둥이 쭉 뻗어 나가더니 그대로 빛나는 검이 되었다. 공주는 높이 뛰어올라 드래곤 대왕의 몸에 그 검을 찔러 넣었다. 드래곤 대왕은 불티와 함께 사라지고, 성은 눈 깜짝할 새에 붕괴돼 사라졌다. 족쇄와 쇠창살은 형체를 잃고 처녀들은 모두 풀려나 기쁨의 노래를 부르며 풀숲을 뛰어다녔다. 공주의 검은 보석이 반짝이는 지팡이로 변했다. 그녀가 지팡이를 한 번 휘두르자 누더기는 풍성한 로브와 은색 드레스로 바뀌고, 직사각형의 공간은 무한히 넓은 파란 하늘과 끝없이 펼쳐진 향기로운 숲으로 바뀌었다.

"왜 나를 되찾으면 왕국에 마법이 돌아오는지 아는가?"

공주가 엄숙한 어조로 물었지만, 다케루는 아무런 대답도 할 수 없었다.

"전설의 용사란 실은 나를 가리키는 거라네. 왕국이 어둠에 갇힌 건 내가 왕국을 지키지 못했기 때문이지."

메달과 키스를 받는 줄로만 알았던 다케루는 전투로 대미지를 입기도 해서 더는 서 있을 수조차 없게 되었다.

"그럴 수가, 그럼 저는 지금까지 뭘 위해 싸운 거였나요? 공주를 구출하면 전설의 용사가 되는 줄 알았는데…….'

"어머나, 전설이 안 되면 뭐 어떤가. 당신은 내 은인인데. 나를 구하고 협력해 준 소중한 친구지."

누군가와의 협력이라니, 다케루는 그런 것을 원하지 않았다. 특별한 여성이 자신을 눈부신 눈길로 바라봐 주길 원할 뿐, 딱히 친구가 되고 싶은 마음도 없다. 구출하는 것에 비하면 협력은 평범하고 사소하게 느껴진다. 다케루의 능력을 널리 알리는 데에 하등 도움도 안 된다. 전설이 되지 못할 바에는 차라리 드래곤의 불길에 휩싸이는 편이 나았다. 그랬다면 국민은 지금까지의 무례를 사과하고 칭찬했을지도 모른다. 레이스로 테두리를 장식한 손수건을 건네는 손길에, 다케루는 자신이 울고 있음을 깨달았다.

"친구와 협력할 수 있는 사람이야말로 세상에서 가장 강한 사람이라네."

공주가 상냥하게 말했다. 그 작은 몸이 하늘로 올라가더니 뒤에서 후광이 비치기 시작했다.

"용사, 당신은 원래 세계로 돌아가게. 다케루, 기억하게. 어디에 있든, 어떤 사람이든 용사가 될 수 있다는 걸. 설령 공주가 당신 옆에 없더라도."

눈부신 빛이 온 사방을 뒤덮어 다케루는 손으로 차양을 만들었다.

"내 이름을 기억하고 돌아가게. 용사에게 이름이 있듯이 공주에게도 이름이 있어. 내 이름을 소리 높여 부르기만 하면 당신이 언제 어디에 있든 왕국의 문을 여는 주문이 될 걸세. 내 이름은……."

눈앞에 허연 것이 하늘하늘 나부낀다. 당신을 빛나게 하는 극상의 공간, 지금이라면 20퍼센트 할인…….

피부 관리 숍의 광고인 모양이다. 이걸 처음 본다는 것은 이 광고는 여성 전용 칸에만 있다는 뜻이다. 방금 막 들은 이름이 가는 리본 같은 서체로 춤추는 것을 보고 다케루는 정신이 들었다.

원래 세계로 돌아왔다. 눈앞에서 그분이 의아한 표정을 띠고 있다. 왕관도 없고, 지팡이도 로브도 없는 시민의 모습으로 변장했지만, 왕족의 힘과 지혜는 그리 쉽게 숨길 수 있는 것이 아니다. 머리는 은색으로 빛나고 있다. 성스러움이 충만한 그 모습에 다케루는 자연스럽게 등줄기를 펴고 무릎을 꿇었다.

"공주님, 저도 돕게 해 주십시오."

그렇게 말하고 올려다보자, 공주는 황당한지 한 걸음 물러났다.

"당신, 지금 무슨 소리하나? 당신은 여성 전용 칸을 반대하는 것 아니었나?"

공주가 자신의 말뜻을 잘 이해하지 못하는 것 같기에 다케루는 공주 뒤에 있는 여자들에게 협력을 구하기로 했다.

"여러분, 손거울 있습니까? 거울을 꺼내서 얼굴을 지키십시오. 거울 마법과 합체 마법을 동시에 쓰는 겁니다. 거울이 없는 분은 휴대폰 셀카 기능을 이용하십시오."

"이 아저씨, 뭐야?"

교복 차림의 소녀가 뜬금없다는 듯 말했지만, 옆에 있는 회사원인 듯한 여성이 거울을 꺼내는 것을 보고 느릿느릿 휴대폰을 꺼내기 시작했다. 여자들이 번뜩이는 빛으로 얼굴을 지키자, 햇빛이 모이면서 마치 하나의 거대한 거울처럼 되었다. 그러자 다케루는 뒤로 돌아서서 자신의 뒤에서 디지털카메라와 휴대폰을 들고 있는 비열한 족속들을 매섭게 노려봤다.

"여기에 있는 여러분을 촬영하려 해도 당신들 얼굴이 찍힐 뿐입니다. 여기서 나가지 않으면 당신들 모습을 인터넷에 올릴 겁니다."

"당신, 뭐야? 왜 갑자기 여자 편을 드는 건데? 도대체 뭘 하고 싶은 거야?"

한 명이 겁에 질린 창백한 얼굴로 따졌지만, 다케루가 날카롭게 슬쩍 쳐다보자 하는 수 없다는 듯이 카메라를 내렸다. 세 명이 서둘러 옆 칸으로 이동하자 환성과 박수가 퍼졌다.

"뭐가 뭔지 잘 모르겠지만, 정말 고맙네."

공주는 머뭇머뭇 웃고 있다. 열차는 다케루의 직장이 있는 역에 정차했다. "인사를 받을 만한 일이 아닙니다. 당연한 일을 했을 뿐입니다." 하고 다케루는 깍듯이 대답했다. 문이 좌우로 열리고 다케루가 내린 직후 여성 승객이 올라탔다. 자신을 보고 움찔거리며 긴장하기에 다케루는 문이 닫히기 직전에 몸을 집어넣고 재빨리 이 말을 남겼다.

"용사의 자격이란 골드 메달도, 매직 포인트도, 공주를 구출하는 것도 아닙니다. 친구와 협력하는 것입니다. 여러분, 그걸 깨닫게 해 줘서 고맙습니다. 그럼 안녕히!"

문이 닫히고 열차 안에 가득 울렸던 박수 소리가 부드럽게 끊겼다.

플랫폼에 내려서자, 도쿄만 연안 지역인데도 여름 방학 전의 교정 같은 풋풋한 풀 냄새와 흙냄새가 났다. 공주를 태운 열차가 바다를 달려 나간다. 파란 하늘을 올려다보니 뭉게구름이 소용돌이치고 있어 콘피던스 님, 하고 그 고귀한 존함을 읊조렸더니 저편에 왕국이 아주 잠깐 모습을 드러낸 기분이 들었다.

아기 띠와 불륜 초밥

도큐 연선(沿線) 전철역에서 도보로 20분, 한적한 주택가 맨션 지하 1층에 있는 회원제 이탈리안 창작 초밥집 'SHOUYA mariage'에 외국계 투자 운용사 영업 부장인 도조가 영업 보조직원인 니시나 가에데와의 저녁 식사 예약을 한 것은 그녀가 거의 넘어왔다는 확신이 들었기 때문이다.

그녀의 재치 있는 일솜씨와 남성 사원의 립 서비스에 난감한 듯 갈색 머리를 찰랑거리며 고개를 갸웃하는 몸짓, 손목에 비치는 파란 혈관, 차분한 색상의 스웨터 위로 드러난 곡선, 점심시간에 지갑만 챙겨 외출하는 뒷모습 등 모든 것이 도조의 취향에 맞았다. 도조와는 스물여섯 살이나 차이가 나고, 또 그에겐 처자식도 있지만 성실한 성격인 듯한 니시나가 그걸 신경 쓸 겨를도 주지 않을 만큼 도조는 그녀가 중도 입사한 그날부터 계속해서

잽을 날렸다. 일부러 약간 많은 양의 업무를 맡기고 그녀가 사무실에 혼자 남는 상황을 만들어 격려와 위로를 해 준다는 핑계로 무슨 일이 있을 때마다 은근히 비싼 점심을 사 주었다.

그러는 동안 니시나는 조금씩 마음을 열게 되었다. 일 년 전에 연인과 헤어졌다는 것, 간호사 공부를 하는 여동생과 도쿄 시나가와구 도고시에 살고 있다는 것, 본가는 경제적으로 여유롭다고 할 수 없다는 것, 좋아하는 애니메이션 캐릭터의 캡슐 토이를 수집하고 있다는 것을 쑥스러워하며 고백했다. 그리고 마침내 지난주에 거래처 접대를 하고 돌아오는 택시 뒷좌석에서 작은 머리를 도조의 어깨에 기댄 것이다.

'SHOUYA mariage'는 트뤼프와 캐비어, 푸아그라, 산지 직판장의 유기농 채소를 사용한, 전통에 얽매이지 않는 초밥과 이탈리안 와인과의 참신한 조합을 특징으로 내세운 초밥집이지만, 무엇보다도 가게의 분위기가 젊은 여자를 데려가기에 적합하다는 것이 도조 정도의 연봉을 받는 남자들 사이에서 입소문을 타고 서서히 퍼져 나갔다. 지금까지 다섯 번 정도 이용했는데 그중 한 번은 여대생 인턴을 호텔로 데려갔고 또 한 번은 미인인 손 전문 피부 관리사와 짧게 교제하기에 이르렀다.

음식에 대한 지식이 깊지 않아도 와인을 포함해 3만 5천 엔짜리 코스만 주문하면 고맙게도 셰프가 눈치껏 호흡을 맞춰서 와인을 잔으로 내줄 때 반드시 상표를 언급해 주므로 걱정할 필요가 없다. 검은색 계열로 내부 인테리어를 한 가게에는 네 팀 정도 앉으면 거의 꽉 차는 대리석 카운터 석이 하나 있을 뿐이다. 벽 한 면에는 와인 라벨이 장식되어 있고 이탈리아에서 직수입한 인테리어 소품이 적당한 무게감을 자아내는 분위기 속에 조용한 재즈가 흐른다. 좌석은 서로 자연스럽게 떨어져 있고 바처럼 어둑한 간접 조명 덕분에 다른 손님의 얼굴은 잘 알아볼 수가 없다. 무엇보다 입지가 더할 나위 없다. 자연히 택시를 이용할 수밖에 없어 알딸딸하게 취해 가게를 나선 뒤에는 곧장 시부야의 호텔로 직행할 수 있다.

"와, 이렇게 근사한 가게에는 처음 와 봐요. 어른의 비밀 기지 같은 곳이네요."

니시나가 힐 때문에 계단을 조심조심 내려갈 때, 도조는 은근슬쩍 그녀의 허리에 손을 둘렀다. 푸른색 LED 조명에 비친 자갈길을 지나 대나무를 좌우로 헤치자 조릿대를 가리개 삼은 듯한 허리쯤 오는 높이의 문이 나타났다. 자, 먼저 들어가지, 하고 도조가 문을 밀었다. 니시나가 허리를 굽혀 들어갈 때 둥근 엉덩이를 내미는 모양새가 되어 도조는 침을 삼켰다. 어깨가 드러난 니트는 평소 니시나의 옷차림과 달리 제법 대담한 편으로, 그녀도 오늘 밤은 그럴 생각이구나, 하는 확신이 들게 했다.

유리로 된 바닥 속에는 조약돌이 촘촘히 깔려 있고, 카운터 부근을 따라 가느다란 시냇물이 졸졸 흐른다. 두 사람은 시냇물을 넘어 다리가 긴 스툴에 나란히 앉았다. 금색으로 염색한 짧은 머리의 요리사 유니폼을 입은 삼십 대 남성 셰프가 어서 오세요, 하고 인사하듯 말없이 눈짓으로만 환영해 줬다. 손님은 두 팀이 더 있었는데, 모두 도조와 동년배인 번듯한 옷차림의 남자와 젊고 아름다운 여자의 조합으로, 저마다 속삭이듯 대화를 하고 있었다.

도조가 자, 하고 소형 서류 가방에서 가차폰*의 캡슐 토이를 꺼내자, 니시나는 와, 기억해 주시다니 감사해요, 하고 웃음을 띠고 가게 분위기와는 전혀 어울리지 않는 그것을 두 손으로 보물처럼 받았다. 비닐을 벗기고 캡슐을 열더니 눈을 동그랗게 떴다.

"이거 희귀 캐릭터라 뽑기 어려운데, 어떻게 뽑으셨어요? 제가 가장 갖고 싶었던 거예요."

"니시나를 위해 아저씨가 나잇값도 못하고 열심히 돌렸지."

도조는 그렇게 말하고 웃은 뒤 니시나의 팔을 가볍게 쓰다듬었다. 그녀는 거부하지 않았다.

그 교복 차림의 미소년 캐릭터를 손에 넣기 위해 도조는 아내에게 거래처의 어린 아들이 갖고 싶어 한다고 외주를 줬다. 아내

● 동전을 넣고 손잡이를 돌리면 상품이 담긴 캡슐이 나오는 소형 랜덤 자동판매기의 상표명

는 중학생 딸을 데리고 오락실에 다니면서 뽑기 결과를 일일이 라인으로 알려 왔다.

원래는 같은 업계 종사자였던 아내는 일을 위해서라면 어떤 협력도 아끼지 않는다. 워낙 매사에 노력하는 사람이라 딸의 입시 때도, 반상회 바자회 때도 남들보다 더 열심히 해서 늘 다음 날 몸살로 앓아누울 정도다. 잡화점에서 아르바이트를 하다 결국 계약직으로 채용돼 본인도 어리둥절해한다. 다이어트도 게을리하지 않아, 이런 식으로 밖에서 연애를 즐기는 일은 있어도 아내에 대한 애정은 변함이 없다. 대화와 스킨십은 줄었지만, 평균보다는 훨씬 사이좋은 부부라고 생각한다.

캡슐을 뽑을 때도 틀림없이 결사의 심정으로 두 손을 모아 손잡이를 돌렸을 것이다. 원하던 캡슐이 나왔을 때는 그 캡슐을 손에 들고 승리의 포즈를 취한 사진과, 기쁨을 표현한 이모티콘을 눈사태처럼 마구 보내 왔다.

니시나는 교복 캐릭터를 손바닥에 올리고 얼굴이 어떻다는 둥 성격이 어떻다는 둥 실재하지 않는 그의 매력에 대해 애정을 담아 말했다. 그것을 들으며 묘하게 질투 같은 감정을 느낀 도조는 그녀의 말을 끊어야겠다는 생각에 턱을 괴고 셰프에게 말을 걸었다.

"오늘의 추천 메뉴는 뭔가?"

"마침 6월이라 좋은 가다랑어가 들어왔습니다. 갈릭오일로 드실 수 있죠. 단새우푸딩도 인기입니다. 그리고 아주 좋은 붉은 파프리카가 들어왔습니다. 마치 과일처럼 달고 두껍죠."

"그래그래, 여기 채소는 셰프가 직접 가마쿠라의 아침 시장까지 가서 들여오지. 다른 곳과는 비교도 안 될 만큼 신선하고 달다니까."

"이 가게에 자주 오시나 봐요?"

니시나가 다시 도조에게 고개를 돌렸다. 다른 두 팀도 와인을 앞에 두고 주로 여자가 맞장구를 치고 있다. 셰프와 남자들의 공범 관계에 도조는 마음이 편안해졌다.

"금박을 띄운 스푸만테, 캐비아와 트뤼프를 올린 게살무스, 내장을 얹은 전복초밥과 붉은 파프리카소스입니다."

그렇게 말하고 셰프가 카운터에 나열한 것은 캐비아와 트뤼프에 묻혀 거의 보이지 않는 게살무스가 담긴 유리 접시와, 전복초밥에 오로라 색 소스를 끼얹은 것이었다. 묵직한 은제 젓가락을 곁들였다. 언밸런스 헤어스타일의 젊은 미남 종업원이 와서 금박이 들어 있는 잔에 차가운 스파클링와인을 따르자 황금과 거품이 솨아솨아 하고 춤추기 시작했다.

"와, 굉장해요. 반짝반짝 빛나는 게 보석함 같아요. 여기 정말 초밥집 맞아요?"

니시나는 황홀해하며 잔을 조명에 비추었다. 그 바람에 희고 가는 목이 훤히 드러났다. 한 모금 마시자마자 입술에 윤이 나고 눈은 게슴츠레 풀어지고 촉촉해졌다. 이것을 위한 3만 5천 엔이다.

"하긴, 스파클링은 만능이니까. 초밥에는 좌우간 스파클링 아니면 미네랄이 느껴지는 가벼운 화이트가 어울리지. 그리고 로제도. 붉고 무겁고 떫은 와인은 무조건 피하는 게 좋아. 타닌이 초밥의 섬세한 맛을 죽이니까 말이야."

"부장님은 정말 많이 아시는군요."

"그리고 김이나 간장은 떫은 와인과는 궁합이 나쁘거든. 여기 초밥은 거의 올리브오일이나 채소소스, 그리고 소금을 찍어서 먹게 하는데, 이게 참 신선하고 눈이 번쩍 뜨이는 맛이야. 초밥과 와인의 마리아주, 이런 자유로운 발상은 비즈니스에도 응용할 수 있지."

"아, 힌트는 다양한 곳에 있는 거군요. 과연."

도조는 스푸만테를 한 모금 마시고 스푼으로 무스를 떠먹었다.

"옳지, 시원하고 맛있군. 견과류 같은 오크통 향이 잘 배어 있어. 게살의 단맛을 돋보이게 해 주는 것 같지 않나? 저런, 입술에 묻었군. 실례."

도조는 자연스럽게 니시나의 통통한 윗입술에 묻은 금박을 엄지손가락으로 닦았다. 그녀는 젖을 달라고 보채는 갓난아기처럼 계속 입을 작게 벌리고 있었다. 매끈한 침과 금박이 도조의 손가락에 들러붙었다. 정말 갓난아기처럼 젖내가 나는군, 하고 낯간지러운 기분이 든 순간, 바로 옆에 머리가 큰 아기가 나타나 흠칫 놀랐다.

정확하게는 거대한 아기를 에르고 아기 띠로 가슴에 묶어 매단, 체격 좋은 중년 여성이 달콤한 젖내를 주위에 퍼뜨리면서 문앞에 우뚝 서 있었다. 회색 추리닝 바지에, 군데군데 모유 같은 얼룩이 있는 꼬질꼬질한 니트는 실내복보다 못한 옷차림이었다. 그 아기 엄마는 저벅저벅, 하고 소리가 나는 듯한 발걸음으로 도조 일행의 자리에서 가까운, 주방이 옆에서 들여다보이는 각도의 스툴에 털썩 앉은 뒤 묵직해 보이는 기저귀 가방을 바닥에 내려놨다. 이곳에 처음 온 것이 분명하건만, 굵고 낭랑한 목소리로 이렇게 말했다.

"애를 데려와서 죄송합니다! 그런데 애가 지금 푹 잠들었거든요. 저는 후딱 먹고 잽싸게 갈게요! 죄송합니다!"

"손님, 죄송합니다. 저희 가게는 회원이 아닌 손님은······."

조심스럽게 말하는 셰프를 향해 아기 엄마는 전혀 미안하지 않은 말투로 재빨리 이렇게 말했다.

"저는 요 맞은편 맨션 3층에 사는 사람인데요, 이 맨션 건물주의 어머님이 건물 관리도 하시고 1층에 살고 계시잖아요. 얼마 전부터는 밤마다 건강을 위해 걷기 운동을 하고 계시죠. 우리 애가 밤중에 우는 게 일이라 재우려고 매일 밤 산책을 하다가 그분을 알게 돼서 친해졌어요. 그래서 이런저런 얘기를 하던 중에 제가 술과 날 생선에 굶주려서 죽을 것 같다고 하소연했더니, 그 여사님이 이 지하의 초밥집이 아들 소유니까 저더러 모유 수유를 졸업하면 언제든지 편한 시간에 오라고 하시더라고요. 그래서 진짜로 왔죠. 아, 사장님! 건물주에게 연락해서 방금 이 얘기의 사실 여부를 확인해 주시겠어요?"

셰프는 곧바로 등을 돌리고, 언밸런스 청년이 살며시 내민 무선 전화기를 받더니 어디론가 전화를 걸었다. 잠시 후 떨떠름한 표정으로 이쪽을 향해 다시 돌아서서 고개를 작게 끄덕였다.

"그러면은, 일단 전어! 맥주랑 같이요!"

아기 엄마는 물수건이 나오지 않고 있음을 알아차렸는지, 기저귀 가방에서 누가 봐도 아기용인 대형 물티슈를 꺼내 손과 얼굴을 쓱쓱 문질러 닦았다. 아기는 꼼짝도 하지 않고 그 다부진 몸에 착 달라붙어 있다. 고집이 얼마나 센지 미간에는 주름이 또렷이 잡혀 있고, 입술에서는 투명한 침이 흘렀으며, 손발은 애벌레처럼 살이 겹겹이 포개어져 있다. 잠들어 있을 터인데 왠지 시끄럽다는 인상을 받았다. 지금은 가급적 떠올리고 싶지 않은데도 자꾸 딸 생각이 나서 도조는 안절부절못했다. 사실 딸이 이만

한 아기였을 무렵에는 일이 정신없이 바빠서 거의 집에 가지도 못했지만.

"저희 가게는 맥주는 취급하지 않습니다."

셰프의 차갑다고 해도 될 정도의 말투에도 아기 엄마는 아랑곳하지 않았다.

"아, 그래요? 그럼 핫카이산 사케!"

"저희 가게는 글라스와인과 초밥의 마리아주를 자유로운 발상으로 즐기는 가게라서."

"어, 그런가요? 죄송해요, 아무것도 모르고 왔네요. 관리인 여사님께는 초밥집이라고만 들어서. 저는 잔으로 이것저것 마시는 걸 잘 못해요. 너무 차가운 화이트와인은 체온과 비슷한 초밥용 밥에 안 맞는 것 같기도 하고요. 음, 그럼 와인 리스트 좀 주시겠어요?"

"보틀을 혼자 드시겠다는 말씀이신지?"

셰프뿐만이 아니다. 카운터 석 전체에 동요가 소란스럽게 퍼져 갔다. 이제 아무도 대화 같은 것은 하지 않는다. 이 가게에서 와인을 병으로 주문하면 3만 5천 엔 가지고는 어림도 없지, 하고 도조는 식은땀을 흘렸다.

"옛날, 이라고 해도 이 년 전인가. 그 무렵에는 밤마다 한 병은 예사로 비웠거든요. 무조건 다 마실 수 있어요."

언밸런스 청년에게 와인 리스트를 건네받은 아기 엄마는 인상을 쓴 채 리스트를 가까이 봤다가 멀리 봤다가 했다.

"죄송한데요, 제 주위만 조명을 밝게 해 주시겠어요? 죄송해요. 애 낳고 시력이 확 떨어졌거든요. 수유를 하고부터는 더 심해져서……."

셰프는 들으란 듯이 한숨을 쉬었다. 언밸런스 청년이 안쪽으로 모습을 감추자 곧바로 아기 엄마의 머리 위에서 환한 빛이 쏟아졌다. 그러자 어둑했던 실내가, 그녀가 주인공인 무대로 탈바꿈해 도조는 점점 더 심기가 불편해졌다. 조명 아래서 보니 머리는 부스스하고 눈 밑에는 다크서클이 져 있고 얼굴은 화장기라고는 없이 창백하다. 지칠 대로 지친 데다 젊지도 않고 부어 있다. 아름다운 구석이라고는 전혀 없는 여자였다. 그런데도 조금도 꿀릴 것 없다는 듯한 태도에 도조는 화가 났다. 온 시선이 자신에게 쏠리고 있는데도 아기 엄마는 태연히 말했다.

"제가 초밥과 와인을 먹는 게 1년 9개월 만이거든요. 불과 네 시간 전에 드디어 야간 수유를 끝냈어요. 얘가 지금 생후 11개월 됐는데, 낮에는 분유도 문제없이 잘 먹으면서 밤만 되면 젖을 세 시간 간격으로 줘야 했어요. 그런데 이제 수유 없이 아침까지 쭉 잘 수 있을 것 같아요. 저는 임신 사실을 알게 되고 나서 오늘까지 그렇게 좋아하던 날 생선도, 알코올도 아예 입에도 대지 않았답니다. 그래서 모유 수유를 졸업한 날 밤만큼은 마음대로 실컷 먹고 싶어요. 후딱 먹고 잽싸게 갈 테니 너무 신경 쓰지 마세요. 여기 말고는 올 데도 없다니까요!"

말하는 족족 이곳에서는 듣고 싶지 않은 키워드의 홍수에 도조는 귀를 막고 싶었다. 그러나 그녀에게는 누구도 방해하게 두지 않겠다는 이상한 박력이 넘쳐흘렀다. 잠을 거의 못 잤는지, 자세히 보니 흰자위에 핏발이 징그러울 만큼 서 있었다.

"1년 9개월 만에 먹는 술이니까 가벼운 화이트나 스파클링, 로제로는 절대로 만족 못 하죠. 떫고 제법 묵직한 레드를 꿀떡꿀떡 마셔야겠어요. 저기, 저 벽에 라벨이 붙어 있다는 건, 그러니까 슈퍼 투스칸 와인인 티냐넬로가 있다는 거네요?"

벽을 가리키며 와인 이름을 말할 때 그녀의 목소리는 기쁨에 살짝 떨리는 듯했다.

슈퍼 투스칸이라면 얼마 전에 화제가 되었던 것 같다. 이탈리아 토스카나 지방에서 새로운 양조 방법으로 생산된 와인. 도조는 카운터 밑에서 니시나 몰래 휴대폰으로 검색해 봤다. 티냐넬로는 1971년에 와인 명가 안티노리에서 그 지역 고유의 포도 품종인 산조베세에 국제 품종인 카베르네 소비뇽을 블렌딩해 탄생시킨 명품 와인이라고 한다.

"물론 있습니다만……. 타닌이 세서 어울리는 식재료를 찾기가 어려우리라 생각합니다만."

"그래도 산조베세가 중심인 만큼 이 품종 특유의 산미가, 보르도처럼 카베르네가 중심인 과하게 무거운 와인보다는 초밥에 어울릴 것 같아요. 시도해 보죠, 뭐. 티냐넬로와 함께 먹을 초밥은, 여기서 만들어 주실 수 있을 만한 걸로 제가 생각할 테니 그렇게 만들어 주세요. 부탁드립니다!"

아기 엄마가 아무렇지도 않은 듯이 천연덕스럽게 말했다.

"아······."

셰프는 곤혹스러워하며 그 자리에 굳어 버렸다.

카운터 석의 맨 오른쪽에 앉아 있던 마스카와 사에코는 바질 소스를 올린 가리비초밥을 묵직한 젓가락으로 집어 먹으면서 말소리가 들리는 모서리 자리를 물끄러미 바라봤다. 방금 그 말과 똑같은 말을 어디선가 들은 적이 있다.

현재는 긴자의 고급 클럽에서 호스티스로 일하는 사에코는 십년 전에 업소 손님과 첫 데이트를 했을 때 그 손님이 바로 이런 주문을 했다는 사실이 떠올랐다. 당시 사에코는 야마나시현에서 갓 상경한 열여덟 살 업소 아가씨로, 고급 초밥집에서 엉뚱하게도 연어를 주문할 정도로 미식을 잘 알지 못했다. 그런 사에코에게 그 남자는 도쿄식 전통 초밥의 맛을 보여 줘야겠다며 잔뜩 별렸다.

그런데 하필이면 그때 단골 초밥집을 사장의 자식이 물려받는 바람에, 그들이 갔을 때 그곳은 가벼운 와인과 담백한 초밥의 절묘한 조화를 즐기는 스타일로 바뀌어 있었다. 남자는 버럭버럭 화를 내더니 로마네 콩티를 보틀로 가져 와라, 그에 맞는 초밥을 직접 지시하겠다, 하고 터무니없는 소리를 내뱉었다.

그 남자도 저 아기 엄마처럼 굵고 낭랑한 목소리로 당당하게 주문을 넣은 몸집이 큰 대식가였다. 기억하기로는 중동의 석유 개발에 종사했던 것 같다. 지금 사에코 옆에 앉아 있는 벤처기업 사장에게는 없는 땀과 흙의 향기가 났다. 그러고 보니 그 초밥집은 어떻게 되었을까. 이런 종류의 초밥집은 해마다 많이 생겨 났다가 이 년도 못 버티고 사라진다. 그 사람, 내가 참 좋아했는데, 하고 사에코는 오랜만에 그를 머릿속에 떠올렸다.

주문한 레드와인이 나왔다. 아기 엄마는 라벨의 동그란 마크를 황홀하게 바라보며 손가락으로 훑었다.

"1997년! 맛있는 빈티지네요!"

코르크 마개가 퐁 하고 빠졌다. 아기 엄마는 언밸런스 청년이 따라 주려는 것을 부드럽게 거절하고 스스로 자기 잔에 찰랑찰랑 따라 한 모금 마셨다. 창백했던 얼굴이 순식간에 주홍빛으로 물들었다. 안약을 넣은 것처럼 흰자위가 촉촉해지고 푸석푸석했던 머리까지 물기를 머금은 듯 보였다.

"왔구나……."

아기 엄마는 주먹으로 이마를 한 번 찍더니 미간에 주름을 잡고 나직한 소리로 끙끙 앓았다. 그러자 바로 밑에 있는 아기와 똑같은 얼굴이 되었다. 그리고 그녀의 1년 9개월이 그 몸에서 가게 전체로 녹아 내려가는 듯한 긴 한숨을 하아아, 하고 내쉬었다. 아기 엄마는 형형히 빛나는 눈으로 셰프에게 주문했다.

"가리비 있나요? 거기에 간장을 발라서 겉만 살짝 익히고 김에 싸서 먹는, 레어 이소베야키로 해 주시겠어요?"

"저희 가게는 김은 취급하지 않습니다."

"그래요? 그럼 차조기는 있나요? 그걸로 싸 주세요."

셰프는 무표정으로 고개를 끄덕인 다음, 꾸물대면서 가리비를 껍질째 토치로 굽기 시작했다.

아기 엄마는 손목에 감아 뒀던 머리끈으로 산발한 머리를 하나로 꽉 묶었다. 관자놀이가 팽팽하게 당겨져 두 눈이 치켜 올라갔다. 생각지도 못한 귀염성 있는 얼굴이었다. 간장을 발라 고소할 것 같은 가리비가 차조기에 싸여 나오자 아기 엄마는 충분히 감상하고 천천히 손으로 집어 덥석 먹었다. 탱글탱글한 가리비의 식감을 전해 주기라도 하듯 그녀는 오른쪽 어깨를 살짝 들어

올렸다. 그리고 곧장 와인을 크게 한 모금 마신다.

가리비를 씹고 와인을 삼키는 동작을 반복하는 사이, 홍조 띤 뺨은 더욱 붉어지고 허영던 입술이 붉게 물들며 그녀의 온몸에 피가 돌면서 푹푹 뿜어내는 열기가 주위에까지 전해지는 것 같았다. 가게 안의 온도는 확실히 높아졌다. 도조는 얼음처럼 차가운 피노 그리조와 아보카도, 댑싸리 씨, 참치 뱃살을 넣어 만든 캘리포니아롤에 손도 대지 않고 그녀를 넋을 잃고 바라보았다. 다른 커플도 모두 식사하던 손을 멈추고 있다. 아기 엄마의 목소리가 더 씩씩해졌다.

"붕어초밥 같은, 삭힌 것도 있나요? 아, 없어요? 그럼 치즈, 그렇지, 숙성된 미몰레트 있나요? 그걸 얇게 저며서 초밥으로 만들어 주세요. 큰 산파나 골파가 있으면 송송 썰어 뿌려 주시고요."

"미몰레트초밥이라니, 정말 근사해요! 저도 먹어 봤으면 좋겠어요. 부장님, 저 사람 굉장한 미식가 같지 않나요?"

흥분한 니시나는 캘리포니아롤이 아닌 아기 엄마만 보고 있다.

"우리는 코스로 시켜서 다른 거 주문하기는 어렵지."

도조는 아니꼬운 마음에 그렇게 속삭였다. 두 사람의 말소리가 들렸는지, 아기 엄마가 느닷없이 너글너글하게 웃으며 말을 걸어왔다.

"미몰레트가 왠지 밥에 잘 맞더라고요. 가장 맛있게 먹는 법은

요, 얇게 저며서 오차즈케*에 올려 먹는 거예요. 나가타니엔*에서 나온 오차즈케랑 아주 잘 어울려요."

"와, 따라해 봐야겠어요. 고맙습니다!"

니시나는 그녀와 말을 섞은 것이 어지간히 기쁜지, 작은 동물처럼 귀엽게 어깨를 한껏 으쓱하고 휴대폰에 메모까지 했다. 아기 엄마는 대형 물티슈로 다시 손을 닦은 뒤, 카운터에 올라온 숭어어란초밥과 똑같이 생긴 미몰레트초밥을 귀한 음식인 것처럼 소중히 먹더니 이번에는 알코올이 몸 구석구석에 스며들도록 와인을 천천히 마셨다.

"이번에는요, 여기 이탈리안이니까 숙성 생햄 있겠네요? 그걸 초밥으로 만들어 주세요. 유자후추도 있으면 조금 곁들여 주시고요. 숙성 와인에는 숙성 재료가 아니면 맛을 충분히 느끼는 데 지장이 있을 것 같거든요. 아, 그렇지, 야마나시현 고후시에 있는 와이너리를 둘러봤을 때, 재미있는 안주를 만난 적이 있어요. 콩가루를 묻힌 신겐모치라는 찹쌀떡과 얇게 저민 파르미지아노 치즈를 생햄으로 돌돌 만 거였어요."

"네에? 떡과 생햄이요? 세상에, SNS에 올라올 만한 별난 조합이네요!"

● 녹차에 밥을 말아먹는 음식
● 일본의 대표적인 식품 가공 업체로 특히 오차즈케가 유명하다.

니시나가 눈을 반짝였다. 처음 보는 손님끼리도 격의 없는 상점가 초밥집 같은 화기애애한 분위기에 도조는 내심 이를 갈며 분노했다.

"의외죠? 햄의 짠맛과 콩가루의 고소함, 떡의 쫀득함과 단맛이 묵직한 메를로에 아주 잘 어울리더라고요. 아, 그 메를로는 신문사에서 일류 주조 회사에 협력 받아 만든 희귀한 와인이라 웬만해서는 구하기 힘들 거예요."

"세상에, 마셔 보고 싶어요!"

어떤 지식을 꺼내도 이 아기 엄마에게는 지고 만다. 지금은 아무 말도 하지 않는 것이 상책이다, 하고 도조는 입술을 꾹 다물었다.

"저는 고향이 야마나시거든요. 국산 와인도 좋아하시나 봐요."

어느덧 가장 오른쪽 좌석의 기업가풍 남자의 일행인, 정말이지 돈이 많이 들 것 같은 호스티스 분위기의 미인까지 몸을 내밀고 있다. 아기 엄마는 와인 잔을 흔들며 차근차근 말했다.

"그럼요, 와인이라면 어디든 달려갔었는데. 그래서 인생에서 가장 괴로웠던 1년 9개월이었어요. 무알코올 맥주로는 위안도 안 되고. 치즈도 하필 에푸아스 같은 워시 타입˚을 좋아해요. 좋

● 표면을 소금물이나 알코올로 씻으면서 숙성시킨 치즈

아하는 것마다 애 때문에 거의 금지라서……. 그런데 왠지 신나는데요! 이런 식으로 술 마시면서 어른과 대화를 하는 게 얼마만인지."

조명의 영향인지, 루비색으로 변한 와인을 아기 엄마가 꿀꺽꿀꺽 다 마셔 버렸다.

"아, 그렇지, 참치간장절임 있나요?"

"저희 가게는 참치는 전부 손님이 보시는 앞에서 토치로 겉면만 익혀서 발사믹소스나 트뤼프소금과 함께 드시도록 하고 있습니다."

"그래요? 간장 맛이 밴 참치는 이런 단맛이 느껴지는 타닌의 와인에 잘 맞는다고 생각했거든요. 소믈리에 친구도 묵직한 레드와인과 참치간장절임의 궁합은 그럭저럭 나쁘지 않다고 했고요. 지금부터라도 초밥 간장에 절여 놓으시면 마무리할 즈음에는 먹을 수 있을 것 같은데, 그렇게 해 주시겠어요? 제가 워낙 날 생선에 굶주려서……."

"저도 간장절임으로 먹어 보고 싶어요! 괜찮으시죠?"

니시나가 적극적으로 찬성하자, 호스티스도 생긋 웃으며 고개를 끄덕였다.

"그럼요, 나도 먹고 싶은걸요! 참치간장절임과 떫은 레드와인, 시도해 보고 싶어요."

셰프가 손질된 참치덩어리를 꺼내자, 연타를 가하듯 아기 엄마가 명령했다.

"그렇지, 절이는 동안 성게알군함말이를 만들어 주시겠어요? 아차, 김이 없댔지. 그럼 오이를 얇게 저미서 대신 감아 주세요. 아사쿠사에 있는 초밥집에서 먹어 봤는데, 비취색과 등자색의 대비가 참으로 아름다웠어요."

시마다 마사미는 알맞게 차가워진 로제와인과 생고기카르파초, 성게알초밥, 과일소스를 곁들인 푸아그라를 앞에 두고, 아기 엄마에게서 눈을 뗄 수가 없었다. 이런 부류의 여자가 술을 마시고 비싼 음식을 먹고 즐겁게 이야기하는 모습을 마사미는 전업주부인 어머니를 포함해서 지금껏 한 번도 본 적이 없었다. 전문대를 나와 컨설팅 회사에 입사한 지 오 년이 된 마사미는 옆에 앉아 있는 처자식이 있는 상사와 줄곧 사귀고 있다. 마사미는 결혼도 아이도 관심이 없는 데다 이 관계에 불만이 없다. 남자에게 아내는 지루한 여자라고 들었다. 육아 외에는 아무것도 하지 않고, 가끔 외식을 가도 제대로 꾸미지도 않고 시야가 좁아서 대화가 유난히 재미없다고 한다. 그 점에서 마사미는 영화나 독서의 화제도 풍부하고 독립했기 때문에 대등하게 교제할 수 있으며 함께 있으면 세계가 넓어지는 것 같다고 칭찬을 받았다. 실제로 둘이서 몰래 다녀온 남미 여행은 무척 재미있었다.

하지만 그녀는 정말 지루한 사람일까. 아이 외에 아무도 만나지 않으면 시야가 좁아지는 것은 당연하고, 시간에 쫓기다 보면 가장 먼저 손을 놓는 것이 문화생활이다. 어쩌면 일상의 자질구레한 일 너머에 그녀가 본래 가졌던 즐거움이 존재하는 것은 아닐까. 이 아기 엄마처럼 레드와인을 한 손에 들고 자기 자신에 관해 이야기하는 남자의 아내를 상상해 봤다. 그녀를 딱 한 번 사내 바비큐 파티에서 만난 적이 있다. 세 아이에게 한시도 눈을 떼지 않는 조신한 여자였다. 누가 술을 권해도 입에 댈 겨를이 전혀 없어 보였다.

마사미가 경멸해야 할 사람은 그 여성이 아니라, 어쩌면 옆에 있는 남자가 아닐까. 그들이 이렇게 다림질이 잘된 셔츠를 입고 젊은 여자와 고급 초밥을 먹는 사이에, 그 등 뒤에는 집안일과 육아에 쫓기는 여자들이 있다는 것이다. 이 가게의 분위기가 묘하게 달라진 것은 본래는 숨어야 할 존재가 갑작스럽게 등장했기 때문이다.

소금에 찍어 먹는 성게알오이군함말이에 이어, 겉만 살짝 익힌 가다랑어에 진액이 나올 때까지 두드린 파를 올려서 초밥으로 만들어라, 바짜라는 살라미가 있을 터이다. 그것과 청토마토를 종이처럼 얇게 슬라이스해서 초밥에 올려라, 미국가지를 튀겨 봐라, 체에 거른 매실절임은 있느냐, 도미를 간 깨와 볶은 깨와 설탕과 간장과 술로 만든 양념장에 무쳐라…… 하고 아기 엄마는 와인 병을 든 지휘관이 되어 셰프를 이리 뛰고 저리 뛰게 만들었다.

와인을 계속 마시며 완성된 초밥을 차례로 입안 가득 넣고 신나게 먹었다. 도조가 지금껏 만난 그 어떤 여자보다 잘 먹고 잘 마시는 여자였다. 잔을 기울일 때마다 그녀 안에서 관록이 묻어나는 것 같았다. 그녀가 참치간장절임을 맛있게 다 먹자마자 아기가 앙 울기 시작했다. 아기가 얼굴을 빨갛게 찡그리고 눈물을 뚝뚝 흘리며 주먹을 꽉 쥐었다. 아기 엄마는 처음으로 당황한 얼굴로 자리에서 일어났다.

"아, 깼네. 으음, 기저귀 때문인가? 여기 화장실에 기저귀 가는 공간 있나요?"

"없습니다."

셰프는 지칠 대로 지친 기색으로 대답했다. 기본적으로 손님이 오마카세*밖에 주문하지 않는 가게라 이렇게까지 구체적인 주문은 받은 적이 없을 것이다. 다른 손님의 음식 조리까지 혼자

● 손님의 주문 없이 셰프가 그날그날 좋은 식재료로 메뉴를 알아서 구성해 제공하는 코스 요리

맡아서 고군분투하는 모습이 안쓰러울 지경이었다.

"그렇죠. 죄송해요, 잠깐 밖에 나갔다 오겠습니다!"

그렇게 말하고 아기 엄마는 얼른 스툴에서 미끄러지듯 내려와 아기와 함께 문 너머로 모습을 감췄다. 자갈길을 밟는 소리가 들렸다.

"뭐야, 저 사람."

도조는 무심결에 그녀가 사라진 쪽으로 몸을 돌려 중얼거렸다.

"그러게 말입니다. 거 참, 적당히 좀 하지."

복장은 캐주얼하지만 결코 젊지 않은 기업가인 듯한 남자가 몸을 이쪽으로 기울여 즉시 동조했다. 도조는 기뻤다. 드디어 다시 조용해진 분위기 속에서 초밥을 집어먹고 있는데, 곧바로 아기 엄마가 돌아왔다. 아기는 벌써 엄마 품에서 손가락을 빨고 새근새근 잠들어 있다.

"요 앞에서 걸었더니 울음을 그쳤어요. 밖에 가랑비가 막 내리더라고요. 어? 내가 빨래를 걷고 나왔던가?"

기업가인 듯한 남자가 와인 잔을 내려놓더니 느닷없이 몸을 돌려 아기 엄마를 공격하기 시작했다.

"당신은 이 가게에 어울리는 사람이 못 되는군. 우리는 조용히 식사를 즐기고 싶단 말이네. 애를 데려왔다고 해서 무슨 진상을 부리든 다 봐줄 거라 생각했다면 큰 오산이야."

도조는 옳소, 하고 생각했다. 억지로 올바른 사람인 척하는 것은 평상시에 하는 것만으로 충분하다고 생각한다. 내가 번 돈으로 아주 조금 달콤한 즐거움을 맛보겠다는데, 그게 뭐가 나쁘단 말인가. 담배도 안 된다, 사소한 장난도 하지 마라, 유모차를 배려해라. 이런 여자가 불손한 태도로 온갖 장소에 나타나 도조 같은 사람들이 마음 편히 있을 곳을 자꾸만 빼앗는다.

"그래, 여기는 어른의 사교장이란 말이야."

도조와 키와 몸집이 비슷한 직장인인 듯한 남자도 낮은 목소리로 가세했다.

"어른의 사교장이 아니라 남자를 위한 사교장이잖아요."

불쑥 말한 사람은 남자 옆에 바싹 붙어 앉은 비서인 듯한 차분한 미인이었다. 모두가 동시에 그녀를 쳐다봤다. 아기 엄마로 말할 것 같으면 지금은 얼굴을 아기에게 향하고 있어서 표정까지는 알 수 없었다.

"저기."

그렇게 말한 사람은 니시나였다. 그녀는 이제 도조를 전혀 보고 있지 않다.

"저는 신경 쓰이지 않아요. 괜찮으니, 마음껏 드세요. 초밥도, 술도 거의 이 년 만에 드시는 거잖아요."

"그러게 말이에요. 지금 이 가게 안에서 초밥과 와인이 가장 간절한 건 이분이죠. 우리야 언제든지 먹을 수 있고. 아, 그렇다기보다는 손님이랑 밖에서 데이트를 하면 대체로 초밥집이니."

미인 호스티스도 고개를 끄덕인다.

"아니, 그래도 TPO라는 게 있는데. 아이도 이 밤중에 불쌍하잖습니까."

도조는 가급적 부드럽게 타이르듯 말했다고 생각했지만, 니시나는 그렇게 받아들이지 않았는지 마치 딴사람처럼 무서운 얼굴로 따지고 들었다.

"뭐라고요? 아까는 자유로운 발상으로 마리아주하는 게 중요하다고 하셨잖아요. 그런데 왜 이분이 초밥을 즐기면 안 된다는 거예요? 이런 가게는 부장님처럼 누군가에게 육아와 집안일을 맡길 수 있는 사람만 즐길 수 있는 장소예요?"

가게는 쥐 죽은 듯 조용해졌다. 그러자 아기 엄마는 아기를 방패 삼듯 배를 내밀고 서로 노려보는 남녀 사이에 끼어들었다.

"다들 정말 고마워요! 너무 죄송해요. 미안합니다. 이제 한두 개만 먹고 빠질게요. 여러분의 멋진 시간을 방해해서 죄송합니다."

입으로는 그렇게 말하면서도 또다시 자신은 아무런 잘못도 없다고 여기는 것이 훤히 보이는 태도로 그녀는 모서리 좌석으로 씩씩하게 걸어가 스툴에 걸터앉았다. 다크서클이 없어지는 바람에, 이곳에 들어왔을 때와는 아주 딴사람이 된 것처럼 눈에는 생기가 넘치고 뺨은 장밋빛이었다.

"슬슬 마무리를 할까. 박고지김초밥 있나요? 피노 네로와 잘 맞는다고 어디서 들은 적이 있는데, 어떨까. 고추냉이도 듬뿍 들어가 있으면 단맛과 씹는 맛을 살려 줘서 더 맛있을 것 같거든요. 그리고 뜨거운 차도 같이 주시겠어요?"

"없습니다. 디저트는 패션프루트잼으로 만든 크레메당주와 디저트와인, 에스프레소가 준비되어 있습니다만."

겁먹은 것이 분명한 셰프는 당장에라도 사라질 듯한 목소리로 대답했다.

"그런가요? 그럼 달걀말이 좀 해 주시겠어요? 물론 설탕 듬뿍 넣어서요! 에스프레소는 더블로 주시고요. 꽤 잘 맞을 거예요."

셰프가 부랴부랴 준비를 시작했다. 달걀을 깨는 소리가 들린다. 이윽고 기름 소리와 달콤한 향기가 감돌기 시작했다. 도조는 불현듯 딸의 운동회 날 아침이 떠올랐다. 아내는 의욕에 가득 차서 호화로운 도시락을 만들었다. 결코 응원하러 오지 않는 아버지에게 딸이 마지막으로 우는 얼굴을 보인 것이 언제였더라. 지금의 딸은 그런 기대를 접은 듯 쿨하다. 다이어트 중이라며 달콤한 달걀말이도 꺼린다.

"나도 달걀말이 먹고 싶다."

니시나의 말에 다른 여자들도 입을 모았다.

"나도, 나도."

카스텔라처럼 겉면이 균등하게 갈색으로 눋은 훌륭한 달걀말이였다. 여자들의 칭찬에 셰프는 그날 처음으로 안도의 미소를 보였다. 아기 엄마는 조그만 잔의 손잡이에 굵은 엄지손가락을 걸치고 아기의 감자 같은 머리를 쓰다듬었다.

"아아, 맛있게 잘 먹었다. 티냐넬로는요, 26대째인 지금의 오너가 세 딸의 협조를 받아 경영하는 와이너리예요. 오늘 밤 저도 마침 세 여성의 도움을 받았고 딱 알맞은 와인도 고른 덕분에 최고의 모유 수유 졸업을 맞이할 수 있었어요. 아아, 즐거웠어. 맛있었고. 여러분, 정말 고마워요. 육아 휴직도 얼마 안 남았고, 내일부터 다시 독박 육아와 가사를 위해 힘낼 수 있을 것 같아요."

자리에서 계산을 할 때 그녀가 기저귀 가방에서 부스럭거리며 꺼낸 것은 지갑이 아닌 '축 출산'이라고 쓰인 대량의 출산 축하금 봉투였다. 봉투를 짝 찢어서 카운터 위에 1만 엔짜리 지폐를 차곡차곡 올려놓았다. 선언대로 그녀는 아기와 함께 자객처럼 모습을 감췄다. 어쩌면 시간으로 따지면 한 시간도 채 머물지 않았을지도 모른다. 그녀가 떠난 빈자리를 보고 모두가 깨달았다.

아기 엄마가 와인 한 병을 다 비웠다는 것을.

비가 온다던 아기 엄마의 말은 사실이었다. 식사하는 동안 내

린 가랑비에 아스팔트는 검게 젖어 있고 공기는 묵직했다. 도조
는 택시까지 불러 놓고 바래다주겠다고 했지만 니시나는 이를
거절했다.

"저는 역까지 걸어갈게요. 20분쯤은 괜찮아요. 요즘 운동 부
족이라."

"어? 그래도 위험한데."

주눅이 든 도조는 움찔거리면서도 쉽게 포기하지 않았다. 택
시 기사가 별 우스운 양반 다 보겠다는 듯이 올려다보는 것이 신
경 쓰여 어쩔 줄을 몰랐다.

"괜찮아요. 아직 젊은데요. 아, 맛있었다. 잘 먹었습니다, 부
장님. 코스 외에 더 시켜서 죄송해요."

니시나는 동정하는 듯이 그렇게 말했다. 계산을 동시에 했는
지, 다른 두 팀이 뒤따르듯 나왔다. 비서인 듯한 여자와 호스티스
같은 여자가 마치 여고생처럼 니시나의 양 옆에서 팔짱을 꼈다.

"아, 그럼 나도 같이 가야겠다."

"나도 왠지 걷고 싶어졌어. 어디 살아?"

여자들은 저마다 아름다운 종아리를 과시하는 모양새로, 나란
히 떠났다. 젖은 아스팔트에 힐이 사정없이 또각거린다.

길 건너에서 짧은 보폭으로 빨리 걷기를 하고 있는, 선 캡에
운동복 차림인 초로의 여성이 다가왔다. 그녀는 똑바로 앞을 향

한 채, 세 남자 앞을 활기차게 지나갔다.

지하에서 달걀말이의 달콤한 잔향이 올라와 비 냄새와 어우러졌다. 맞은편 맨션 마당에 있는 커다란 비파나무 가지가 길거리에까지 드리워져 있다. 아기의 울음소리가 들려온다. 그 소리가 나는 3층 베란다에는 깜빡하고 걷지 않은 듯한 기린 인형이 흠뻑 젖어서 난간에 들러붙어 있었다.

서 있으면
시아버지라도
이용해라

긴급 사태 선언 해제만 기다렸던 나는 이혼 신고서를 남기고 아들과 함께 도쿄의 집을 나와 신칸센을 타고 고향으로 돌아왔다. 남편 아쓰시와 갈라서도 잘 살 수 있겠다고 확신한 것은 감염자 수가 일단 안정세에 접어들었기 때문도, 선술집을 운영하며 여자 혼자 힘으로 우리 자매를 키워 준 엄마와, 싱글 맘 선배이기도 한 언니가 "모모! 우리가 너희 모자를 굶기기야 하겠니?"라고 수시로 말해 줬기 때문도, 엄마의 이웃인 기쿠치 씨의 집이 할머니가 돌아가신 뒤 빈집이 되어 다른 현에 사는 장남 부부가 우리 모자가 공짜로 살아 주면 오히려 고맙겠다고 부탁했기 때문도 아니다.

휴대폰으로 '변호사 상담 이혼 남편 외도 코로나 재택근무 중'으로 검색해서 가장 먼저 나온 시부야의 변호사 사무실에 증거인 음성 데이터를 보냈더니, 잘못은 전적으로 남편에게 있기 때문에 이쪽의 요구는 받아들여질 것이고 위자료를 상당액 기대할 수 있다는 빠른 답장이 왔기 때문이다. 그 후로 아쓰시의 연락은 무시하고 있다. 다음에 만나는 것은 다다음 주로, 변호사를 사이에 두고 사무실에서 면담하는 자리다.

앞날이 불안하지 않다면 거짓말이지만, 나는 아직 스물아홉 살이다.

청소를 대강 끝낸 터라 활짝 연 창문은 놔두고 방충망만 친 뒤에 다다미 위에 벌렁 누웠다. 몸을 부르르 떨며 한껏 기지개를 켰더니, 다음 달이면 두 살이 되는 에니시도 덩달아 따라 하고는 내 쪽으로 굴러왔다. 에니시는 웃으면 볼이 훅 부풀어 오를 만큼 오동통하지만, 전체적으로 근육이 조금씩 붙어서 손발에 살이 겹겹이 포개어진 부분이 없어지기 시작했다. 이제는 완전히 아기가 아니라는 점이 잠깐 섭섭했다.

멀리서 파도 소리가 들린 것 같기도 했지만, 컨테이너 트럭의 주행음일지도 모른다. 이 근방에는 대규모 물류 센터가 있는데, 동창생 중 상당수가 그곳에서 일한다. 수영 금지 구역이라고 쓰인 입간판으로 봉쇄된 바다는 훨씬 떨어진 곳에 있다. 볼록 튀어나온 에니시의 배에 귀를 착 붙이고 눈을 감았더니, 방충망 너머로 여름이 시작되는 짙은 기운이 풍겨 왔다. 이 시기가 되면 나는 언니에게 물려받은 유카타를 엄마의 도움을 받아 갖춰 입고 친구들과 축제에 몰려다녔다. 간지럽다는 듯이 웃고 있는 에니시도 금방 자라서 나를 두고 밤에 외출하게 되리라.

걸레로 막 닦은 다다미는 젖어서 반들반들 윤이 난다. 이 집에 살았던 할머니는 나와 언니를 살뜰히 챙겨 줬다. 우리 자매는 이곳을 제 집처럼 드나들었는데, 우리가 올 때마다 할머니는 어김없이 '사라방드'라는 과자를 내주었다. 비스킷 사이에 크림을 끼운 달콤한 센베이 같은 과자였다. 눈앞의 고동색 기둥에 난 흠집은 나와 언니의 키를 새긴 것이지만, 기쿠치 씨네 형제의 키도 섞여 있어서 지금은 뭐가 뭔지 전혀 알아볼 수가 없다. 형제는 이 집을 공터로 만들어 팔지, 개축을 할지 결정을 내리지 못해 교대로 집 상태를 보러 왔다가 묵고 간다고 했다. 그래서인지 방은 정리되어 있었고 이불과 주방 용품도 그런대로 갖추어져 있었다. 지어진 지 육십 년 된 단층 목조 주택이지만 감사하지 않고 불평을 했다가는 벌을 받을 것이다.

"에니시, 내일은 외출할까?"

에니시를 높이 안고 올렸다 내렸다 하면서, '오랜만에 거리로 나가자, 어린이집을 찾는 김에 쇼핑센터를 산책하면서 이런 시기인 만큼 기대할 수는 없겠지만 일단 사람을 구하는 곳이 있는지 알아보자.' 하고 계획을 세웠다. 접객이라면 자신 있다. 고등학교 졸업 후 상경해서 전국에 체인점이 있는 카페에서 쭉 근무하다 마지막에는 점장까지 했다. 본사 홍보부의 아쓰시와는 그가 판촉물을 진열하러 왔을 때 알게 되었다. 키가 훤칠해서 처음에 눈이 마주친 순간 완전 내 타입인데, 하고 생각했다. 열세 살 연상이었지만, 대화 주제가 젊은 사람이 나눌 법한 내용이라 별로 신경 쓰이지 않았다. 그의 아버지는 카페 창업자의 오른팔로, 지금은 자회사에 사장으로 있다고 했다. 아쓰시는 그야말로 완벽한 낙하산이었지만 그것을 창피해하는 기색도 없고 그렇다고 위압적이지도 않고 누구에게나 살갑게 대했다. 아르바이트생 모두가 나눠 먹기에 딱 알맞은 양의 독특한 과자를 자주 사 들고 왔다. 내가 임신을 계기로 아쓰시와 결혼하고 카페를 그만둘 때에는 대놓고 실망한 기색을 드러낸 직원이 한둘이 아니었을 만큼, 모두가 그를 좋아했다.

그때 인터폰이 울렸다.

아까 가게에 내놓을 반찬을 나눠 주러 온 엄마도, 언니도, 조카인 여섯 살 미사키와 아홉 살 리쿠도 아닐 터였다. 여기서 걸어서 5분 거리의 본가 1층에서 운영하는 선술집 '마미짱'은 이제막 피크 타임이다. 내가 여기 오면서 잘못 생각한 것은 언니의 직장이었던 쇼핑센터 안의 네일 살롱이 2주 전에 결국 문을 닫아서 언니가 엄마 일을 돕기 시작한 것에 더해, 영업을 재개한

'마미짱'에 왠지 손님이 들끓는다는 것이었다. 외출 자제 기간 동안 이 부근의 작은 술집이 줄줄이 폐업했기 때문에 현재 경쟁 업소도 없어서 국도 변에서는 유일하게 잘되고 있다고 한다. 사방에 두꺼운 비닐 커튼을 둘러쳐서 더 비좁아진 가게는 꼭 우주선 내부 같았다. 엄마와 언니는 교대로 미사키와 리쿠의 저녁밥과 잠자리 준비, 음식 조리와 접객을 동시에 소화하고 있어 그 연계 플레이에 내가 끼어들 틈은 없어 보였다.

몸을 일으켜 현관으로 향하면서 무심코 히죽히죽 웃음이 났다. 이런 전개를 나는 고등학생 때 언니에게 빌린 어른을 위한 세련된 그림체의 만화책으로 몇 번이나 읽은 적이 있다. 무대는 대체로 이런 일본 가옥이다. 도시의 삶에 지쳐 고향으로 유턴한 여주인공이 실내복에 맨 얼굴로 짐을 풀고 있으면, 느닷없이 집주인의 친척이나 집주인 본인이라면서 머리에 수건을 쓴 수염이 덥수룩한 꽃미남이 나타난다. 퉁명스럽고 인상이 나쁘지만, 일상의 이런저런 도움을 받는 사이 차츰 거리가 좁혀진다. 툇마루에 나란히 앉아 캔 맥주를 마시며 서로의 과거 이야기를 나누다 보니 마음이 간질간질하면서 엉큼한 기대감이 싹트고……. 뭐, 실제로 그런 일이 일어날 리는 없겠지만, 몇 가지 명장면을 떠올리지 않을 수가 없었다. 게다가 불투명 유리가 끼워진 문 너머의 몸집이 큰 사람의 윤곽은 아무리 봐도 남자였다. 누구냐고 묻기도 전에 "나다." 하는 목소리가 났다. 이제 평생 만날 일이 없을 줄 알았던 상대였다. 내가 문을 열자마자, 에니시가 먼저 "할아버지." 하고 외쳤다.

"아버님!"

놀라움과 화가 뒤섞여 새된 목소리가 나왔다. 그가 입을 열기 전에 내가 먼저 선수를 쳤다.

"저는 안 돌아가요. 아쓰시에게 그렇게 전해 주세요. 무조건 이혼할 거예요. 그동안 신세 많이 졌습니다. 안녕히 가세요."

오래된 하카타 도자기 인형이 장식된 신발장, 뒤축이 구겨진 샌들이 나뒹구는 현관 바닥을 배경으로 서 있는 '전' 시아버지는 평소보다 더 품격이 높아 보여 괜히 더 짜증이 났다. 주름 하나 없는 치노 팬츠도, 칼라가 빳빳이 서 있는 폴로셔츠도 내가 이틀 전에 다림질을 한 것이다.

"아니, 그게 아니라. 너를 데려가려고 온 게 아니다. 사돈댁에 연락했더니 여기 산다고 해서."

전 시아버지가 사회파 다큐멘터리의 내레이션 같은 중후한 목소리로 거기까지 말하고 말을 끊었다.

"이제는 내가 그 집에 돌아가고 싶지 않구나. 너희 모자에게 상처를 준 아쓰시와는 함께 살아갈 자신이 없어. 그래서 다투고 집을 나왔다."

"네에? 아니, 왜요? 네?"

나는 당최 영문을 알 수 없어 전 시아버지를 말똥말똥 쳐다봤다. 왠지 나보다 더 지치고 슬픈 얼굴을 하고 있어 속이 뒤집혔다. 그가 장기 여행용으로 애용하는 캐리어를 오른손에 들고 있는 것을 발견한 나는 순간 두 손으로 입을 틀어막았다. 솔직히 꽃미남 소리를 듣는 아쓰시는 외탁이고, 그보다 더욱 눈길을 끄는 외모의 소유자가 바로 이 전 시아버지다. 올백으로 넘긴 은발이 일본인답지 않은 이목구비와 각진 이마를 돋보이게 한다. 자회사 사장직에서 은퇴한 후에는 집에서 취미인 커피 로스팅만 하는 이상한 영감이야, 하고 아쓰시에게 들었던 터라 처음 만났을 때 생각했던 이미지와 달라서 '뭐야, 이 배우 같은 사람은.' 하고 뚫어지게 쳐다보지 않으려 애써야만 했다. 그래도 한집에 살면서 완전히 익숙해진 줄 알았는데 장소가 바뀌어서인지 갑자기 초기의 긴장감이 되살아났다.

"혹시, 저를, 조, 좋아하시는 건?"

지금까지 읽은 그 어떤 만화에도 시아버지와의 러브 스토리는 없었다. 그런 장르는 에로나 엽기 쪽일 것이다.

"그런 게 아니다. 우선 앞으로는 에니시를 못 만난다는 게 적적했고, 아쓰시와 함께 사는 건 생각만 해도 피곤하더구나. 앞으로 남은 내 인생에 관해 냉정하게 득실만 생각했을 때, 너와 함께 사는 편이 재미있을 것 같았다."

도대체 이 상황을 어떻게 받아들여야 할지 몰라 우두커니 서
있기만 했지만, 마지막 말과 동시에 마음에 징 소리가 울려 퍼졌
다. 발밑에서 쪼르르 돌아다니는 에니시의 귀를 두 손으로 막은
뒤 나는 마구 소리를 질러 댔다.

"뭐라는 거야, 지금? 당신, 헛소리 좀 작작해! 뭐? 재미있을
것 같아? 누굴 구경거리로 알고 있어! 내가 어떤 심정으로 여기
까지 왔는지 알기나 해?"

아쓰시와는 외도의 증거를 들이댄 이후 말을 섞지 않았다. 엄
마와 언니 앞에서는 일부러 실실대며 밝은 척을 했지만, 그동안
쌓이고 쌓였던 분노가 방금 폭발했다.

"어어? 당신이 왜 피해자인 척 죽상을 하고 있어? 울고 싶은
건 나라고!"

입을 딱 벌린 전 시아버지의 얼굴이 순식간에 파랗게 질렸다.
지난 삼 년간 본성을 숨기고 살았지만, 나는 이 동네에 살았을
때는 한없이 불량에 가까운 발랄 소녀였다.

"그 아비에 그 아들이라더니! 그런 아들로 키운 거, 아버니……,
교스케 씨 탓 아니야? 책임감 느끼면 함께 살아서 남은 인생 걸고
갱생시키면 되잖아!"

한번 입 밖에 냈더니 상대가 어떻게 생각하든 신경 쓰이지 않

게 되어, 그동안 참았던 불만이 연달아 터져 나왔다.

"녀석도 이제 마흔을 넘었고, 이제 와서, 갱생시킬 자신은……."

"시끄러워. 어머님이 그렇게 일찍 돌아가신 것도, 당신들 두 사람이 맨날 누워서 턱짓으로 부려 먹은 탓이잖아!"

에니시의 얼굴을 보지도 못하고 심장 질환으로 돌아가신 시어머니와 함께 지낸 기간은 아주 짧았지만, 시어머니는 점잖고 상냥한 사람이었다. 고향 친구와 직장 동료들은 속도위반 결혼으로 신혼도 없이 시부모와 함께 살다니 고매하신 시어머니한테 구박 받는 거 아냐? 하고 농담조로 걱정했지만, 시어머니는 널찍한 집의 살림과 부엌일을 하느라 늘 바빠서 나를 괴롭힐 여유가 전혀 없어 보였다.

누구보다 일찍 일어나서 엷게 화장을 하고 정원에 물을 준 다음, 남편이 손수 느긋하게 내리는 커피에 맞춰 토스트와 햄에그를, 아들의 취향인 일식 조식을 만든다. 아들을 회사에 출근시키면 포메라니안 강아지인 오찻피를 산책시키고 장을 봐 온 뒤에는 이웃과 교류, 집 청소, 남편을 위해 또 점심을 차리고 다시 정원 손질, 청소, 저녁 준비……. 솔직히 경쟁 카페가 많은 사무실 밀집 지역의 카페에서 점장을 했을 무렵의 나보다 시어머니의 루틴이 훨씬 힘들어 보였다. 불룩한 배가 방해되지 않도록 궁리해서 집안일을 거들었더니, "네가 온 후로는 매일 정말 편해졌단다." 하고 물기 어린 눈으로 기뻐해 줬다. 일련의 과정을 전 시아버지는 오챗피를 쓰다듬고 레코드를 들으면서 남의 일처럼 멍하니 구경하고 있었다. 생각하면 그에게 불신감이 싹튼 것은 그 무렵부터였다.

"부탁하마, 부탁합니다. 여기 있게 해 다오. 경제적으로도 보태겠습니다."

"싫은데! 뭐가 아쉬워서 이혼까지 한 마당에 전 남편의 아버지까지 돌봐야 하는데! 도대체가 오챗피는 어떻게 되는 건데! 불쌍하잖아!"

"오챗피는 아쓰시에게 맡겼습니다! 밥 주기와 산책하기도 전부 구체적으로 지시하고 왔습니다."

전 시아버지가 갑자기 현관 바닥에 엎드려 머리를 조아렸다. 가장 먼저 떠오른 것은 시어머니의 웃는 얼굴이었다. 마지막 순간에도 남편의 끼니를 걱정했다. 어머님이 이런 모습을 보시면 슬퍼하시겠지, 하고 생각했더니 순간 가슴속에 씁쓸함이 퍼졌다. 이놈도 아쓰시와 똑같지 않은가……. 내 동정심을 자극해서 어느덧 가해자에서 피해자로 탈바꿈하는 재주가 천재적이다. 안 된다, 이대로 가다가는 지고 만다.

"싫다고! 돌아가! 절대로 안 돼! 경찰 부를 거야!"

전 시아버지는 내 노기등등한 기세에 점점 작아졌지만, 끈질

기게 매달렸다.

"뭐든지 하겠습니다. 집안일이든 육아든 다 하겠습니다. 가사 도우미라고 생각하고 실컷 부려 먹어도 상관없다. 여기 있게만 해 다오."

"그 훌륭한 저택을 나와 이런 외진 곳에서 아들의 전처와 함께 산다고? 완전히 미쳤네. 교스케 씨, 당신, 돌았지? 당장 나가!"

전 시아버지가 머리를 조아린 자세로 굳어 있자, 에니시가 귀를 막은 나를 뿌리치더니 옆에서 등을 구부리고 "할아버지, 흉내 내기." 하고 말했다. 나는 한숨을 크게 쉬었다. 전 시아버지가 황급히 몸을 일으키자, 에니시가 까르르 웃음을 터뜨린 탓에 분위기가 누그러졌다. 화가 너무 나서 아무 말도 하지 못하고 나는 부엌으로 직행했다. 물을 끓이며 심호흡을 반복하고, 요란하게 소리 내며 가글을 했다.

전 시아버지는 집안일에는 손 하나 까딱하지 않는 인간이었다. 음악 감상이니 보틀십 만들기니 수채화니 커피 로스팅이니 하는 쓸데없는 일만 하면서 인생의 남은 시간을 허비했다. 출산 후 도와주는 사람 하나 없이 산발한 머리로 혼자서 아기를 보고 있던 나를, 멀리서 인자한 얼굴로 구경만 할 뿐이었다. 다만 에니시만큼은 예뻐했다. 물론 기저귀 갈기나 지저분한 것을 치워야 할 때가 오면 잽싸게 내뺐지만, 적어도 아쓰시보다는 훨씬 잘 돌봐 줬다. 그래서 독박 육아이긴 했어도 오늘날까지 버틸 수 있었다.

나는 식탁에 음식을 대충 늘어놓았다. 엄마가 가져다 준 난반즈케*와 감자샐러드는 플라스틱 팩에 담겨 있고 싱크대 하부장에 놔두고 깜빡했던 오래된 소면은 삶은 뒤 소쿠리에서 건지지도 않았으며 드럭 스토어에서 청소 도구와 함께 사 둔 메밀국수용 간장도 페트병째로 내놓았다. 어제까지였다면 적어도 반찬은 반찬통에 옮겨 담았을 테고 칠십 대 노인의 건강을 생각해서 반찬을 하나 더 만들었을지도 모르지만, 앞으로는 신경 쓸 필요 없다.

"식사 후 설거지하세요. 아, 내일 아침도 부탁할게요! 지금 바로 욕조 청소하시고 뜨거운 물을 받아 주세요. 아, 저희 먼저 씻을 거예요."

나는 전 시아버지의 얼굴은 쳐다보지도 않고 소면을 후루룩거리며 지시했다. 이렇게 된 이상 시아버지가 앓는 소리를 하며 이곳을 떠날 때까지 알차게 부려 먹는 수밖에 없다. 그는 그릇 하나를 씻는 데 엄청난 시간을 들인 것도 모자라 컵까지 하나 깼다. 욕실 청소로 말할 것 같으면, 한참을 기다려도 끝나지 않아서 상황을 살피러 갔더니, 바지를 걷어 올리고 새하얀 정강이를 드러

● 간장 · 식초 · 소금을 섞은 소스에 생선이나 채소를 절인 음식

내고 세제로 미끌미끌한 욕조를 보며 망연자실하게 있기에, 나는 혀를 차고 "어휴, 제가 할게요!" 하고 쫓아냈다.

우리 다음으로 욕실을 사용하고 나온 그를 나프탈렌 냄새가 밴 눅눅한 이불과 함께 가장 구석에 있는 창고방에 밀어 넣었다. 노인을 괴롭힌다는 죄책감에 져서는 안 된다. 나는 에니시의 머리에 밴 햇빛 냄새를 맡으며 눈을 꼭 감았다. 전 시아버지와는 원래 어제까지 같이 살았기 때문에 한 지붕 아래서도 딱히 위화감 없이 푹 잤다.

이튿날 제법 일찍 일어난 듯한 전 시아버지가 조촘거리며 식탁에 차린 죽 같은 밥을 아무 맛도 없는 된장국으로 목구멍에 흘려 넣고, "어라, 커피랑 베이컨에그, 토스트도 없네요, 좀 실망이에요." 하고 온 힘을 다해 비꼬았다. 그가 몹시 서러운 듯이 눈을 내리깔아서 가슴이 뜨끔했지만 그 수법에는 넘어가지 않겠다고 다짐하며 지시를 척척 내렸다.

"저는 이제 일자리를 찾으러 갈 거예요. 집에 오는 길에 엄마네 가게에 들를지도 모르지만, 오후 2시까지는 돌아올 거예요. 에니시한테 점심과 간식을 먹이세요. 빨래와 청소도 부탁드릴게요. 이불도 햇볕에 널어놓으세요. 이 부근에는 제가 지금부터 갈 쇼핑센터 외에는 물건이 제대로 진열된 곳이 없지만, 편의점처럼 작은 슈퍼라면 동네에 한 군데 있을 거예요. 일단 금액만 적힌 영수증을 받아 놓으세요. 모르시는 건 엄마한테 전화해서 물어보시고요."

　나는 마스크와 비닐장갑을 끼고 잡초가 무성한 작은 마당에 옆으로 쓰러져 있던 자전거를 일으켜 세워서 탔다. 바퀴가 회전하자 붉은 녹이 흩뿌려졌다. 타이어 공기가 빠져 있는 탓에 앞으로 전혀 나아가질 않는다. 어젯밤에는 에니시도 데려갈 생각이었지만, 지난 두 달 동안 동네에서 장을 보고 이번에 고향에 내려온 것을 제외하면 한 번도 외출하지 않았기 때문에, 오랜만에 온 고향에서 뭐든지 만지고 싶어 하는 한 살배기 아이를 살피면서 척척 행동할 수 있을지 자신이 없었다. 혼자 움직이는 것이 당연히 더 안전하다.

　무거운 페달을 느릿느릿 밟고 오른쪽으로 갔다 왼쪽으로 갔다 하면서 차라리 걷는 편이 빠르겠다 싶은 속도로 나는 국도 변을 따라 갔다. 이렇게 자전거를 타고 있지만 진짜 나 자신은 아직 집 안에 있는 느낌이랄까, 뇌와 몸의 조율이 맞지 않는 듯한 느낌이다. 천천히 지나가는 본가 선술집을 곁눈으로 보면서 이곳에서 본격적으로 살 거면 면허를 따야겠구나, 하고 생각했다. 언니가 예전에 미사키를 보냈던 어린이집 위치도 확인했다. 어린이집 운동장에는 사과 모양 모자를 쓴, 에니시 또래의 아이들이 모래투성이가 되어 서로 뒤엉켜 놀고 있었다.

쇼핑센터는 손님이 돌아오기 시작했는지 그럭저럭 북적였다. 그러고 보니 에니시 없이 외출하는 것은 출산 후 오늘이 처음이다. 그렇게 생각하자 옷이며 생활용품이며 눈에 들어오는 것이 죄다 오색찬란해서 눈 안쪽이 찌르르 울리는 것 같았다. 입점해 있는 매장 중에 내가 여고생 시절에 매일같이 시간을 때우러 왔던 추억의 가게는 대부분 사라지고 없었다.

딱 한 군데, 그 무렵 그대로인 헤어 액세서리 가게가 왠지 반가워서 절로 걸음을 옮겨 들어갔다. 어쩐 일인지 점원은 보이지 않고 아무도 없는 계산대에는 비닐 커튼이 드리워져 있다. 천 엔 안팎의 곱창 밴드와 머리핀을 찬찬히 구경하는 사이, 이런 시기인데도 '아르바이트 모집' 종이가 붙어 있는 것을 발견했다. 전화번호를 얼른 휴대폰에 저장했다. 그리고 의자가 절반 이상 정리된 푸드 코트에서 오랜만에 버블티를 마셨다. 차가운 밀크티는 달콤하고 향기로우며 얼음과 쫀득쫀득한 타피오카 펄도 듬뿍 들어가 있었다.

마지막 한 알을 빨아 먹은 뒤 그 자리에서 전화를 해 봤다. 여성 점장이 빠른 속도로 말하기를 감염될까 봐 겁이 난 아르바이트생 두 명이 한꺼번에 그만뒀지만, 서서히 손님이 오기 시작하는 바람에 일손이 부족하다. 당장 내일이라도 면접을 보러 왔으면 한다는 것이었다. 왠지 목소리가 귀에 익어서 확인해 봤더니 고등학교 때 농구부의 아야 선배였다. 모모? 너야? 돌아왔구나? 그럼 이미 합격이지, 이력서 가지고 내일부터 출근해, 하고 반가워하며 그렇게 말했다. 쇼핑센터 1층 열쇳집에서 자전거 타이어를 수리한 덕분에 집에 갈 때는 마치 얼음 위에서 미끄러지는 감각으로 쭉쭉 달렸다.

아까 봐 둔 어린이집의 사무실에 들러 젊은 남성 보육 교사에게 설명을 들었다. 이 부근은 인가 어린이집*도 비교적 들어가기 쉽다고 한다. 하지만 등원 자제가 이제 막 풀려서 어린이집도 아직 충분한 준비가 안 됐고, 입소 신청은 두 달 전에 해야 한다는 규칙이 있다. 지금 신청한다 해도 8월 이후에나 입소가 가능할 것 같다는 당연한 설명이었다.

일자리를 구했다는 소식도 전할 겸 아직 오픈 전인 '마미짱'에 갔더니, 엄마와 언니가 도시락과 반찬을 가게 앞에 벌여 놓고 팔고 있었다. 주차장에는 트럭이나 개인택시가 잠시 정차해서 운전석 너머로 돈과 물건을 교환하고 갔다. 이런 것까지 시작했구나, 싶어 감탄한 나는 떨어진 곳에서 잠시 가족을 바라봤다.

"사돈어른, 아직 너희 집에 계신다며? 아까 슈퍼가 어디 있는지 알려 달라며 전화 왔었어."

● 일본의 어린이집은 정부 인가와 비인가로 나뉜다. 인가된 어린이집은 시설이 좋고 비용이 저렴하지만 심사 기준이 까다롭고 경쟁이 치열하다.

나를 보자마자 엄마는 반찬을 쌓는 손을 멈추지 않고 말했다.

"엄마가 알려 줘서 이렇게 됐잖아. 왜 그랬어? 이거, 가져가도 돼?"

나는 가게 앞으로 가서 눈에 띈 우엉채조림, 가지치즈구이, 차조기쌈튀김을 아까 '100엔 숍'에서 산 토트백에 집어넣었다.

"아들 잘못을 사과하러 왔는 줄 알았지. 설마 쳐들어와서 눌러살 줄 어떻게 알았겠니?"

"무슨 생각인지 전혀 모르겠어. 최대한 들볶아서 빨리 쫓아낼 거야."

언니가 소금으로 간을 한 야키소바가 든 플라스틱 팩을 고무줄로 탁 묶으면서 태평하게 말했다.

"어, 그래도 에니시를 돌봐 줄 사람이 있다는 것만으로 좋은 거 아냐?"

그 말에 나는 입을 닫았다. 열세 살의 여름방학 때부터 어른들이 아무리 주의를 줘도 언제나 무슨 색이든 칠해져 있던 언니의 손톱은 지금은 아무런 색도 없이 짧게 다듬어져 있었다.

"우리도 지금 눈코 뜰 새 없이 바빠서 너를 못 도와주는데, 고맙잖아. 일손이야 많을수록 좋지."

자전거를 밀면서 이런저런 생각을 해 봤다. 하긴, 적어도 8월까지는 전 시아버지가 집에 있어야지, 안 그러면 곤란하다.

집에 도착해 보니 전 시아버지와 에니시는 마당에서 잡초를 뽑으며 놀고 있었다. 점심은 아침에 남은 밥에 잔멸치와 냉동 풋콩을 섞은 것, 간식은 사과를 갈아서 먹였다는 보고를 받았다. 집 안은 그럭저럭 정리되어 있었고 저녁에 지은 밥은 아침보다 고슬고슬함이 살아 있었다. 유튜브에도 텔레비전에도 기대지 않고, 에니시와 둘이서만 지내는 것은 대단하다고 할 수 있다. 그러나 저녁밥상에 슈퍼에서 산 반찬이 올라온 것을 보고 나는 재빨리 핀잔을 주었지만, 내심 엄청나게 도움 된다고 생각했다. 밖에서 돌아오면 어김없이 음식이 준비되어 있고 에니시가 아무 탈 없이 잘 있다. 그것만으로 경직되었던 몸의 중심이 스르르 녹는 것을 알 수 있었다. 아쓰시는 외도를 들킨 순간 "아이가 태어난 후로 집에 내가 있을 곳이 없어서 고독하고 괴로웠어." 하고 애처롭게 말했다. 그 말에 나도 '그런가?' 하고 생각해 왔지만, 이제 알겠다. 역시 그놈은 엄청나게 편하게 살고 있었잖아, 하고 이제야 정신을 차렸다. 전 시아버지는 기쿠치 형제 중 어느 한 명의 것인 듯한 호주 여행 기념 티셔츠를 입고 땀에 절어 있었다. 머리를 이마에 착 붙이고 끊임없이 몸을 움직였다. 뭘 해도 에니시가 엉겨 붙어서인지, 얼굴이 붉고 늘 숨이 거칠다. 예전의 그를 아는 입장에서 보면 믿기지 않을 만큼 촌스럽지만, 그런 것을 신경 쓸 여유도 없는 듯하다.

"오늘은 청소하느라 힘들어서 그것까진 신경을 못 썼어요. 미안합니다. 내일부터 요리 공부를 하겠습니다. 아, 식후에는 아침에 못 냈던 커피를 드리지요."

전 시아버지가 알랑거리는 태도로 말했다. 시판 초코칩쿠키와 함께 나온 커피는 향긋한 향기가 온몸을 훑고 지나가고, 그윽한 쓴맛이 세포를 자극하는 맛이었다. 카페에서 일할 정도로 커피를 좋아하던 나는 카페라테나 오래 로스팅한 블렌드를 선호했다. 하지만 그동안 그런 내 취향마저 까맣게 잊고 지냈다. 무심결에 맛있다, 하고 중얼거리자, 전 시아버지는 집에서 가져온 작은 핸드 밀로 원두를 갈아서 융 드립을 했다고 참으로 기쁘다는 듯 말했다. 그러고 보니 그가 내린 커피를 마신 것은 이번이 처음이었다. 내게 커피를 권한 적도 한두 번은 있었던 것 같지만, 처음 만났을 때는 임신 중이었고 바로 얼마 전까지는 수유 중이었기 때문에 완곡히 거절했을지도 모른다.

"이거, 매번 부탁드려도 돼요?

그러자 꽃망울이 터지는 듯한 미소를 보이기에, 이 품위 있는 애교에 넘어가면 안 된다고 생각하며 어머님께도 해 드리지 그러셨어요? 하고 기를 꺾는 말을 빼먹지 않았다. 에니시가 빈 핸드 밀의 손잡이를 빙글빙글 돌리며 까르르 웃었다.

이튿날부터 나는 마스크를 쓰고 자전거로 쇼핑센터에 다니며 아야 선배와 거리를 유지하면서 매장에 섰다. 동창생이 끊임없이 찾아왔다. 이 지역에서는 부유층과 결혼한 것으로 알려진 내가 남편의 외도 때문에 돌아왔다는 소식은 이미 쫙 퍼져 있었다. 다들 자세한 내용을 듣고 싶어서 안달이 난 상태였다.

나는 구경거리가 되기로 결심했다. 여기서 일하게 된 경위를 비닐 커튼 너머로 최대한 재미있고 자극적으로 속도감 있게 이야기했다. 여러 번 반복하다 보니 점점 다듬어져서 일주일이나 계속하는 사이 알차고 간결한 소화(小話)로 완성되고, 만담처럼 완급을 조절하는 데도 실력이 붙었다. 아쓰시의 외도 사실을 발견한 대목은 가장 맛깔나게 살려서 이야기해야 하는 장면이다.

"외출 자제 기간 중에도 나는 일주일에 몇 번은 꼭 출근해야 해서 감염 위험이 높으니까 격리해서 생활하자, 라고 지껄인 걸 사랑이라고 착각한 내가 바보였어!"

원래도 혼자 육아하면서 시아버지와 아쓰시의 뒷바라지까지 하고 있는 셈이었지만, 가정 내 별거가 시작된 이후 잡일이 더 늘었다. 음식을 일회용 종이 접시에 담아서 재택근무 중인 아쓰시의 서재 앞에 두고 노크만 하고 오기를 하루 세 번. 에니시를 데리고 오찻피를 산책시키거나 장보기를 할 때면, 집 안에 노인이 있기 때문에 감염 예방에 온 신경을 쓰느라 녹초가 됐다. 이 부분의 디테일은 세세하게 말할수록, 대부분 아기 엄마가 된 동창생들로부터 "알고말고."의 맞장구가 폭풍처럼 몰아쳤다. 여기서 유명한 괴담가인 이나가와 준지처럼 눈을 부릅뜨고 목소리 톤을 쑥 낮춘다.

"……이상하다, 싶은 것이, 전 남편이 매일 밤, 10시가 넘었는데도 누군가와 얘기를 하는 거야……."

아쓰시가 zoom 너머로 여러 명의 외도 상대와 나눈 대화 내용은 너무 역겨워서, 에니시가 컸을 때 귀에 들어가면 불쌍하므로 모호하게 얼버무리고, 그 분량만큼 인터넷에서 구입한 소형 녹음기를 몰래 설치한 대목을 박진감 있게 덧붙였다. 분위기가 이렇게까지 고조되면 강력한 한 방이 있는 결말로 마무리하고 싶은 욕심을 도저히 참지 못해, 전 시아버지가 쳐들어와서 현재 내쫓기 위해 노력 중이라는 것까지 털어놨다. 역시 뇌와 몸의 조율이 잘되지 않고 어딘지 모르게 남의 일처럼 느껴져서인지, 나에 대해 속속들이 드러내는 일에 전혀 거부감이 없었다. 당연하게도 소문은 더 퍼졌다.

"아, 당신이구나? 바람피운 남편 때문에 시아버지랑 같이 이 마을에 흘러들었다던."

일면식도 없는 몇몇 중년 여성이 이야기만 들으러 왔을 정도다. 나는 얼굴색 하나 바꾸지 않고, 머릿결이 뻣뻣해 보이는 짧은 파마머리의 여성에게조차 헤어밴드를 권했다.

"네, 맞아요. 저도 그렇지만, 본가도 자영업이라 큰일이에요. 언니와 엄마네 가게 '마미짱'도 잘 부탁드립니다. 물김치와 고등어초절임, 닭튀김이 맛있어요."

모두 남의 사생활 이야기를 들으러 왔다는 양심의 가책 때문에 반드시 가게 물건을 구입해 줬다. 그것은 그대로 내 매출이 되었다. 여자들은 남의 불행을 좋아한다니까, 하고 아쓰시라면 기뻐하며 말할 테지만 나는 그렇게 생각하지 않는다. 물론 재미있어하는 부분도 있을지도 모르지만, 그 눈 속을 자세히 들여다보면 동정도, 공감도 분명히 느껴진다.

아야 선배는 "출근 일주일 만에 전국 매출 상위야! 이런 시기에 너, 정말 대단하다. 이대로 가면 본사에서 정사원 어떻겠느냐고 분명히 연락 올 텐데, 어떻게 할 거야?" 하고 자기 일처럼 기뻐해 줬다. 나는 받아들이겠다는 뜻을 전해 두었다.

아야 선배는 아직 아무것도 결정되지 않았는데도, 당장 환영회 겸 취직 축하 파티를 하자며 농구부 동료와 동창생, 같은 층의 아르바이트생들에게 말해 대규모 회식을 기획해 줬다. 그 이튿날은 아쓰시와 변호사를 사이에 둔 협상 일정이 있기 때문에 너무 취하면 안 되지만, 인기 체인 선술집의 술 무한 리필 메뉴는 거부할 수 없는 강한 매력을 발산했다.

"교스케 씨, 저 내일 동료들과 회식이 잡혀 있거든요. 에니시

씻기고 재우는 거 부탁드릴게요."

다 마른 빨래의 모서리와 모서리를 정확히 맞춰서 개고 있는 전 시아버지를 향해 알랑거리는 목소리를 내고 말았다. 인정할 수밖에 없다. 이렇게까지 할 수 있었던 것은 에니시의 돌봄과 식사 준비에 신경 쓰지 않고 일에 전념할 수 있었기 때문이다. 약속대로 전 시아버지는 관리비 및 식비를 자기 돈으로 내는 것 같았다. 원래 소질이 있는지, 확실하지 않은 것은 검색하도록 지시해서인지 알 수 없지만, 청소에 관해서는 이제 나보다 훨씬 잘할 정도다. 요리는 두세 번 해 보고 독자 노선을 포기했는지, 엄마와 언니의 가게에 에니시를 데리고 가서 재료 손질이나 밑 작업을 거들면서 배우게 되었다. 칠십 대인데도 불구하고 상황 판단이 빠른 것에는 솔직히 감탄했다.

엄마와 언니가 일하는 데 괜히 걸리적거리지는 않을지 걱정했지만, 전 시아버지가 철저하게 몸을 낮추고 화장실과 배수구 청소, 전구 갈기까지 도맡은 것이 높은 평가를 받았는지, 두 사람 모두 전 시아버지에게 채소 껍질 벗기기부터 시켜 보고 간단한 조림이나 생선구이라면 만들 수 있도록 가르쳐 줬다. 함께 만든 반찬을 계속 가져온 덕분에 식탁이 한층 다채로워진 데다 당연하지만 본가의 맛이기에 입에 꼭 맞았다.

단기간에 어떻게 이렇게까지 '잘하는 아이'가 되었는지 신기했지만, 몸을 구부리고 빨래를 개고 있는 그의 뒷모습을 보면서 납득이 갔다. 아마도 그가 필사적이기 때문이리라. 이 집에서 쫓겨나면 인생이 끝난다고 생각할 만큼 막다른 곳까지 몰려서 무슨 일이든 진지하게 임하고 사소한 잡무에도 목숨을 걸고 있다. 그런 그의 모습에는, '일이 이렇게 된 것은 내 책임이니까.' 하고 이를 악물고 상대의 본거지에서 독박 육아와 가사를 했던 나, 가게에 하소연을 하러 온 아기 엄마가 된 동창들, 돌아가신 시어머니, 어린 날에 본 엄마의 옆얼굴, 막 이혼했을 무렵의 언니, 그 모두에게 공통된 필사적인 몸부림의 기색이 어려 있었다. 전 시아버지에게 정을 줄 생각은 없지만, 이 고달픔을 공유할 수 있는 상대를 매몰차게 대할 수 있을 리가 없다.

"교스케 씨는 집안일에 센스가 있으셨네요. 전혀 몰랐어요."

"아니, 원래는 다방 웨이터였으니까……."

전 시아버지는 쑥스럽게 말한 뒤, 융 필터 속에 있는 방금 간 커피 가루에 뜨거운 물을 부었다. 황홀하도록 향긋한 향기를 맡으며 나는 고개를 갸웃했다. 그러고 보니 점장으로 일했을 때 아쓰시가 배포하러 온 팸플릿의 회사 연혁에 이런 내용이 있었던 것 같다. 전국 체인점의 시초는 창업자가 동료 세 명과 시작한 고베시 모토마치의 작은 커피집이라는.

"사장과 동료들은 모두 부자 동네로 유명한 아시야시의 도련님 대학생이었다. 학생 운동의 기운이 높아진 시기라 모두의 아지 트를 만들고 싶다는, 놀이의 연장 같은 마음으로 그들 부모의 돈으로 연 가게였는데, 나만은 진심이었다. 가난한 집에서 태어난 나를 우연히 그들이 마음에 들어 해 동료로 껴 준 것뿐이었지. 대학은 꿈도 못 꾸고, 비교적 서민 동네인 바다 쪽에서 아르바이트를 여러 개 하면서 살았다. 누이동생을 고등학교에 보내고 싶었고 생계를 책임지고 있었기 때문에, 이왕 가게를 열 바에는 반드시 성공시키겠다는 일념으로 열심히 아이디어를 냈지. 원두를 수입하자, 재즈를 틀자 등등 떠오르는 대로 곧바로 시도했다. 그러는 사이 입소문이 퍼져 사람들이 많이 오게 되었지……."

나는 내심 깜짝 놀랐다. 우아한 풍모로 보아 틀림없이 아쓰시 와 마찬가지로 뭐 하나 부족할 것 없는 집안에서 태어났다고만 생각했다.

"일에만 매달리느라 집안일은 아내에게만 맡기고 오랫동안 돌보지 않았다. 퇴직하고 나서는 어쩐지 멍할 때가 많아서. 아내가 얼마나 힘든지 알아주지 못했다. 모르는 게 있으면 알아보면 되고 물어보면 된다는 것을 오랫동안 잊고 살았구나."

그런 좋은 목소리로 좋은 이야기인 것처럼 마무리해도 말이 죠, 이미 늦었다고요! 하고 평소 같았으면 상처에 소금을 쏴서 넣어 줬을 테지만, 나는 그날은 잠자코 커피를 홀짝이며 그의 추억 이야기에 귀를 기울였다. 눈을 들면, 그 말쑥하던 신사는 어디에도 없고 머리에 수건을 두른 불그레한 얼굴의 할아버지가 다 먹은 그릇을 착착 정리하고 행주로 식탁을 닦고 있다.

반대로 집안일에 일절 관여하지 않게 된 나는 지난 2주 사이에 완전히 젊어진 것 같았다. 이튿날 일이 끝난 뒤 휴게실에서 오랜만에 화장을 해 보니 거울 속에는 출산 전의 어여쁜 내가 지금껏 아무 고생도 하지 않았던 것처럼 뺨에 촉촉한 광택을 뽐내며 입꼬리를 한껏 올리고 있었다.

선술집 다다미방에 모인 사람은 삼십 대 이상의 안면이 있는 사람과 동창생을 포함해 모두 여자뿐이었다. 내 살을 깎아 이야깃거리로 소비한 것에 대한 답례인지, 모두가 자신이 최근 경험한 일을 재미있게 이야기해 줬다. 나는 맞장구를 치면서 술 무한 리필 메뉴를 구석구석 훑어봤다. 짭조름한 감자튀김을 안주로 마신 차디찬 산머루사워, 명란젓치즈감자떡의 기름기를 씻어 내준 산뜻한 쓴맛의 녹차하이볼. 눈물이 나도록 맛있었다.

전 시아버지나 엄마가 해 준 음식도 그렇고 나 아닌 다른 사람이 만든 것은 다 고맙다. 하지만 특히나 감상에 젖을 틈이라고는 없는 체인점 술집만의 진하고 자극적인 맛은, 지난 몇 년간 내 안에 잠들어 있던 매사를 즐기는 여유를 다시금 일깨워 줬다. 먹다 만 접시를 가차 없이 치우는 것도 속이 다 시원하다. 오므라이스에 밥 대신 메밀국수를 넣어 만든 오므소바에 마요네즈를 듬뿍 뿌려 시원한 맥주와 함께 먹으면서 나는 아야 선배가 펼치는, 농구부 멤버만 아는 '무조건 빵 터지는 개그'에 배꼽을 잡고 웃었다. 목이 멜 때마다 얼음 가득한 우롱차하이볼로 목을 달랬다.

"어? 다 어디 갔어?"

문득 정신을 차리고 보니 나는 '마미짱'의 다다미방 탁자에 엎드려 있었다. 주변에 아무도 없다. 그뿐만 아니라 가게는 진작에 닫았는지 엄마도 보이지 않고, 언니가 설거지를 하며 기가 막힌다는 얼굴로 나를 보고 있다.

"기억 안 나? 너 주사 있는 거 아냐?"

언니가 페트병에 든 생수와 컵을 들고 왔다. 언니의 말에 따르면, 나는 아야 선배 일행과 고주망태로 취해서 어찌어찌하다 3차로 이곳에 들어왔다. 마시던 도중에 내가 곯아떨어졌고, 엄마네 집이니까 괜찮겠네, 하고 모두 안심하고 돌아갔다고 한다. 그 이야기를 듣고도 나는 들뜬 마음이 가라앉지 않아 술을 더 실컷 마시고 싶은 마음이 간절했지만, 느닷없이 언니가 이런 말을 꺼냈다.

"있지, 하나의 예로 하는 얘기니까 그냥 들어 봐. 이 가게를 너랑 네 시아버지가 운영하는 건 어떨까?"

"뭐?"

"우리 엄마, 재혼할지도 몰라."

술이 확 깼다. 왠지 숨 쉬기가 힘들어지고 두통까지 왔다.

"상대 남자도 혼자 자식을 키웠고 선술집을 하는 아저씨인데, 여기서 차로 한 시간쯤 걸리는 곳에 있는 관광지에서 가게를 하는데 꽤 인기가 많대. 반년 전에 시장 조사하러 우리 가게에 손님으로 왔다가 만났나 봐. 외출 자제 기간 중에 zoom으로 연락하면서 많이 가까워진 것 같아. 결혼하면 그 아저씨네 가게를 '마미짱' 2호점으로 상호를 변경해서 같이 할 거래. 그래서 여기를 본점으로 하고 누군가한테 맡기자는 이야기를 하고 있대."

"와, 우리 쪽에 맞춰 주는구나. 좋은 사람이네……. 그럼 언니랑 나랑 이 가게를 같이 하면 안 돼?"

"실은 나도 전 직장 동료가 나고야에서 피부 관리 숍을 개업했는데, 투명 얼굴 가리개도 도입해서 잘되고 있는 모양이야. 자기네 쪽으로 이사 와서 같이 해 달라고 하더라. 나는 원래 요리에 소질도 없고."

나는 길쭉한 가게 안을 둘러봤다. 이곳을 지켜야겠다는 생각은 해 본 적이 없지만, 언제 어떤 상황에서도 이곳에는 엄마가 있고 음식이 나온다는 것이 내게 얼마나 큰 힘이 되었는지 이제야 깨달았다.

"뭐, 아직 전부 생각만 하는 단계니까 알고는 있으라고. 나는 나쁘지 않다고 생각해, 시아버지랑 네가 이루는 콤비.”

“제발 참아 줘. 안 그래도 쫓아내고 싶어 죽겠으니까.”

뒷부분은 작은 목소리가 되었다. 지금 전 시아버지가 나가면 가장 곤란한 사람은 나다.

“괜히 센 척하지 않아도 돼. 모모, 너는 나랑 달리 아빠 얼굴을 거의 못 봤으니까, 아버지 같은 존재가 필요한 거 아니야? 그래서 못 쫓아내는 건가, 하고 엄마도 그러더라…….”

차분하게 말하는 그 모습을 보고, 내 언니지만 만화책을 너무 많이 읽은 사고방식에 맥이 탁 풀렸다. 내가 아빠를 떠올리는 일은 고작 사 년에 한 번쯤이다.

“흠모하거나 그런 거 아니니까 쓸데없는 소리 마. 시아버지도 마찬가지고!”

“그래도 꽤 도움 되고 있잖아. 서로가 필요하잖아. 그 정도 거리감인 편이 잘 지낼 수 있을 것 같은데.”

전 시아버지와 이곳 ‘마미짱’을 운영하며 함께 살아간다…….

기름때가 묻은 천장을 올려다보면서 상상해 보고, 남자랑은 아예 담을 쌓게 되겠는데, 하고 생각했다. 술자리에서 오고 간 대화 내용이 어렴풋이 되살아나기 시작했다. 기혼 팀은 저마다 휴대폰에 저장한 좋아하는 연예인의 사진을 보여 줬고, 이혼 팀도 새로운 만남이 있었다며 화사한 분위기였고, 독신 팀은 미팅에 힘쓰고 있었다. 그 자리에 있는 모두가, 나는 이제 다음 사랑을 시작하고 싶어 할 거라는 전제로 대화를 이끌었다. 하지만 그럴 마음은 요만큼도 없었다. 일하고, 에니시를 키우고, 오늘처럼 즐거운 술자리가 가끔 있으면 그걸로 충분하다고 생각한다.

언니의 차를 타고 집에 도착한 뒤에 어떻게 잠자리에 들었는지 잘 기억나지 않는다. 전 시아버지가 조심스럽게 나를 흔들어 깨워서 눈이 뜨였다. 한여름처럼 강렬한 햇빛이 가뜩이나 허옇게 바랜 다다미를 뜨겁게 달구고 있었다. 휴대폰을 끌어당겼더니 벌써 9시라, 얼굴에서 핏기가 가셨다.

"오늘 협상 있는 날이잖아! 늦겠다, 변호사한테 나쁜 인상을 심어 주게 생겼어!"

두통과 갈증이 심했지만 속이 메슥거리던 것은 사라졌다. 에니시가 내 몸 위에 올라타 웩웩 도깨비, 하고 야단이었다. 분명히 어젯밤 집에 도착한 뒤에 한바탕 난리를 피웠다고 생각하니 눈앞의 전 시아버지에게 정말이지 미안한 마음이 들었다.

"진정해요. 어머님께서 차를 이리로 가져다주셨습니다. 전철역까지 바래다주겠습니다. 정장도 저기에 걸어 뒀습니다. 몸단장은 차 안에서 하면 돼요. 수분을 섭취하는 편이 좋을 테니 물통을 가져갑시다."

전 시아버지는 여느 때처럼 온화하게 말하고, 내가 정장을 입기를 기다렸다가 차에 시동을 걸었다. 얼마 전까지 미사키가 사용했던 카시트가 뒷좌석에 설치되어 있길래, 얌전히 못 있는 에니시를 앉히고 벨트를 단단히 고정했다. 나는 조수석에 앉아 화장품 가방을 꺼내면서 핸들을 쥔 전 시아버지에게 "괜히 저 때문에, 죄송해요." 하고 고개를 꾸벅이며 사과했다. 물통에는 넉넉한 얼음과 직접 만든 듯한 레몬소금물이 들어 있어, 마시자마자 몸속에 쭉쭉 흡수되었다. 전 시아버지는 앞을 향한 채 이렇게 말했다.

"사과할 쪽은 납니다. ……얼마 전에, 집안에 무슨 일이 있는지 알지 못했다고 했지만, 그건 거짓말입니다. 나는 잘 알고 있었습니다. 아내가 지치고 쇠약해진 것도, 아들이 오만한 성격으로 자랐다는 것도. 그저 직시하기가 귀찮았던 겁니다."

평소 같으면 빈정댔을 테지만, 오늘은 컨디션도 좋지 않고 허둥거리느라 나는 고개를 끄덕끄덕할 뿐이었다. 조수석 햇빛가리개에 달린 화장용 거울을 들여다보면서 가게에서 20퍼센트 할인가로 산 장식 머리끈으로 머리를 묶고 BB크림을 마구 발랐다. 신칸센 정차 역 앞에 내려서 나는 다시 머리를 숙였다.

"교스케 씨, 오늘 정말 고마워요! 큰 신세를 졌습니다! 최대한 빨리 돌아올게요!"

"좋은 조건으로 이혼할 수 있도록 기도하겠습니다. 그런 아들로 키워 미안합니다."

전 시아버지는 이것이 마지막이라도 된다는 듯이 일부러 운전석에서 내려 혼잡한 사거리를 뒤로 하고 코가 땅에 닿도록 머리를 숙였다.

이혼이 성립하면 그 사람과는 더 이상 가족이 아니구나, 하고 깨달은 것은 신칸센에 올라타 자유석에 앉은 뒤였다.

도쿄 시나가와역에서 내린 뒤 바로 다음 열차로 갈아탄 덕분에, 시부야역 서쪽 출구에서 도보로 금방인 변호사 사무실에 일찍 도착한 나는 완전히 우위에 선 기분이었다. 직접 만나는 것은 처음인 변호사는 나보다 열두 살 많은 차분한 여성이었는데, 그녀가 아쓰시가 나타날 때까지 계속 격려해 준 덕분이기도 하다.

최근 이성이라고 하면 급격히 할아버지로 변한 전 시아버지밖에 접하지 않은 탓인지, 정장 차림의 아쓰시는 유난히 말쑥해 보였다. 그는 일부러 강아지 이동장을 내 자리에서 보이는 곳에 놓았다. 창문 너머로 오찻피가 꾸웅 하고 처량하게 울고 촉촉한 눈망울로 이쪽을 보고 있었다. 나는 반사적으로 입으로 쪼쪼쪼 소리를 내며 오찻피를 달래는 행동을 하고 말았다.

"집에 아무도 없으니까. 요즘에는 이렇게 데리고 다녀."

변호사의 이야기가 끝난 뒤 아쓰시는 대뜸 그렇게 말했다.

"아무런 변명도 되지 않겠지만……. 내가 무의식중에 모모, 당신을 너무 편하게 생각했나 봐. 당신이라면 용서해 줄 거라고……."

아쓰시가 흘끗 이쪽을 살폈다. 공범의 눈이었다. 나 또한, 전 시아버지와 마찬가지로 어렴풋이 눈치 채고 있었다. 굳이 말하지 않았고 가급적 생각하지 않으려 했지만, 아쓰시는 나를 알기 훨씬 전부터 동시에 여러 명과 교제하는 타입이며 그것은 평생 바뀌지 않으리란 사실을. 나는 노력했다. 늘 다른 존재를 어렴풋이 의식하면서도 전혀 개의치 않는 얼굴로, 거리감이 적당히 있는 교제를 이어 가며 가장 편한 상대가 되고자 유념해 왔다. 아쓰시의 외도 상대들과 나는 여전히 뭐 하나 다를 바가 없다. 아쓰시의 눈에 띄었을 뿐인데, 인생을 통째로 인정받은 기분에 빠져 안심하고 싶은 나머지 먼저 그에게 연락해 버리는 그녀들의 사고방식이라면 구석구석 잘 안다. 하지만 나는 끝내고 싶다. 아쓰시가 아무런 악의 없이 시작한 여자들의 레이스에서 내려와 이제 그만 자유로워지고 싶다.

"한 번만 더 다시 시작하고 싶어. 역시 나한테는 모모밖에 없어. 앞으로는 육아도 협조할게."

그렇게 말하고 아쓰시는 아버지와 똑같은 자세로 코가 땅에 닿도록 머리를 숙인 뒤, 이동장에서 오챠피를 꺼내더니 서툰 손놀림으로 안아 올렸다.

"봐, 오챠피, 모모야. 그동안 많이 외로워했어."

기분 탓인지 털에 윤기가 없어 보이고 눈에 힘이 없다. 개와 노인을 쇠약하게 하면서까지, 나는 도대체 뭘 하고 싶은 걸까. 그의 작전이라는 것을 알면서도 전부 내 잘못이라는 생각이 들었다.

"그건, 불가능해. 이제 당신하고는 못 살아."

고작 그렇게 말하는 것이 최선이었다. 아쓰시는 저자세를 그만두기로 했는지, 갑자기 따지는 말투가 되었다.

"에니시뿐만 아니라 아버지까지 빼앗는 건 아무리 그래도 심하지 않나?"

"교스케 씨는 자유의사로 우리 집에 와 계셔. 모셔 가고 싶으면 그렇게 하든가."

"그 나이 잡숫고 망측하게. 며느리한테 푹 빠지다니. 옛날부터 무슨 생각을 하는지 알 수가 있어야지……."

아쓰시는 넌더리를 내며 투덜투덜했다. 나와 교스케 씨는 그런 사이가, 하고 입을 열었다가 더 이상 이 사람에게 알아 달라고 애쓰는 것을 하지 않기로 했다.

"아니야. 그분은 나랑 있으면 재미있으시대."

지금의 나에게 육아와 가사를 도맡는 사람이 없어서는 안 되는 것처럼, 교스케 씨에게도 새로운 인생을 열어 나가는 사람의 뒷모습을 매일 배웅하는 것이 꼭 필요할지도 모른다.

아쓰시는 자신의 잘못은 인정하지만 어쨌든 이혼만은 하기 싫다, 새사람이 될 테니 앞으로의 자신을 봐 달라는 주장으로 일관했다. 다음 달 협상 때는 아쓰시도 변호사를 세우겠다고 한다. 협의, 조정이 어려워지면 최악의 경우 재판까지 갈 수도 있다고 협박당한 셈이다. 아쓰시는 돈도, 인맥도 있다. 변호사는 괜찮다, 예상 밖이지만 우리 쪽 요구는 법률상 반드시 받아들여진다고 단언했다. 하지만 불안해지는 마음은 어쩔 수 없었다.

변호사 사무실을 나와 낮은 지형에 위치한 전철역까지 이어지는 언덕길을 내려가면서, 지금 이곳에 없는 아쓰시에게 자꾸 끌려가고 있다는 것을 깨달았다. 얼씨구나 하고 이혼을 받아들일 줄로만 알았는데 예상치 못한 그의 행동에 내 마음이 미처 따라가지 못하고 있다. 게다가 아쓰시가 내게 집착하는 태도를 보이는 것이, 한심하게도 아주 조금 기쁘기도 했다. 방역 지침이 무의미하게 보일 만큼 혼잡한 남쪽 개찰구를 빠져나가며, 왜 이런 장소에 혼자 있는 걸까, 하고 생각했다. 진짜 나 자신은 시어머니가 손질을 거르지 않았던 그 저택에서 에니시와 오찻피와 함께 살고 있고, 지금의 나를 원격 조종하고 있는 것은 아닐까……

오랜만에 시부야를 구경하고 돌아다닐 생각에 들떠 있었지만, 야마노테선을 타고 곧장 시나가와역으로 돌아왔다. 신칸센 티켓을 구입하고 나니 출발까지 시간이 약간 남았기에 무심코 주위

를 둘러봤다. 그 순간 과거에 일했던 카페 체인점의 간판이 눈에
들어왔다. 처음 보는 그 신설 테이크아웃 전용 매장에 나는 생
각할 겨를도 없이 걸음을 옮겨 비닐 커튼이 쳐진 카운터를 향해
따뜻한 블렌드 미디엄 사이즈 커피를 주문했다. 나보다 훨씬 젊
은 여성 점원이 "잠시만 기다려 주세요. 설탕, 밀크 필요하신가
요?" 하고 막힘없이 응대하고, 군더더기 없는 동작으로 순식간
에 완성한 커피를 내주었다.

본사 홍보부는 계절 판촉물이 나오면 도쿄의 대형 터미널역
매장마다 직원이 직접 와서 손수 진열한다. 그러므로 이 여성과
아쓰시가 알게 되어 사랑에 빠질 가능성도 아예 없지는 않다. 깔
끔하게 말린 갈색의 앞머리와 가느다란데도 관절만 굵은 손가락
을 바라보면서 그런 상상을 했다. 전처가 자기 아버지와 살고 있
는 것이나 오찻피를 혼자 돌보고 있는 것까지 전부 인기남의 요
소로 변환해서 그녀의 마음을 끌어 보려는 아쓰시의 모습이 눈
에 보이는 것 같았다. "고맙습니다." 하고 방긋 웃은 그녀는 현
명해 보이니 나처럼 쉽지는 않겠지만.

뜨거운 블렌드 커피가 담긴 컵을 손에 들고 개찰구를 지나 신
칸센에 올라탔다.

나는 지정된 좌석에 몸을 깊숙이 묻은 뒤 뚜껑을 열었다. 포근
하고 그리운 냄새가 사방으로 퍼져 입술을 댔더니 델 만큼 뜨거

워서 황급히 입김을 불었다. 아침부터 레몬소금물 외에 아무것
도 먹지 않았기 때문에 뜨거움과 쓴맛이 손끝까지 퍼지는 것 같
았다. 가만히 음미하면 전 시아버지가 내려 준 커피와 공통되는
풍미가 희미하게 느껴졌다. 창업자들은 처음에는 정말 재미 삼
아 시작했을지 몰라도 이윽고 전 시아버지의 열정에 이끌려 처
음의 맛을 지키고자 노력했으리라. 직접 내리는 드립도 좋지만,
역시 이 종이컵으로 마시는 뜨겁디뜨거운 커피가 나의 집이라는
생각이 든다. 시간을 들여 천천히 다 마셨더니 가슴이 콕콕 쑤시
던 것이 가라앉았다. 잘 생각해 보니 밖에서 커피를 마시는 것은
삼 년 만이었다.

차창 너머 빠른 속도로 흘러가는 전원 풍경을 바라보는 사이
머리가 개운해졌다. 그러고 보니 몸과 감각이 약간 어긋나던 느
낌이 어느새 사라졌다. 뒷사람에게 양해를 구하고 등받이를 젖
혀 팔다리를 쭉 폈다. 오늘 저녁 메뉴는 뭘까.

키 작은 아저씨

원래는 뷰티 매거진인 〈MAQUIA〉나 〈VOCE〉를 읽고 싶었다.

하지만 그 이케부쿠로역 동쪽 출구에서 도보로 3분 거리의 가늘고 높다란 키다리 빌딩에 있는 성형외과 대기실은 아코 나이 또래의 여자들이 사회적 거리 두기와 상관없이 꽉꽉 들어차 있어 잡지 수납장에 있었을 인기 잡지는 이미 죄다 빼 간 상태였다. 예약했는데도 불구하고 벌써 10분 넘게 지났다. 아무도 불평하는 사람이 없다. 이곳은 워낙 비용이 저렴하기로 유명하기 때문이다. 사회적 거리두기가 시행된 뒤로 성형 수술이 폭발적으로 유행하고 있다고 인터넷 뉴스에서 읽은 적이 있다. 재택근무 기간 동안 수술에서 회복될 수 있기 때문이라고 한다.

평소 같으면 휴대폰을 하며 시간을 때울 테지만, 게이힌도호쿠선과 사이쿄선을 타고 오는 동안 슈팅 게임을 하느라 배터리를 많이 소모해서 집에 갈 때까지 버티지 못할 것 같았다. 아무거나 읽지 뭐, 하고 수납장 하단 선반에 웅크렸더니 하늘색 바탕에 흩어진 구름이 있는 예쁜 상자가 있었다. 끄집어내자 같은 크기의 책 일곱 권이 빽빽이 들어 있었다. 말로만 듣던 전집인 모양이다. 적당히 한 권 뽑았더니 산과 염소와 어린 여자아이가 그려진 표지가 눈에 들어왔다. 《알프스 소녀 하이디》. 제목은 안다. 옛날에 애니메이션으로 만들어져 유명하고 그걸 텔레비전 광고에서 패러디했다는 것 정도밖에 지식이 없지만.

고등학교 2학년 여름방학 때 독서 감상문을 쓰기 위해 《침묵》이라는 엄청나게 기분 나쁜 이야기를 끙끙대며 억지로 읽은 이후, 활자라면 질색을 하게 됐다. 그런데 이건 인기 일러스트레이터가 그린 삽화가 군데군데 들어가 있고, 글자도 알맞은 크기라 읽기가 편했다. 답답한 부분도 없고, 하이디라는 소녀가 데테 이모의 손에 이끌려 알름에 갔다가 갑자기 할아버지를 만나는 장면부터 시작해서 이야기는 쭉쭉 진행된다. 박자감이 좋은 문장의 힘인지 세련된 일러스트 때문인지 모르지만, 산의 상쾌한 공기와 염소젖의 달콤한 향기가 주변에 감도는 느낌이었다.

"우치다 씨, 우치다 아코 씨. 오래 기다리셨습니다."

접수대에 모르는 사람인 척 앉아 있는, 핑크색 유니폼의 유노가 이름을 부를 때까지 아코는 하이디의 세계에 푹 빠져 있었다.

염소 치즈, 몽유병, 흰 빵, 휠체어. 머리가 멍하고 뺨에 열이 올라 무겁다. 벽시계를 보니 예약 시간에서 45분이나 지나 있었다. 이제 몇 페이지만 더 읽으면 되는데. 아코는 자신이 책을 이렇게 빨리 읽을 수 있을 줄은 몰랐다.

"아, 네, 네. 저예요."

자리에서 일어나자 무릎 위에 있던 책이 팍삭 떨어지는 바람에 주변의 시선이 쏠렸다. 허둥지둥 몸을 웅크려 책을 전집 박스에 얌전히 되돌려 놓았다. 유노는 파이팅! 하고 말하듯 눈짓을 하고 다른 환자들 몰래 접수대 아래쪽에서 불끈 주먹을 쥐어 보였다.

동갑인 그녀와는 태어날 때부터 함께였다. 유노는 원래 예뻤지만, 고등학교 졸업식 다음 날에 이 성형외과에서 쌍꺼풀 폭을 넓히는 수술과 하안검의 안쪽 결막을 절개하는 밑트임 수술을 받고 나서는 연예인이 된 것처럼 더 예뻐졌다. 그렇지만 옛날부터 아무리 추켜세워도 거만하게 구는 일이 없고, 아파트 같은 층에 엄마와 단둘이 사는 아코에게 매우 친절했다.

치안이 나쁜 것으로 알려진 그 지역에서도 그 현영아파트•는 특히 더 위험한 것으로 유명해서 그곳에 산다는 이유만으로 아

• 현에서 주거 문제로 어려움을 겪는 저소득층을 위해 국가 보조를 받아 건설한 아파트

코는 반 아이들의 괴롭힘의 표적이 되었다. 인기 있는 유노가 항상 옆에 있어 준 덕분에 아코는 학교 생활을 무사히 마칠 수 있었다고 생각한다. 둘 다 부모가 밤이 깊어서야 집에 오는 데다 문 바깥의 아파트 단지도 위험하기 때문에, 매일 반드시 둘 중 어느 한쪽의 집에 가서 아코가 만든 반찬이나 인스턴트 라면을 먹은 뒤 어깨를 맞대고 유튜브를 보며 지냈다. 그녀가 성형을 권했을 때도 심술부리는 느낌이라고는 없이 오히려 배려로 가득했기 때문에 여기까지 오기로 마음먹은 것이다.

'인중 축소술이라는 수술로 코 밑을 짧게 하면 좋을 것 같아. 아코는 눈이 예쁘니까 엄청나게 귀여워질걸. 내 남자 친구, 실력이 장난 아니야. 가격도 양심적이고. 바로 정하지 않아도 되니까 상담 한번 받아 봐.'

유노는 자신의 시술을 담당한 병원장과 교제 중이며 접수대 일도 낙하산으로 들어와 하게 되었다고 한다. 그가 여기서 도보로 출퇴근할 수 있는 위치에 맨션까지 사 준 모양이다. 고향을 떠난 유노는 매우 활달하고 몸에 걸친 것도 비싸 보여서, 태어날 때부터 고생을 모르고 자란 사람처럼 보였다. 아저씨가 술 취해 들어온 날 밤에 아주머니와 함께 우리 집에 잠옷 바람으로 도망쳐 왔던 그 아이와 동일 인물이라고는 생각되지 않았다.

유노의 유니폼과 똑같은 핑크색 벽 사이의 통로 끝에 있는 상담실 문을 밀자마자 아코는 흠칫 놀랐다. 병원장이 유노의 남자 친구라고 하기에 많아 봐야 이십 대 후반쯤을 예상했던 것이다. 피부가 매끈매끈하고 머리는 밝은 갈색, 큰 눈에는 쌍꺼풀이 또렷하지만 그 병원장은 아무리 봐도 사십 대였다. 아코가 바퀴 달린 둥근 의자에 걸터앉자, 그는 싱글벙글 웃으며 실례해요, 하고 양해를 구하고 뜨거운 손가락으로 아코의 코와 입술을 만졌다. 옆에 놓인 관엽 식물의 잎맥이 부자연스러울 만큼 부풀어 올라 있다. 이 손이 유노의 몸에 닿았다고 생각하니 등골이 오싹했다. 애초에 환자와 의사의 관계가 남녀 관계로 뒤바뀌다니, 도대체 어떤 시점에 무슨 일이 일어나면 그렇게 될까.

"인중이 짧아지면, 우선 윗입술이 도톰해 보입니다. 얼굴이 길다는 인상이 없어지고 옆얼굴도 산뜻해지죠. 우리 병원은 흉터가 눈에 띄지 않는 독자적인 기술을 사용합니다. 인중을 싹둑 자른다기보다 입술 전체를 코 쪽으로 끌어 올려서……."

고등학교를 졸업한 지 8개월. 코로나 감염 확산으로 숙련된 아르바이트생이 하나둘 그만두는 가운데, 아코가 대형 마트 푸드코트의 야키소바 매장에서 한 푼 두 푼 모은 30만 엔을 몽땅 성형 수술비로 쓰려고 결심한 이유는 두 가지다.

같은 마트 내의 세탁소에서 일하는 엄마가 유노의 적극적인 권유로 한발 앞서 이 성형외과의 계열사에서 목주름 제거 레이

저 치료를 받은 것이다. 도대체 그런 돈이 어디서 나서 했냐며 놀라워했더니 엄마는 대출을 받았다고 아무렇지도 않게 말했다. 엄마는 목이 깔끔하게 길어지자마자, 수산 코너 작업실에서 생선 손질을 하는 야다 씨라는 돌싱 아저씨에게 고백을 받고 사귀기 시작했다. 헤어진 아빠에게 양육비 한 번 못 받고 아르바이트를 여러 개 병행하면서 아코를 키운 엄마는 딸에게 쌀쌀맞지는 않지만 늘 피곤에 찌들어 마음이 딴 데 가 있었다. 초등학생 때부터 아코는 집안일은 스스로 했다. 아코의 학비 걱정이 없어진 까닭도 있는지, 엄마는 최근 몇 달간 딴사람처럼 밝고 활력이 돌았다. 재혼도 염두에 두는 눈치라 아코는 슬슬 집을 떠나 혼자 살 생각을 하기 시작했다.

또 한 가지. 마스크 필수가 된 이후 아코는 살짝 인기를 끌게 되었다. 옛날부터 같은 반 남학생들은 "입매가 고릴라 같아." 하고 놀리기 일쑤였고, 같은 동에 사는 약물 중독 소문이 도는 아저씨는 지나가는 아코에게 "못생긴 게!" 하고 소리를 지른 적까지 있었다. 그 탓에 완전히 자신감을 잃고 멋 내는 것조차 귀찮아진 아코는 남자 친구 한 번 사귄 적이 없다. 그런데 얼굴의 아랫부분을 가리자마자 손님이 연락처를 묻고, 아르바이트 동료가 쓰레기를 대신 버려 주고, 반찬 매장 직원은 팔다 남은 로스트비프를 주는 일이 늘었다. 남자들이 잘해 줘서 기쁘다기보다도, 그들에게 괴롭힘 당하지 않는다는 것을 알게 되자 더 이상 움찔움찔 놀라지 않게 되어 다행스러웠다. 그런 작은 일들이 놀랄 만큼 수월해졌다. 왜 주위 여자들이 끊임없이 예뻐지려고 하는지 그제야 알았다. 다들 그저 악의에 노출되지 않고 안심하고 하루하루를 보내고 싶을 뿐인 것이다.

성형에는 엄마도 대찬성했다. 그런데 병원장이 인중을 만지는 사이 갑자기 돈이 아까워졌다. 30만 엔을 내면 어쩌면 알프스에도 갈 수 있지 않나? 설마, 아니겠지, 하고 생각했지만 이 심경의 변화는 아까 하이디를 읽었기 때문일까. "독서는 모두의 삶의 방식을 바꿔 줍니다." 하고 흐뭇하게 말하고는 착한 사람이 고문 당하는 소설을 억지로 읽게 한 국어 교사를 아코는 지금도 원망하고 있으며 그런 건 새빨간 거짓말이라고 생각한다. 하지만 하이디는 하기 싫은 일은 고집스러우리만치 하지 않는다. 그렇다고 초인적인 정신력을 가졌다는 게 아니라 보통 사람처럼 환경에 스트레스를 받으면 정신적으로 힘들어하기도 한다. 그러나 성격이 끈질긴 하이디는 친구도, 자신이 마음 편히 있을 수 있는 환경도 뭐 하나 포기하지 않았고 결국 전부 손에 넣는다. 제멋대로 군다고 핀잔을 듣는 일도 없다. 그런데 아코는 왜 자신의 생김새를 바꾸지 않으면 행복해질 수 없을까. 아코는 아름다움에 큰 관심이 있는 것도 아니다. 애초에 아코가 생각하는 행복이란 뭘까.

"왜 그러십니까?"

아코가 내내 멍하니 있어서인지 병원장이 말을 하다 말고 자못 상냥한 얼굴로 물었다. 향수 냄새가 휘발유 냄새 같았다.

"저어, 수술 예약 말인데요…… 좀 생각해 봐도 될까요?"

이런 반응에 익숙한지 병원장은 싱글벙글 웃으며 "그럼요, 물론이죠, 본인의 의향이 가장 중요하니까. 잘 생각해 봐요." 하고 붙잡지 않았다. 다만 아코가 나가려고 문을 밀 때 이렇게 못을 박았다.

"우치다 씨는 열여덟 살이죠. 만약 수술을 결심하면 부모님 동의서를 받아 와요."

의자에서 일어선 그는 상반신에 비해 다리만 이상하게 길쭉한, 지금까지 본 적이 없는 체형이었다. 유노는 키가 큰 사람이 이상형이므로 일단 그 조건에 부합한다고는 할 수 있다.

상담실에서 나온 아코는 하이디의 나머지 부분을 전속력으로 읽었다. 페터가 휠체어를 부순 것이 이롭게 작용해 클라라는 재활 훈련을 열심히 하게 된다. 클라라의 주치의는 하이디의 후견인을 자청해 만일 할아버지가 죽어도 평생 돌봐 주겠다고 약속한다. 전집 이름을 메모한 뒤 유노에게 눈짓으로 인사하고 결제를 한 다음 건물을 나와 역으로 향했다. 오랜만에 이케부쿠로에 온 만큼 더 구경하며 돌아다녀도 되지만, 괜히 사고 싶은 물건을 발견해 쓸데없이 낭비하는 상황은 피하고 싶었다.

사이쿄선에 올라타 휴대폰으로 검색해 보고 실망했다. 아코가 약 한 시간을 들여 읽은 《알프스 소녀 하이디》는 초등학교 4학년 수준에 맞춰 번역된 축약판으로, 내용이 상당 부분 삭제된 모양이다. 하긴, 독서에 익숙지 않기 때문에 오히려 그 정도 분량이 알맞다고도 할 수 있다. 아무튼 그 '아오조라 세계명작전집'은 최근에 막 출간된 책으로, 유명한 대학교수가 감수하고 인기 번역가와 일러스트레이터를 동원해 사랑스러운 그림과 쉽게 읽히는 문장에 중점을 두었을 뿐만 아니라, 주인공이 여자아이인 작품만을 선정해 고전의 매력을 살리면서 현대적인 요소인지 뭔지를 부각한 것이 특징이라고 한다. 크리스마스 선물 수요가 증가하는 요즘 '엄마가 아이에게 사 주고 싶은 전집 1순위'로 각종 매체에서 자주 다루어지고 있는 모양이다. 인터넷에 잠깐 검색해 봤을 뿐인데도 이 전집을 계기로 아이가 책을 좋아하게 되었다는 부모의 추천 리뷰와, 여자아이뿐만 아니라 남자아이가 쓴 독서 감상문도 넘치고 있었다. 하이디뿐만 아니라 다른 여섯 권도 전부 재미있어 보였다. 인터넷 서점 아마존에서 알아보니 1만 엔이 넘기에 빌려 읽을까도 생각했지만, 아코가 아는 가장 가까운 도서관은 옆 마을에 있는 데다 책을 도둑맞기로 유명해서 거의 제 기능을 못 하는 곳이다.

집에 도착해서 바로 손을 꼼꼼히 씻고 입안을 구석구석 헹군 뒤, 냉장고에 있는 재료로 야키소바 2인분을 만들었다. 혼자 먹고 나서 엄마의 접시에 랩을 씌우고 있는데 충전이 완료된 휴대폰에 유노의 라인 메시지가 도착했다. 수술 언제 할지 정했어? 하고 묻는 내용이었다.

'어떻게 할까. 실은 좀 무서워서. 이번에는 좀 생각해 봐야겠어. 소개해 줬는데 미안해.'

그렇게 답장했더니 유노도 병원장과 마찬가지로 강요하지 않고, 그래? 하긴, 나도 처음에 결심할 때까지 시간이 걸렸는걸, 하고 너그럽게 받아들여 줬다. 왠지 그 사람과 부부인 것처럼 호흡이 딱 맞는다는 생각이 들었다.

'근데 대기실에 말이야, '아오조라 세계명작전집'이라고 있잖아. 나, 그거 갖고 싶은데. 수술은 아직 생각 중이니까, 확 사 버릴까? 1만 엔 조금 넘는데, 메루카리*에도 보니까 전혀 안 싸더라. 나한테는 사치인가.'

'어, 그 박스 책? 그런 게 갖고 싶어? 돈 아깝잖아. 줄게. 줄게.'

그런 답장이 곧바로 와서 아코는 뛸 듯이 기뻤다.

● 일본의 중고 거래 플랫폼

'앗, 그래도 돼?'

'되지, 그럼. 보니까, 아무도 안 읽더라. 잡지는 접수대 직원들끼리 순서대로 좋아하는 걸 사도록 되어 있고, 필요 없다 싶으면 버려도 되거든. 오히려 네가 받아 주면 고맙지. 그게 자리를 많이 차지해서, 없어지면 다른 잡지를 더 넣을 수 있고. 단, 엄청나게 무거우니까 내일 병원에서 너희 집에 착불로 보낼 건데, 괜찮지?'

한차례 감사의 이모티콘을 연달아 보낸 뒤 아코는 문득 정신을 차렸다.

'그나저나, 왜 성형외과 대기실에 어린이용 책이 있어?'

'몰라. 누가 안 읽게 된 책을 멋대로 가져다 놨겠지.'

이틀 후 아코의 집에 전집이 도착했다. 아무도 읽지 않는다는 말 그대로 페이지에도 상자에도 흠집 하나 없다. 《빨간 머리 앤》, 《키다리 아저씨》, 《폴리애나》, 《소공녀 세라》, 《작은 아씨들》, 《집 없는 소녀》. 아코는 아르바이트 휴식 시간이나 침대에 누워 잠들기 전까지 짬짬이 시간을 내서 정신없이 읽었다.

하이디뿐만이 아니라, 평판대로 전부 엄청나게 재미있었다. 다 읽은 뒤 묘하게 가슴이 벅차고 뭐든지 할 수 있을 것처럼 마음이 설레는 것은 어느 책이든 마찬가지였다.

어느 날 아르바이트 매장에서 쇠 주걱으로 야키소바용 중화면을 풀어 주고 있는데, 문득 모든 이야기에 공통점이 있다는 것을 깨달았다.

어느 이야기든 가난한 여자아이가 부자에게 도움을 받는다. 예외 없이 다 그랬다.

예를 들어, 앤은 그리 부유하다는 느낌은 아닐지언정 매슈와 마릴라라는 농장주 남매를 만나 학교에 다니고 친구 다이애나의 부유한 조세핀 할머니의 눈에 든다. 《키다리 아저씨》의 주디는 글자 그대로 대부호인 후원자를 만나 고아원에서 픽업, 대학에 진학할 뿐만 아니라 비싸고 고급스러운 물건을 잔뜩 선물 받는다. 가난한 집에서 태어난 폴리애나는 소원하게 지냈던 부자 이모의 저택에 살게 되고 결국에는 가족으로 받아들여진다. 세라는 옆집의 특이한 부자 덕분에 밑바닥에서 구원받아 다시 원래의 삶을 되찾고, 《작은 아씨들》의 조는 부잣집 도련님 로리와 친하게 지내면서 일상의 이런저런 도움을 받는다. 그뿐만 아니라 로리의 도움으로 가족의 목숨을 살리고 여동생은 그 집에서 피아노까지 선물 받는다. 《집 없는 소녀》의 페린은 대공장주인 할아버지와 재회하자마자 광차 밀기에서 비서로 승격하고, 친손녀로 판명되자 갑자기 후계자로 발탁되었다.

주인공들은 사랑이나 용기가 아니라 부자의 조력으로 길을 열었다. 부자가 직접적으로 자금을 마련해 주는 경우와 형태가 없는 가치관 같은 것을 나눠 주는 경우의 두 가지 패턴이 있지만,

그것을 계기로 주인공의 인생이 좋게 풀리는 것은 모두 똑같다. 인터넷 리뷰를 찾아보니 그렇게 느낀 것은 아코 정도밖에 없는 듯했다. 주요 독자층인 아이들은 앤의 상상력이나 세라의 강인함에 순수하게 감동하고 있었다.

사람의 악한 면도 그럴싸한 말로 포장하려 들지 않고 있는 그대로 표현한 작품이라 신뢰가 가지만, 하고 아코는 생각했다. 그런데 인간의 진실을 파헤친 작품일 터인 《침묵》을 읽었을 때처럼 음울한 느낌은 없었다. 왜 그럴까 생각했더니 그것은 소녀들이 무리해서 예뻐지거나, 호감을 받기 위해 노력하지 않기 때문이다. 그런데도 반드시 부자가 자발적으로 후원을 해 주겠다고 나선다. 그렇게 된 데에는 어떤 술수나 요령이 있는 걸까. 아코는 처음부터 끝까지 다시 읽으며 주인공들의 행동 중 따라 할 수 있는 부분은 없는지 샅샅이 찾아 휴대폰 메모 기능을 이용해 열심히 적어 넣었다. 그래 봤자 지어낸 이야기라고 한다면 그야 그렇지만, 백 년 넘게 전해지는 명작인 만큼 다소 진실도 포함되어 있을 것이 틀림없다.

아코는 3월 말에 태어났기 때문에 앞으로 넉 달 동안은 열여덟 살이다. 그렇다면 아슬아슬하긴 해도 아직 소녀라고 해도 되지 않을까. 전집에 있는 내용이 맞는다면 소녀가 뭔가 행동에 나서면 반드시 해피 엔딩이 기다린다. 그럼 하루라도 빠른 편이 낫다.

"뭐어? 무슨 소리야, 아빠뻘 아저씨랑 하는 원조 교제 같은 거? 무조건 안 돼."

유노는 대뜸 인상부터 찌푸렸다. 인기가 많지만, 남녀 관계에 있어서 부정을 싫어하는 성격이다. 그 병원장도 독신이라는 것을 확인한 후에 교제하기로 했다고 한다.

처음 방문한 유노의 맨션은 유노와 아코의 본가를 합한 것보다 훨씬 넓고 방도 많았다. 거실 창문에서는 스카이트리가 보인다. 병원 접수대 여성 직원들 모임에 아코도 초대받은 것이다. 회비를 낼 수 있을지 불안했지만, 각자 음식이나 술을 가져와 유노네 집에서 먹는다고 해서 안심했다. 오늘 밤은 여기서 자고 갈 예정이라 막차 시간을 신경 쓰지 않아도 된다. 아코가 도착했을 때는 내일 일찍 출근하는 직원은 이미 돌아간 후였기 때문에 하기노라는 직원과 셋이서 있게 되었다. 잠옷으로 갈아입고 계절 한정인 딸기 캔 주하이를 마시며 아코는 요즘 생각 중인 일에 대해 털어놓았다.

"원조교제가 아니라……. 단순히 가까이 모시면서 심부름을 하거나 말동무가 되기도 하고 그런 거 말이야. 가능하면 할아버지 말고 할머니가 좋은데."

"어. 간병인 말하는 거야? 그럼 연수 받아야겠네. 말해 두는데, 어중간한 마음 가지고는 어림도 없는 일이야."

유노의 엄마는 오랫동안 간병인으로 일하던 중 허리를 한 번 다친 뒤 쉬고 있다.

"간병인이나 가사 도우미가 아니라, 그…… 친구? 같은……. 뭐, 가장 좋은 건 집이 부자인 여자 친구인데……."

"음? 중고 거래 앱에서 심부름 해 주는 것 같은?"

아코는 잘 설명이 되지 않아 입을 다물었다. 자신이 얼마나 철 없는 생각을 하는지 새삼스레 부끄러워졌다. 말동무도 그렇고, 그 집에 함께 살며 친구 역할을 하는 것은 소녀소설의 세계관에서는 흔한 역할이지만, 2020년대의 일본이 무대가 되면 예비 범죄자의 냄새가 풀풀 나는 수상쩍은 역할이다.

그리고 아코는 마치 고모할머니의 대화 상대 아르바이트를 한 조처럼 재미있지도 않고, 가난해도 품위를 잃지 않는 태도로 주변 사람들에게 인정받는 세라처럼 특별한 오라가 있는 것도, 클라라의 친구 역할로 고용된 하이디처럼 밝고 명랑하지도 않다. 돈을 지불하면서까지 아코와 친구가 되고 싶은 사람은 아마 없을 것이다. 게다가 주디나 앤처럼 작가를 꿈꾸는 등 명확한 목적이 있는 것도 아니다.

아코의 소원은 이것 하나이지 않을까. 그저 조용한 곳에서 의식주 걱정 없이 며칠이든 찬찬히 이런저런 생각을 해 보는 것이다. 앞날에 대해, 어떤 사람이 되고 싶은지. 왜냐하면 철들었을 무렵부터 아코에게 그런 시간은 한시도 주어지지 않았기 때문이다. 고등학생 때는 학교 다니랴, 집안일 하랴, 아르바이트하랴 정신없이 바빴고, 오늘도 시간을 꽉 채워서 일하느라 가져올 수 있었던 것은 매장에서 팔다 남아 식은 야키소바와 오방떡뿐이었다. 예상대로 아무도 손대지 않았다.

어렸을 때부터 피곤에 찌든 엄마를 봐서 그런지, 머릿속의 절반은 늘 돈 걱정과 앞날에 대한 불안으로 차 있다. 이 악순환의 고리를 끊으려면 수면 시간을 줄여서라도 자격증 공부를 해야 할지도 모르지만, 아코는 여덟 시간 내내 서서 일한 뒤 퇴근해서 집안일을 하고 나면 녹초가 되어 휴대폰을 만지작거리다 곯아떨어지고 만다. 고등학교 때 친구나 아르바이트 동료도 다들 대체로 이런 패턴이라 원래 이런 건가 싶었지만, 그 전집을 갖게 된 후로는 일단 이 일상을 멈춰야 한다는 위기감이 점점 커졌다. 그렇지 않으면 큰 흐름에 휩쓸려서 먼 곳으로 떠내려가 돌이킬 수 없게 될 것 같았다.

"그런 유별난 부자가 어딨니? 만에 하나 있다 해도 변태 할아버지일걸. 차라리 성형을 해서 예뻐진 다음 돈 많은 남자 친구를 낚는 게 훨씬 현실적이야."

그렇게 말하는 유노의 삶의 방식을 부정할 생각은 털끝만큼도 없다. 다만 돈 많은 남자 친구인지 뭔지가 생긴다 해도 결국 이 흐름은 끊지 못하는 것 아닐까. 경제적으로는 편해질지 몰라도 그 대신 이것저것 해야 할 일이 잔뜩 늘어날 것 같다. 실제로 유노는 아까부터 피부 미용 기기로 얼굴을 마사지한 다음 스트레칭을 하고, 아코 일행에게 내주지 않는 것으로 보아 남자 친구가 올 때를 대비한 듯한 알록달록한 밑반찬을 만들었다. 그러고는 밀대로 여기저기 청소를 하는 등 본가에 살았을 때보다 훨씬 바빠 보였다. 《키다리 아저씨》의 주디도 마지막에는 돈 많은 남자 친구가 생기지만, 그렇게 되기까지 대학 생활을 즐기며 오직 자신을 위해 사용할 시간이 충분히 있었다.

"으음, 없지는 않을 것 같은데?"

내내 잠자코 있던 하기노가 입을 열었다.

"우리 고모가 최근에 그 비슷한 아르바이트를 몰래 하고 있어."

하기노는 너그러운 성격의 동갑내기 여자아이로, 고모의 맨션에 얹혀살며 이 부근의 남녀 공학 사립 대학에 장학금을 받고 다닌다. 도호쿠 지역에 있는 본가는 메이지 시대(1868~1912)부터 대대로 내려온 된장 공장이지만, 아버지 대에서 가업이 기울고 있어 생활비를 지원 받지 못하는 상황이라 접수대 근무 일정을 짤 때면 늘 유노처럼 빡빡하게 한다. 그러나 입학 이후 강의가 거의 온라인으로 진행되는 탓에 가끔은 고향을 떠나 여기서 열심히 일하는 것이 허무해진다고 한다.

"말했나? 우리 고모, 퍼스트 클래스 스튜어디스거든. 요즘은 비행기 안 떠서 시간 많잖아. 그래서 단골손님 소개로 어떤 부자 할머니 곁에서 심부름 하고 있어. 그런 사람들은 요즘 외출을 못 해서 심심해한대. 도우미 같은 게 아니라, 뭐라고 해야 하나, 세이부 백화점 지하 식품관에서 도시락 사 와서 같이 점심을 먹거나 산책하는 데 따라가고, 우버나 온라인 쇼핑 하는 법을 가르쳐 주기도 하고. 괜찮으면 소개해 줄까? 내일도 오전에는 집에 있을 텐데."

그날은 늦게까지 온갖 수다를 늘어놓다 자고 다 같이 아침나절이 되어서야 일어났다. 아코는 하기노와 함께 유노의 집을 나섰다. "또 언제든지 자러 와. 진짜로, 언제든지." 하고 유노가 현관에서 말했을 때, 왠지 매달리는 듯한 분위기가 있었다.

하기노는 유노가 병원장과 사귀는 것을 아는 눈치였지만, 나란히 야마노테선을 따라 걸으면서도 아코에게 은근슬쩍 물어보는 일은 없었다. 하기노의 고모네 맨션은 이케부쿠로와 메지로의 딱 중간에 있었다. 공동 현관문을 지나 맨션 3층에 들어가자, 유노의 집보다는 훨씬 아담하지만 깔끔하게 정리된 거실 한가운데서, 고모는 안마 의자에 몸을 맡기고 얼굴에 화장 솜으로 팩을 한 채 고개를 뒤로 젖히고 있었다. 맨 얼굴의 피부는 매끈매끈하지만, 어쩌면 엄마보다 나이가 많을지도 모른다는 생각을 했다.

하기노가 마스크를 벗지 않은 채 아코를 소개하고 용건을 간략히 설명하자, 그녀는 몸을 돌려 자세를 가다듬고는 곁에 있던 안경을 쓴 뒤 아코를 유심히 봤다. 화장 솜이 바닥에 똑똑 떨어졌다.

"어림없어, 너같이 젊은 애는. 일단 면접까지 가지도 못 해. 나도 오랜 세월의 신뢰가 있는 상태에서 알음알음 소개받은 거니까. 돈 많은 노부인을 상대하는 게 얼마나 힘든 일인지 아니? 다카시마야 백화점 외판부가 3백만 엔의 기모노를 팔러 오면, 너 대응할 수 있겠어?"

하기노의 고모는 무릎을 꿇고 떨어진 화장 솜을 주워 모으며 그렇게 말했다. 그 동작마저 어쩐지 스튜어디스처럼 우아한 느낌이 들었다. 아코는 숨을 한껏 들이마셨다. 명작 소녀소설의 주인공이라면 이럴 때 어떻게 할까? 정답은…… 가슴속에 품은 생각을 랩 하듯 몽땅 쏟아 내라, 이다. 앤도 하이디도 기본적으로 모두 그랬다. 그런 것까지 다 까놓고 말하는 거야? 할 정도로 털어놓는다.

"저희 집은 가난한 편모 가정이에요. 가난한데 그런 돈이 어디서 났느냐고 생각하실지 모르지만, 얼마 전에 하기노가 일하는 성형외과에서 인중을 짧게 하는 수술을 받으려고 했어요…… 그런데 접수하고 상담을 기다리는 동안 《알프스 소녀 하이디》를 읽었더니, 왜 나 자신을 바꿔야만 하는 걸까, 하는 의문이 갑자기 든 거예요. 나 자신을 바꾸기보다 장소를 바꾸는 편이 낫겠다고 생각했어요."

"알프스 소녀 하이디 애니메이션, 좋아했는데. 내가 딱 그 애니메이션 세대거든. 하이디, 재미있지."

고모가 표정을 살짝 누그러뜨린 듯 보였기에 아코는 더 밀어붙였다.

"네. 그런데 하이디가 행복해진 건 클라라와 알게 되고 부자의 눈에 든 덕분에 평생 안심하고 살 수 있는 보장을 얻었기 때문이라고 생각해요. 저 같은 사람도 운이 좋으면 클라라를 만날 수 있지 않나요?"

옆의 하기노는 기가 찬지 망했다, 하고 중얼거렸다.

"요컨대 돈 많은 노인을 속이고 싶다는 뜻?"

하기노의 고모는 미간을 찌푸렸지만, 이야기에 관심을 기울이고 있는 것이 눈에 보였다.

"아뇨. 단순히 부유한 사람이 있는 장소에 드나들다 보면 클라라의 주치의처럼 자발적으로 제 후원자가 되겠다고 나서는 사람이 생기지 않을까, 해서요. 물론 연애 같은 거랑은 전혀 상관없이 말이에요."

아코의 진지한 말에 고모는 웃음을 터뜨리고 안마 의자에서 몸을 일으켰다.

"뭐, 방법이 하나 있다면 있기는 한데. 아, 그렇지, 괜찮으면 치즈퐁뒤 먹을래? 하이디, 하이디 하니까 치즈가 먹고 싶어졌어. 파리에서 가져온 걸 냉동해 뒀을 텐데……."

베란다의 테이블에 작은 전용 냄비를 세 개 차려 놓고 각각 여러 종류의 치즈를 녹여 빵과 익힌 채소에 치즈가 휘감기도록 듬뿍 찍어 가며 세 사람은 이른 점심을 먹었다. 고모의 이름은 레이코라고 했다. 조카와 마찬가지로 경제적으로 어려워지는 본가에 기댈 수 없게 돼 도쿄에서의 생활을 유지하기 위해 고생했다고 한다.

아코는 곧바로 푸드코트 아르바이트를 그만뒀다. 그리고 레이코 씨가 알려 준 파견 회사에 등록해 원하는 근무처에 대해 밝힌 뒤, 전통 있는 유명 호텔의 연회장에 파견되었다. 12월부터 연초에 걸쳐 아코는 아카사카미쓰케 지역에 다니며 아저씨들이 띄엄띄엄 모인 입식 파티에서 부지런히 음료를 나르고 빈 접시를 빠르게 치웠다.

감염자 수가 늘어나 한산한 덕분도 있지만, 푸드코트의 접객에 비하면 깜짝 놀랄 만큼 편했다. 부자들은 주문한 음식이 늦게 나와도 짜증을 내지 않고, 거래처나 업무 관계자 앞이라는 이유도 있겠지만 종업원의 외모를 이러쿵저러쿵 평가하는 일도 전혀 없었다. 계속 일하고 싶었지만 바로 그만뒀다. 중요한 것은 오직 호텔에서 일했다는 경력이기 때문이었다.

그사이에도 레이코 씨가 SNS에서 퍼스트 클래스 단골손님에게 아코의 정보를 퍼뜨려 준 모양이다. '제가 옛날부터 친하게 지내는 가족의 따님인데요, 아버님의 갑작스러운 작고로 인해 대학 진학을 포기할 수밖에 없게 돼 제 힘으로 대학에 가기 위해 뉴오타니 호텔에서 일하며 저축을 하고 있습니다. 요즘 시대에 보기 드물 정도로 성실하고 마음 씀씀이가 고운 분입니다.'라는 것이 아코의 소개문이라고 한다. 부유한 노인은 호텔 이름에 매우 약하다, 라는 것이 레이코 씨의 주장이었다.

바로 연락이 왔다. 1월 중순부터 아코는 시부야구의 부촌인 쇼토 지역에서 도우미와 함께 사는 어떤 할머니네 집에 다니게 되었다. 꼭 만나 보고 싶다, 상황에 따라서는 장기적으로 와 달라고 부탁할 수도 있다는 이야기로, 아코는 조세핀 할머니나 마치 고모할머니를 가슴에 그리며 정말 이런 일이 있구나, 하고 감동에 겨워했다. 그날 아침은 고등학교 1학년 때부터 입어 온 더플코트 안에 유니클로의 울트라 라이트 다운을 입었는데도 여전히 추웠다.

"실례합니다. 하기노 레이코 씨의 소개로 온 우치다 아코라고 합니다."

나이 지긋한 노부인이 사는 저택이라는 것만으로 온갖 상상을 하고 왔지만, 눈이 휘둥그레질 만큼 호화 저택이 가득한 동네에서 그 회색 벽타일로 된 2층짜리 집은 특징이라곤 소나무와 석등롱이 고작일 만큼 눈에 띄지 않았다. 기대했던 담쟁이덩굴이 얽혀 있는 붉은 벽돌로 지어진 오래된 저택도 아니고, 텔레비전 광고로 언뜻 본 영화 〈기생충〉에 나오는 모던한 미술관 같은 외관도 아니었다. 다만 그 옆집은 크기가 약 세 배쯤 되는 어마어마하게 큰 저택으로, 높은 담으로 둘러싸인 정원에는 아무래도 물이 졸졸 흐르고 있는 것 같았다. 아코는 오히려 그쪽에 신경을 빼앗기며 '히사모토'라는 명패 옆의 인터폰을 눌렀다.

부자는 부자인데 급이 좀 낮은 부자야, 정치가의 첩이고 옛날에는 니혼바시에서 작게 가게를 했는데, 그 정치가가 죽은 뒤에는 세상과의 접점이 없어져서 쇼핑 중독에 빠졌어, 하고 레이코 씨는 말했다. 그 의미를 조금은 알 것 같았다.

대문은 자동으로 좌우로 열렸다. 떨리는 마음으로 마당을 가로지르자, 육십 대로 보이는 도우미가 마중을 나왔다. 현관은 반들반들한 대리석이고 복도 폭이 가정집이라고는 믿기지 않을 만큼 널찍하다. 거실에 들어서자, 이목구비가 뚜렷한 여자가 가죽 소파에 앉아 인형처럼 가만히 있는 포메라니안을 안고 있었다. 화장을 꼼꼼히 한 얼굴에 실내인데도 비치는 소재의 숄을 걸치고 있어서인지 할머니라는 느낌이 전혀 없다. 히사모토 씨는 아코를 머리끝에서 발끝까지 관찰한 뒤 이렇게 말했다.

"그럼 바로, 창고방에 있는 가방하고 다른 것들도 전부 팔아 줬으면 좋겠구나."

아코는 당황했다. 그런 일이라면 일부러 사람을 고용하지 않아도 가능할 것 같았다. 당연히 말동무를 구하는 줄 알고 지난 일주일 동안 뭔가 대화 소재가 없을까 싶어 인터넷의 각종 정보 사이트를 찾아봤던 것이다.

"저어, 메루카리 같은 데서 팔면 될까요?"

"뭐든 상관없어. 돈으로 바꿀 수만 있으면. 이 집에는 사용하지 않은 물건이 아주 많단다. 야기 씨, 안내해 줘."

아코는 야기 씨라고 불린 도우미를 따라 창고방이라기에는 매우 넓은 구석방으로 갔다. 천장에 닿는 높은 곳에 작은 창문이 하나 나 있을 뿐인 어둑어둑한 곳이었다. 네 모서리가 빳빳한 쇼핑백에 담긴 샤넬과 디올, 에르메스 등이 산더미처럼 쌓여 있어 하마터면 아깝다는 말을 할 뻔했지만, 레이코 씨의 '근무처에서 생각한 것을 입 밖에 내는 것은 엄금'이라는 말을 떠올리고 가까스로 삼켰다. 폴리애나와 조는 부자 앞에서도 자유롭고 유니크하게 말해서 늘 입에 발린 소리만 듣는 부자들이 오히려 마음에 들어 하지만, 아직 아코에게는 그럴 용기가 없었다.

그날부터 부지런히 상품 사진을 찍고 메루카리에 올린 뒤 주문이 들어오면 포장해서 분카무라* 앞 편의점에 가서 택배로 보냈다. 폭설로 야마노테선이 멈춘 날에도 지각하지 않았다. 사흘째 되는 날 드디어 방바닥이 보이기 시작해 스스로도 잘 판 편이라고 생각했지만, 히사모토 씨는 아코가 개설한 계좌의 통장을 보면서 불만을 노골적으로 드러냈다.

"금액이 얼마 되지도 않는구나. 제대로 하고 있는 거 맞아?"

"죄송합니다. 더 분발하겠습니다."

아코는 바로 사과했지만, 시간이 아무리 흘러도 부잣집 특유의 풍족하다 못해 흘러넘치는 광경을 마주칠 기미가 없어 마음이 시들해지고 있었다. 하다못해 식사를 같이 하자는 말 한마디 없어서 점심은 편의점에 택배를 부치러 간 김에 연어와 참치 삼각김밥을 하나씩 사 와서 창고방 구석에 무릎을 안고 앉아서 먹는다. 히사모토 씨는 판매 금액 말고는 안중에 없는 듯해 아코가 지금껏 아파트 단지나 아르바이트 매장에서 만나 온 사람들과 가치관이 별반 다르지 않아 보였다. 어쩌면……. 아코는 반들반들한 표범 장식물을 바라보다 문득 깨달았다. 로리나 클라라의 부유함은 히사모토 씨에 비할 바가 아닐지도 모른다. 훨씬 더 부잣집이 아니면 남에게 뭔가를 나눠 주는 상냥함은 생겨나지 않

● 시부야에 위치한 각종 공연과 전시, 영화 등을 동시에 즐길 수 있는 복합 문화 공간

을지도 모른다. 그녀의 등 뒤로 펼쳐지는 벽 전체를 차지한 창문을 바라보니, 날이 저물고 눈이 내리기 시작했다.

"저, 죄송합니다, 사모님. 잠깐 실례해도 될까요?"

뒤에서 야기 씨의 목소리가 들려와 아코는 정신이 들었다.

"옆집 가정부가 지금 현관에 와 있어요. 오늘 저녁에 덴마 도련님 생일 파티를 하는데요, 현관 눈을 치울 사람이 없어서, 우리 쪽 사람을 꼭 좀 빌려주십사 하는데요."

"저런, 야마가타 일가의 부탁인데 안 들어줄 수야 없지."

그러고 보니 옆집이 아침부터 내내 소란스러웠던 것이 그래서였구나. 히사모토 씨는 뺨을 붉히고 만면에 웃음을 띠었다. 옆집과 교류하게 되어 못 견디게 기쁜 듯하다. 아코도 그 대저택에 출입하게 된다면 여기서 보낸 시간을 보상받는 기분일 것이다. 이 감염이 확산되는 상황에서 용케 여럿이 모이는구나, 하고 생각했지만, 어린아이의 파티라면 기준이 느슨해질지도 모른다고 고쳐 생각했다.

"자네, 이 일 끝나고 시간 있나? 그럼 옆집에 가서 도와드려. 시급은 일러둘 테니."

아코는 겉옷을 걸치고, 현관에서 기다리고 있던 몸집이 큰 여성을 따라 히사모토 씨 집을 나왔다. 야마가타 일가가 어떤 집안인지는 잘 모르지만 부엌문을 통해 안으로 들어가는 것만 해도 코드 입력과 지문 인식 등 다섯 단계 정도의 해제가 필요하고, 문틈으로 얼핏 보인 부엌은 스테인리스가 거울처럼 반짝반짝 닦인 것이 뉴오타니 호텔의 주방 설비와 별 차이가 없어 보였다. 평소 음식 준비는 가정부와 주방장 둘이서 맡아 하지만, 오늘은 친척과 지인을 포함해 서른 명 이상이 모이기 때문에 외부에서 스태프 다섯 명을 들여왔다는 말을 듣고 아코는 놀랐다. 이러다 집단 감염이 발생하기라도 하면 거센 비난을 받는 거 아닐까.

"대문에서 현관까지 눈을 치워 주시겠어요? 그 일이 끝나면 부엌문으로 와서 알려 주세요."

가정부는 그렇게 말하고 남자 장화와 삽을 건넸다. 아코는 가정부의 말대로 장화로 갈아 신고 정원으로 갔다. 널찍한 일본 정원은 온통 눈으로 뒤덮여 있었지만, 여기저기 캔들이 켜져 있어 나뭇가지와 꽃이 깜빡깜빡 보였다 안 보였다 하며 존재감을 드러냈다. 얼어붙은 인공 시냇물과 눈을 뒤집어쓴 동백꽃이 꿀색 조명을 받아 빛난다. 눈을 삽으로 열심히 밀면서 치우고 있는데, 파티 스태프인지 단체복을 입은 남녀가 좌우를 오가는 것이 보였다. 축축이 젖은 길이 드러날 무렵에는 주위가 완전히 어두워져 있었다. 어느새 현관문 옆에는 체온 측정 카메라와 페달형 손 소독기가 설치되었다. 아코는 가정부에게 보고하러 부엌문으로 돌아갔다.

"거기 방에서 유니폼으로 갈아입고, 테이블에 식기 세팅 부탁드릴게요. 오늘 요리는 전부 프렌치 레스토랑인 '쉐마츠오'에서 케이터링으로 준비해 주는데요, 접시는 이 집에 있는 걸 사용해요. 대대로 내려온 고가의 식기이니 절대 깨지 않도록 조심하세요."

"어린 자제분의 생일 파티인데 상당히 호화롭네요."

무심코 입을 잘못 놀리자, 가정부가 언짢은 표정을 지었다.

"어머, 덴마 님은 대학교 1학년이에요. 해마다 도련님 생일이면 이렇게 친척과 관계자를 초대해서 축하하는 것이 야마가타 가문의 전통이거든요."

그렇다는 것은 동갑이라는 건가. 아코는 작은 방으로 들어가 코스프레 의상 같은 검은 원피스와 앞치마로 갈아입으면서 돌연 앞으로의 시간이 기대되기 시작했다. 소녀소설이라면 덴마 군과 아코는 이 파티의 한구석에서 우정이 싹트게 되어 있다. 그는 이 야단스러운 모임 때문에 마음이 불편하고, 더 넓은 세상을 보고 싶다는 소망을 남몰래 품고 있다.

일은 호텔의 연회 업무와 거의 다를 바가 없어 아코는 주방과 작은 체육관 규모의 널찍한 응접실을 막힘없이 오갔다. 손님이 하나둘씩 오기 시작했는지 현관 쪽이 떠들썩해졌다.

"저기."

아코가 돌아보자, 눈썹을 이상하게 다듬은 남자가 서 있었다.

녹색 스웨터 차림에 맨손이므로 스태프는 아닌 듯했다.

"너. 잠깐 마스크 좀 벗어 봐."

그렇게 말한 그는 마스크도 쓰지 않고 조금씩 다가왔다. 뜨거운 입김이 이마에 닿을 것만 같아 아코는 순간 한 발 물러섰다.

"앗, 아니, 왜요?"

"뭐 어때?"

고작 마스크이긴 하지만 벗으란다고 벗으면 옷 벗어, 하는 말에 따르는 기분이 들어 거부감이 일었다.

"하, 왜? 마스크 좀 벗으라고 했을 뿐인데? 이상한 뜻 아니라니까. 괜찮아, 벗어."

가정부가 험악한 표정을 지으며 엄청난 속도로 왔다.

"이분이 덴마 님이에요. 당신, 마스크 벗어요."

로리와 닮은 구석이라고는 전혀 없는, 아저씨 같은 분위기의 남자 앞에서 아코가 양쪽 귀의 끈을 차례로 빼자 덴마는 갑자기 웃음을 터뜨렸다.

"아, 되게 못생겼네. 미안, 미안. 써도 돼."

가정부는 민망해하면서도 엷게 미소를 띠고 있다. 모든 것이 뜻밖에 당한 일이라 눈시울이 화끈거렸다. 지금껏 생판 남에게 이런 말을 들을 때면 늘 실실 웃어넘겼다. 손에 든 은식기에 비친 자신의 얼굴에 시선을 떨구고 있는 사이 '그래서 안 됐던 거야.' 하고 순간 아코는 깨달았다. 이럴 때 받아치지 않으니까 안 됐던 것이다.

예를 들어 빨간 머리 앤은 자기 머리를 가지고 놀린 남자아이를 석판으로 후려갈겼다. 그 일을 계기로 그는 앤을 열렬히 사랑하게 된다. 무시당하면 배로 갚는 것. 그것이 오히려 상대에게서 경의나 호의를 이끌어 내는 묘사는 명작 소녀소설뿐만 아니라 순정 만화에도 유달리 많다. 자신을 물어뜯으려 하는 여자아이에게 '날 이렇게 대한 여자는 네가 처음이야.' 하고 어째서인지 첫눈에 반해 버리는 완벽남들. 누구나 허구일 뿐이라고 폄하하는 이야기지만, 진실을 내포하고 있었다. 왜냐하면 어떤 인간이든, 모욕을 당했는데도 웃어넘기는 여자 따위 얕보고 덤비는 것이 당연하기 때문이다. 아코는 마음을 정했다. 어차피 이 아르바이트는 오늘 한 번뿐이야, 하는 과감한 마음도 있었다.

"내가 왜 당신한테 그런 소리를 들어야 해요?"

덴마가 어깨를 흠칫 움츠리고 쩔쩔매는 것을 알 수 있었다.

"무례하네요. 사과하세요."

목소리를 떨지 않도록 하는 것이 고작이었지만, 아코는 덴마를 정면으로 노려봤다. "당신, 뭐예요?" 하고 가정부가 기가 막힌다는 듯이 말했다.

"이 여자, 뭐야? 누가 고용했어! 당장 잘라!"

덴마가 벌게진 얼굴로 고래고래 소리를 지르자, 순식간에 스태프 여러 명이 달려왔다.

어라……? 덴마는 아코에게 사랑을 느끼거나 혹은 달리 봐야 하는데. 뭐, 이런 놈이 좋아해 봤자 성가시기만 할 테니, 딱히 상관은 없지만. 남성 스태프 두 명에게 양팔을 거칠게 붙잡히며 역시 책 같은 걸 믿는 게 아니었어, 하고 고개를 푹 숙이려던 그때였다.

"내가 아까부터 쭉 봤는데, 잘못은 덴마가 했어. 네가 집요하게 물고 늘어졌잖아. 다들 가셔도 됩니다."

아코보다 몇 살 많은 여자가 주위를 제지하면서 성큼성큼 다가와 끼어들었다.

"뭐야, 마사미 누나. 언제 왔어? 시끄러운 건 여전하네."

덴마는 토라진 듯 입술을 삐죽 내밀었다. 마사미라고 불린 그녀는 조금도 동요하는 기색이 없다. 스태프들은 진짜 가도 되나, 싶은 얼굴로 자리를 떴다.

"자꾸 이러면 할아버님께 일러바칠 거야. 너, 할아버님 회사에 들어갈 거지? 아무리 연줄이 있어도 행실이 나쁘면 배치 부서가 바뀌는 수가 있어. 갑자기 외딴 벽지로 발령이 난다거나?"

그가 구시렁거리며 가정부와 함께 모습을 감추자, 그녀는 아코 쪽으로 돌아섰다.

"괜찮아? 미안해. 사촌동생이 어렸을 때부터 성격이 글러 먹었거든."

"고맙습니다. 우치다 아코라고 해요."

마사미라는 그 키가 큰 여성에게 아코는 시선을 떼지 못하고 있었다. 유노처럼 누구나 돌아볼 만한 미인은 아니다. 귀를 덮는 커트 머리에, 얼굴은 은은한 색조로 최소한의 화장만 했다. 파티인데도 특별할 것 없는 감색 니트와 바지, 알이 작은 다이아를 반짝이고 있을 뿐이다. 그런데 그 몸놀림이나 분위기만으로 누구도 그녀를 함부로 대하지 못한다는 것을 아코는 알 수 있었다. 소공녀 세라가 누더기를 입어도 무시당하지 않은 이유를 방금 알게 된 것 같았다.

"너, 굉장히 멋있더라."

무릇 소녀소설이란 가난한 여자아이와 부자가 만나 이익을 얻는 이야기다. 하지만 동시에 친구를 만나는 이야기이기도 하다는 것을 아코는 그제야 떠올렸다. 유노, 하기노, 레이코 씨. 아코가 이곳에 오기까지 아무런 대가도 없이 도와준 여자들.

"왠지 빨간 머리 앤이 길버트한테 되갚아 줬을 때 같았어. 아, 예가 너무 구닥다리인가?"

마사미가 웃어 보였다. 울컥한 아코는 고개를 열심히 가로저었다.

〈고전 소녀소설의 기독교 정신에 입각한 노블레스 오블리주는 현대 일본에서 실천 가능한가〉.

박사 과정 일 년차인 야마가타 마사미가 제출한 논문이 매우 흥미로운 사례를 다루고 있어, 노조에 마사히로는 멀리 떨어진 자리에서 펀치로 자료에 구멍을 뚫고 있는 그녀를 거들떠보지도 않고 논문을 읽는 데만 집중했다.

캠퍼스 내에 있는 마구간이 유명하지만, 말 울음소리를 들은 지는 오래됐다. 창밖으로 보이는 숲은 이곳이 도쿄 메지로라는 것을 잊게 할 만큼 울창하고, 희귀한 새와 다람쥐도 많이 서식한다고 한다.

2월 들어서도 대부분의 학부생 강의는 여전히 온라인이지만, 대학원만큼은 이렇게 대면 토론을 재개했다. 그렇기는 해도 아동문학과 연구실에는 오늘도 마사미와 노조에 두 사람밖에 없다.

"교수님. 그러고 보니 그 기숙사, 이제 헐 거래요. 편의점으로 만든다고 하던데요."

마사미의 말에 노조에는 눈을 들었다. 숲 한가운데에 외따로 서 있는, 지은 지 팔십 년 된 학생 기숙사는 담쟁이덩굴이 얽혀 있는 2층짜리 붉은 벽돌 건물로, 문화적 건축물로도 가치가 높다. 대학 설립자인 미국인 여성 선교사가 경제적으로 어려운 학생부터 우선적으로 들어갈 수 있도록 기숙사비를 저렴하게 책정하고 사비를 들여 지은 것으로 알려져, 학생 수 감소로 대학 운영이 어려워진 상황에서도 그 전통은 계속 지켜졌다. 그러나 원격 수업이 확산된 지금, 지방 학생이 상경을 자제해 기숙사 정원이 미달되자 급기야 폐쇄 조치가 내려진 것이다.

"가미오카 선배가 거기서 살거든요. 기숙사가 없어지면 선배는 어디로 가나…….'"

그러고 보니 박사 과정 삼 년차인 가미오카 나오코의 얼굴을 못 본 지 꽤 오래됐다. 긴급 사태 선언 발령 시기에 아르바이트 매장이 휴업한 까닭에 그 기간 동안 빚을 내서 생활했다고 한다. 지금은 선술집과 패밀리 레스토랑에서 아르바이트를 하느라 연구를 할 수 있는 상황이 아닌 듯하다. 코로나의 영향으로 상황이 어려워진 학생에 대한 학비 면제 대상에서 대학원생은 제외였다.

"이런 비상시일수록 국가가 연구를 더 지원해야 하는데 말이죠."

한심하다는 듯 눈살을 찌푸리는 마사미를 보고 노조에는 약간의 거부감을 느꼈다. 도서관이 휴관 중인 탓에 사비로 자료를 구입하기 위해 고생하는 원생도 많지만, 조부가 재벌 그룹 총수인 마사미만큼은 지금까지와 변함없는 페이스로 연구에 정진하고 있다. 온라인 강의를 할 때, 화면에 얼핏 비친 그녀의 맨션 내부는 학생이 혼자 사는 집이라고는 믿기지 않을 만큼 호화롭고 가구나 소품도 비싼 것뿐이었다.

노조에는 논문을 다 읽자마자 조급해지는 마음을 억누르고 드높아진 목소리로 질문했다.

"참으로 훌륭하군. 야마가타 씨, 여기 나오는 여성을 도대체 어떻게 찾아낸 겁니까?"

"지난달에 사촌 집에서 열린 파티의 종업원으로 알게 됐어요. 사정을 듣고, 간곡히 부탁해서 인터뷰를 했죠. 물론 사례금도 지급했어요."

그 가난한 편모 가정에서 자란 열여덟 살의 여성 A씨는 서양의 명작 소녀소설은 빈곤층이 부유층에 의해 구원받는다는 공통점이 있음을 깨닫고, 명작의 수단과 방법을 기준 삼아 금전적 지원을 해 줄 후원자를 만나기 위해 직장도 바꿔 가며 도쿄 곳곳을 다니고 있다고 한다. 노조에의 마음을 단단히 사로잡은 것은 그 계기였다. 그녀는 놀랍게도 노조에가 감수한 '아오조라 세계명작전집'을 읽고 자신의 앞날에 위기감을 느꼈다고 한다.

이 여자 대학은 국내에서도 드물게 아동문학 전문 과정이 있고 노조에는 그 간판 교수다. 대학원생 때는 영미 문학을 전공했지만, 서양 아동문학을 사회학적 관점에서 해석하는 것으로 정평이 나 있어, 오랜 친구이기도 한 이곳의 문학부장에게 이 대학에서 학과를 설립해 보지 않겠느냐는 제안을 받은 것이다.

강의 소재가 친숙해서인지 노조에의 수업은 학생에게 인기가 많고, 그가 저술한 책도 잘 팔리고 있다. 최근에는 텔레비전과 라디오에 출연해 아동문학을 소재로 젠더나 교육 문제에 대해 이야기하는 일이 늘었다. 고전이라 불리는 소녀소설에는 성차별 문제와 폭력, 빈부 격차를 해결할 수 있는 힌트가 곳곳에 들어가 있다고 노조에는 늘 주장한다. 고전 소녀소설은 이른바 아동에게 있어 인프라이자 처세술인 셈이다. 최근에는 고전 소녀소설을 잘 읽지 않는다고 하지만, 이야기의 윤곽만이라도 파악했으면 하는 바람이 해마다 간절해졌다. 예전에는 텔레비전 프로그램에 전 세계 아동문학을 원작으로 한 명작 애니메이션 코너가 있어, 어린아이라면 누구나 《알프스 소녀 하이디》와 《소공녀 세라》가 어떤 이야기인지 정도는 대체로 알고 있었다. 노조에는 누구나 쉽게 접근할 수 있는 독서 경험을 위해 선뜻 손길이 가는, 게임이나 유튜브에 익숙한 아이들도 쉽게 읽을 수 있는 그런 전집을 만들기로 결심했다. 원생들의 협조를 받아 작년 초에 출간한 '아오조라'는 고가임에도 불구하고 벌써 30만 부나 팔렸다. 인세는 전액 연구비에 충당했다. 마사미도 8~10세 아동을 대상으로 한 설문 조사와 결과 분석에 크게 힘써 줬다.

"그녀에게 지적을 받고 새삼 깨닫게 된 점이 많아요. 그러고 보니 하이디의 후견인을 클라라의 주치의가 자처했다든가, 제제만 가에서 금전적인 지원을 받은 점은 간과하기 쉬운 부분이죠."

"그렇군요. 경제 문제는 소녀소설의 핵심이라 할 수 있을 겁니다. 유럽에서는 계급 이동이 환영받지 못하기 때문에 페린과 세라가 빈곤에 빠지는 일은 있어도 태생은 부유층이라는 설정입니다. 하지만 캐나다의 앤, 미국의 주디는 가난한 고아로 태어난 자신의 처지를 마주하면서 홀로 서기 위해 노력하죠."

주니어판에서는 흔히 생략되곤 하는 유산 상속이나 금전 문제를 그대로 살려야 한다고 주장한 것은 노조에였다. 요즘 아이들은 어린이용으로 순하게 다듬어 낸 콘텐츠일수록 싫어해, 하고 충고해 준 것은 전 여자 친구인 여성 사회학 연구과 교수 니시다 가즈미였다.

노조에가 출연한 텔레비전 프로그램을 함께 보던 중, 가즈미가 "당신은 좀 치사해. 연구 주제와 성별과 그 무해한 외모 덕분에 엄청난 이득을 보고 있잖아. 내가 똑같은 말을 했으면 거세게 비난받을 텐데." 하고 꼬집어 말했다. 그 말대로 작고 마른 체형에 나이보다 훨씬 늙어 보이는 노조에가 누구나 제목만큼은 아는 아동문학과 페미니즘을 연관시켜 온화하게 이야기하면, 노인도 젊은이도 순순히 받아들인다. 그것이 이유일 리는 없겠지만, 그녀에게 이 년 전 헤어지자는 말을 들었다. 사십육 년간 이성과는 거의 인연이 없는 인생에서 결혼까지 생각한 상대는 띠동갑을 넘는 연상의 싱글 맘, 딸뿐만 아니라 손주까지 있는 가즈미.

단 한 사람이었다.

영국 대학에서 객원 교수 제의를 받았을 때 바로 받아들였던 것은 캠퍼스에서 그녀와 스쳐 지나가는 일상에 한계를 느낀 것에 더해, 어머니에 이어 부동산업을 하는 아버지마저 작년 여름에 돌아가셨기 때문이다. 아버지는 요코하마 중심부에 1억 8천만 엔 상당의 100평의 땅을 남기고, 두 형제가 의논해서 팔고 돈을 나누든지, 임대해서 수익의 몫을 정하든지 알아서 하라는 유언을 남겼다. 서양의 팬데믹이 가라앉을 기미가 보이지 않아 영국 출국이 계속 미루어졌지만, 이대로도 자신은 혜택 받은 부류다. 그런데 지난 일 년간 하나둘씩 그만두는 학생과 원생들에게 아무것도 해 주지 못해 부끄럽고 창피한 기분이 들었다.

마사미는 노조에의 기분이야 어떻든 상관 않고 계속 이야기했다.

"교수님, 들어 보세요. 애초에 계기가 재미있다니까요. 그녀가 아르바이트해서 모은 돈을 털어서 저렴한 성형외과에서 성형 수술을 받으려고 하다가 그 대기실에 놓여 있던 '아오조라'를 읽었다는 거예요. 이상하죠? 왜 그런 곳에 있었을까."

마스크를 쓰고 있는데도 목구멍에 찬 기운이 휙 끼치는 바람에 노조에는 사레가 들려 캑캑거렸다.

"그 우치다 아코 씨, 실은 지금 우리 캠퍼스 매점에서 아르바이트하고 있어요. 제가 소개해 줬거든요. 방역 지침으로 계속 폐쇄하는 동안 아르바이트가 싹 다 그만둬서 지금 일손이 부족하대요. 시급도 나쁘지 않고, 그야말로 이 캠퍼스라면 '클라라'를 만날 수 있을 것 같지 않으세요?"

초중고 통합 재단 학교에서 추천으로만 올라온 내부생 중에는 유복한 가정의 학생이 많지만, 그중에서도 마사미 수준의 부유층은 드문데도 그녀는 시치미를 떼고 말했다. 기침이 멎질 않는다. 노조에는 두 손으로 얼굴 아래쪽을 가리고 황급히 자리에서 일어났다. "실례. 이대로 잠깐 외출하겠습니다." 하고 외치듯 말하고 연구실을 뒤로 했다. 계단을 내려가 제2연구동을 뛰쳐나왔다. 심장이 쿵쾅거린다.

주디가 이렇게 가까이 있을 줄이야······.

정문 근처에 위치한 매점은 쥐 죽은 듯 조용하고, 계산대에도 아무도 없었다. 잠시 기다렸지만, 우치다 아코인 듯한 여성은 나타나지 않았다. 휴식 중일지도 모르고, 만난다 해도 뭐라고 말해야 할지 모른다. 노조에는 도망치듯 매점에서 나왔다.

학교 정문을 나오자 택시 한 대가 지나갔지만, 손을 들지 않고 서둘러 걸음을 옮겼다. 가업을 잇지 않고 학문의 길을 택한 이후, 절약이 몸에 배었다. 이케부쿠로역 동쪽 출구 근처에 있는 좁고 기다란 건물에 도착해, 좁은 엘리베이터를 타고 7층에서 내린 순간 눈앞에 핑크색으로 통일된 대기실이 펼쳐졌다. 소파에서는 동생이 유니폼 차림의 젊은 여성과 애정 행각을 벌이는 중이었다. 전에 왔을 때와는 다른 여성이었지만, 같은 수술을 받았다는 것은 그 얼굴을 보면 바로 알 수 있었다.

"오후 진료는 3시부터인데~."

동생이 말끝을 늘어뜨리며 웃었다. 그 눈 모양이 또 달라졌다는 사실에 노조에는 등골이 오싹했다. 매일 아침 거울로 보는 자신의 이목구비를 전부 두 배로 키우고, 니스를 칠해 번쩍번쩍 광을 낸 듯한 얼굴. 아아. 쌍둥이 동생 앞에 서면 노조에가 꾸준히 형성해 온 자신감이 날아가 버린다.

어렸을 때부터 생김새만큼은 판박이였지만, 동생은 성품이 나쁘고 병적일 만큼 거짓말이 심했던 탓에 부모님의 애정은 노조에에게 쏠렸다. 그 원한을 풀기라도 하듯 젊었을 때부터 그는 금전 문제나 여성 문제가 끊이지 않았다. 성형외과로 성공하자마자 자기 얼굴에까지 칼을 댔다. 저렴한 가격으로 여성들에게 성형에 대한 장벽을 낮춰서 극히 가벼운 마음으로 수술을 받게 했다가 지금도 충분히 예쁘지만 얼굴 전체의 균형을 잡읍시다, 유지 관리가 필요합니다, 하고 이런저런 이유를 대서 젊은 층을 성형 중독에 빠뜨리는 것으로 인터넷에서는 악평이 퍼지기 시작했다.

"뭐 하는 거야? 설마, 열여덟 살 미만은 아니겠지?"

유니폼 차림의 여성이 허둥지둥 카운터 너머로 달아나자, 노조에는 목소리를 낮추고 그렇게 말했다. 이런 인간과 형제라는 것이 세상에 알려지면 그동안 쌓아 올린 것을 하룻밤 사이에 잃게 될까 봐 불안해져 가끔 잠을 이루지 못한다.

"어, 괜찮아, 확실히 열아홉 살이야. 고등학교 나왔다고 했어. 형, 뭐야? 요코하마 땅, 다시 생각해 보니까 아까워? 나는 뭐, 괜찮아. 우리 병원 고문 변호사 통해서 제대로 얘기하자고."

동생은 히죽 웃고 소파에서 일어나 노조에의 양 어깨에 손을 얹었다. 그러자 삼 년 전까지 키가 똑같았던 그가 자신보다 10센티미터는 더 크다는 것을 알고, 노조에는 진심으로 공포를 느꼈다. 얼굴뿐만 아니라, 키를 키우기 위해 온갖 수상한 수술을 받은 이 남자에게 자신과 같은 피가 흐르고 있다는 생각을 하고 싶지 않았다. 이런 녀석이기 때문에 언론에서는 단순한 유산 배분의 약정을 혈육 간의 싸움으로 재미있게, 자극적으로 떠들어 댈 것이 분명하다. 노조에는 요코하마의 땅은 어떻게 되든 상관없으니 빨리 이 남자와 연을 끊고 영국으로 도망가고 싶어 견딜 수가 없었다. 심호흡을 하고 여성지로 가득한 잡지 수납장에 눈길을 돌렸다.

"그게 아니라, 음, 그……, 이 병원 대기실에 책이 있었을 텐데. 박스에 든 일곱 권의……."

"어? 그런 게 있었나?"

"그 큼직한 박스 말인가요? 처분했는데요."

아까 그 여성이 접수대 너머에서 퉁명스럽게 말했다.

돌아가는 길에 그 전집을 허락 없이 놔둔 날의 일을 떠올렸다. 기억하기로는 코로나 감염이 확산되기 조금 전, 정확히 일 년 전의 일이다. 이케부쿠로의 준쿠도 서점에서 사인회를 한 뒤, 개최해 준 서점에 대한 감사의 뜻을 담아 '아오조라'를 사비로 구입했다. 문득 생각이 나서 동생의 성형외과를 들여다볼 마음이 든 것은 우연히 그 근처였기 때문이기도 하지만, 앞으로 살날이 얼마 남지 않은 아버지의 병문안 좀 오라고 재촉하고 싶었기 때문이기도 하다.

대기실은 거의 아이라고 해도 될 만한 어린 여성들로 꽉 차 있었다. 그녀들이 자진해서 남성 우위의 지배 구조에 삼켜지고 있다……. 가만히 있을 수 없게 된 노조에는 성큼성큼 들어가 잡지 수납장에 전집을 두고 동생을 만나지도 않고 자리를 떴다. 접수대에 우연히 사람이 없었기 때문이기도 하지만, 환자들은 주위에 전혀 관심이 없고 노조에를 신경 쓰는 기색도 없었다.

사인회에서 아이를 데려온 독자들에게 잔뜩 추켜세워진 탓에 노조에는 거만해져 있었다. 가지이 모토지로의 〈레몬〉에서 주인공이 서점에 레몬을 두고 나온 뒤 그 레몬이 폭탄처럼 터지는 장면을 상상한 것처럼 노조에는 동생의 병원에 전집을 두고 온 것을 지적 테러 행위다, 하고 생각하며 뿌듯해했다. 그리고 명작을 계기로 그녀들이 눈을 떴으면 좋겠다는 교만함도 있었다.

노조에는 학교로 돌아와 다시 매점에 얼굴을 내밀었다. 우치다 아코로 추정되는 아르바이트생이 계산대 안에 있었다. 보풀 투성이 스웨터를 입은 허약해 보이는 여성으로, 초점 없는 눈을 하고 멍하니 서 있었다. 노조에는 즉시 아동문학과 자료 코너로 가서 학생 할인 스티커가 붙은 '아오조라'를 들고 곧장 그녀 앞으로 가서 계산대 위에 턱 올려놨다.

"아, 이거……."

아코는 눈을 번쩍 떴지만 그 이상은 반응이 없었다.

"10,350엔입니다. 저어, 포장해 드릴까요?"

재빨리 그렇게만 말하기에, 노조에는 대화의 기회를 잡지 못한 채 무거운 전집을 안고 제2연구동으로 돌아왔다.

그날부터 노조에는 마사미에게 이것저것 제안하게 되었다.

'○○대학원과 zoom으로 교류회를 하기로 했잖습니까. 우치다 씨에게 업무 보조를 부탁해 주겠어요?'

'우리 대학 장학금 제도를 우치다 씨에게 넌지시 가르쳐 주겠어요? 특별 청강생 제도에 대해 아는지 모르겠군요.'

'우치다 씨에게 블로그를 시작하라고 말해 줬으면 좋겠군요. 자신의 경험을 써 보면 생각도 정리되고 재미있을 텐데요.'

내 이름은 숨기고 어디까지나 자네가 제안하는 걸로, 하고 덧붙이는 것을 잊지 않았다. 의아해하면서도 일단 시키는 대로 하던 마사미가 화를 내는 데에 시간은 얼마 걸리지 않았다.

"아니! 교수님이 직접 말씀하시면 되잖아요!"

노조에는 아무런 반박도 할 수 없었다. 매점 계산대에 계속 서 있는 아코와는 얼굴을 익힌 사이 정도는 되었지만, 아직 대화를 나누는 정도까지는 아니었다. 괜히 흑심이 있다고 오해할까 봐 두려웠다.

《키다리 아저씨》는 물론 연구할 만한 명저이긴 하나, 고아인 주디를 후원자로서 지켜본다……고 말하면서도 결국에는 그녀와 결혼해 버리는 저비스에 대해 노조에는 복잡한 감정을 느낀다. 실제로 '아오조라'에 《키다리 아저씨》를 과연 포함해도 되는가, 하고 원생들이 비판의 목소리를 내기도 했다. 저비스는 주디에게 자신의 꿈을 대신 이루게 하고 싶었지만, 그녀가 막상 작가가 되자 질투심이 싹터 그녀를 자기 아내로 삼아 장래를 막지 않았나, 하고 마사미는 논문에서 지적했다. 노조에는 물론 자신의 희망을 젊은 여성에게 맡기고 싶지도 않거니와 하물며 성적인 눈으로 보는 것은 있을 수 없는 일이라고 생각한다. 그저 이상한 오해를 하지 않도록 하기 위해서도 가급적 모습을 드러내지 않고 접하는 일 없이, 그녀가 캠퍼스 내에 있는 지금 악순환에서 탈출할 수 있는 실마리를 마련해 주고 싶을 뿐이었다.

우선 마사미를 통해 다양한 만남을 제공하고 인맥을 쌓게 하려고 했지만, 원래 소극적인 성격의 그녀는 마사미 외에는 거의 마음을 열려고 하지 않았다. 다음으로 생각한 것은 앤이나 조처럼 글재주를 키우는 것이다. 뭣하면 자신의 후원으로 책을 쓰게 하고 작가로 등단시키는 것도 가능하다고 생각했다. 하지만 그녀는 마사미의 집요한 재촉으로 블로그를 시작한 지 며칠 만에 '쓸 내용이 하나도 없다'는 이유로 그만뒀다. 아코는 성실하지만 지극히 평범한 여성이었다. 기회를 주면 열 배로 갚아 주는 소녀 소설의 주인공들과는 달랐다. 게다가 만성적인 피로가 그녀에게 적극성과 의욕을 빼앗았다.

마사미는 짜증스러운 듯 말했다.

"교수님은 결국 자신의 아동문학 연구에는 의의가 있었다고 증명하고 싶어서 아코 씨 인생을 이용하시려는 거 아닌가요? 아코 씨는 충분히 노력하고 있어요. 왜 지금 상황에서 뭘 더 해야만 하는 건가요?"

그 말은 노조에의 가슴에 똑바로 꽂혔다. 멍하니 매점 옆 학생 식당에서 미역우동을 후루룩거리고 있는데, 놀랍게도 아코가 편의점 삼각김밥 두 개와 물병을 들고 테이블 저쪽에서 나타났다.

"아, 저기, 실례합니다. 노조에 교수님이시죠? 저는 야마가타 마사미 씨의 친구로, 매점에서 일하는 사람인데요, 우치다 아코라고 합니다. 점장님이 교수님이 아동문학과 명예교수님이라고 알려 줘서……, 저기."

그녀가 말을 머뭇거리기에, 노조에는 서둘러 말을 이었다.

"아, 응, 네, 그렇습니다. 자네에 관해서는, 알고 있습니다. 야마가타 씨의 논문에 우치다 씨의 이야기가 나왔거든요. 오래 전부터 이야기를 듣고 싶었습니다. 괜찮으면 거기 앉아 주겠어요?"

마스크에 가려 표정은 확실히 알 수 없었지만, 아코는 부랴부랴 맞은편에 앉았다. 잠시 침묵이 흐르고 노조에는 뭐라 말해야 할지 한참 망설였다. 결심한 듯 먼저 입을 연 것은 아코였다.

"저, 교수님이 '아오조라'를 만드셨죠? 제가 그 책을 굉장히 좋아해요. 친구한테 받은 걸 늘 소중히 읽고 있어요. 그 말씀을 꼭 드리고 싶어서……."

"친구……. 오호, 그렇습니까."

당연히 그 성형외과 대기실에서 다 읽은 줄로만 알았기에 뜻밖이었다.

"네. 친구가 아르바이트하는 병원에서 하이디만 읽었는데요, 그 친구가 다른 사람은 아무도 안 읽고 자리 차지만 하고 버린다고 해서 제가 받았어요. 아, 죄송해요!"

노조에는 그 접수대 여성의 또렷한 이목구비를 떠올렸다. 휘

황찬란한 온갖 여성지의 기억도 되살아나 패배감을 맛보았다.

"괜찮아요. 으음, 우치다 씨는 어느 소설이 어떤 식으로 마음에 들었습니까?"

그렇게 묻자, 아코는 기뻐하며 몇 가지 작품에 관해 솔직하게 소감을 말했다. 노조에에게 마음을 열기 시작했는지, 그녀는 마스크를 벗고 물통 뚜껑에 따른 차를 홀짝이며 이런 이야기까지 했다.

"그 책을 준 친구는 굉장히 현실적이에요. 꿈같은 생각을 하기보다 빨리 부자 남자 친구를 사귀는 편이 낫다고 하더라니까요. 실제로 그 애는 남자 친구가 이케부쿠로에 맨션까지 사 줘서 행복해 보이기도 하고, 전혀 틀린 얘기는 아니라고 생각하는데요. 저는…… 왠지 '아오조라'의 소녀들이 변하지 않은 채 행복해진 것이, 참 좋았어요."

노조에는 플라스틱 젓가락을 테이블에 내려놓았다. 주인공은 바뀔 필요가 없다. 바뀌는 것은……. 바뀌어야 하는 것은……. 아코는 어리둥절한 얼굴로 삼각김밥 비닐을 벗기면서 이쪽을 보고 있다.

"잠깐, 용건이 생각났어요. 실례합니다."

그날 노조에는 웬일로 학교 앞에서 택시를 잡아타고 동생의 성형외과로 향했다. 대기실은 여전히 환자들로 가득했다. 무작정 안으로 돌진하자 예전의 그 접수대 여성이 얼굴을 찌푸리고 "저기요, 진찰 중이에요." 하고 말렸지만, 상관 않고 진찰실을 노크했다. 바로 흰 가운을 입은 동생이 나왔다. 그 뒤로는 불안해 보이는 표정의 여성 환자가 보였지만 개의치 않고, 노조에는 훨씬 높이 있는 동생의 어깨를 붙잡고 얼굴 근육에 온 신경을 집중해 박력 있는 표정을 지었다.

"야, 네가 이케부쿠로에 작년에 사무실로 구입한 맨션, 거기에 접수대 여성이 살고 있다던데. 엄연한 탈세 행위야. 유산 문제로 법정까지 갈 경우, 곤란한 건 너 아니야?"

동생이 입을 꾹 다물었다. 주위를 신경 쓰며 "6 대 4 어때?" 하고 머뭇머뭇 말하는 것을 노조에는 "8 대 2." 하고 위압감 있는 목소리로 정정했다.

소녀소설이란 가난한 소녀가 부유층을 만나 지원 받는 이야기라고 아코는 해석했다. 그러나 바뀌는 것은 소녀가 아니다. 언제나 부유층 쪽이다. 그들은 자신의 특권을 알아차리고 갖지 못한 자와 함께 나누는 소중함을 깨닫는다. 명작의 수단과 방법을 기준으로 삼는다면, 바뀌어야 하는 것은 아코가 아닌 노조에 자신이다.

졸업식은 강당에 수용 가능한 학생 규모대로 세 번으로 나눠 거행되었다. 부산스러운 졸업식이 끝난 저녁, 연구실에서 노조에는 마사미에게 머뭇거리며 털어놓았다.

"실은 목돈이 들어와서 그 기숙사를 매입하기로 했습니다."

마사미는 깜짝 놀란 표정으로 엘리너 파전의 원서에서 고개를
들었다.

"이 대학에 신세를 졌으니 은혜를 갚고 싶은 마음도 있습니다.
그 외에 한 가지 더. 우치다 아코 씨에게 그 기숙사의 소유주 겸
기숙사장을 맡길 생각입니다. 물론 기숙사에서 생활하도록 하
고, 건물 유지비와 관리비도 보전할 예정입니다. 입주 학생 수가
예전 수준으로 회복되려면 한참 걸릴 테고 당분간은 할 일도 없
을 테니, 우치다 씨도 앞날에 대한 걱정을 내려놓고 느긋하게 쉴
수 있겠군요. 최소한 이로써 그녀는 평생의 거처와 일거리가 보
장된 겁니다. 이 환경이라면 공부할 의욕이 생길지도 모르겠군
요. 그래서 야마가타 씨와 의논할 게 있습니다. 재벌 집안의 일
원으로 내가 우치다 씨에게 어떤 식으로 자산을 양도해야 하는
지 조언을 구하고 싶은데……."

마사미의 얼굴에 순식간에 미소가 번졌다. 벌떡 일어나 갑자
기 노조에의 손을 꼭 잡았다. 지나치게 풍족하게 자라 거만하게
보일 때도 많지만, 사실 마사미는 보기 드물게 남을 잘 보살피는
여성이다. 소문에 따르면 기숙사에서 퇴거 명령을 받은 가미오
카 나오코는 지금 마사미의 맨션에 얹혀살고 있다고 한다. 그리

고 집의 가사 도우미로 우치다 아코를 고용해 고액의 아르바이트비를 지불하고 있지만 실은 일을 거의 시키지 않고 셋이서 요리를 하거나 수다를 떨고 있을 뿐이라는 이야기를 들었다.

"그런 거라면 맡겨 주세요! 할아버지네 회사 고문 변호사를 얼마든지 소개해 드릴 수 있어요."

"그래서, 그, 나는 그……, 익명의 후원자로서 정체를 밝히지 않고 다음 달에 영국으로 떠나려고 합니다만."

노조에가 꾸물대며 말하자, 마사미가 질색하는 표정을 지었다.

"그런 방식은 좋지 않아요. 징그럽다는 오해를 받기 싫으시겠지만, 그 배려가 오히려 징그러워요."

마사미는 책상을 척척 정리하고, 한눈에도 부드럽고 가벼우면서도 따뜻해 보이는 남색 코트를 걸쳤다.

"저는 《키다리 아저씨》의 어떤 점이 싫으냐면요, 저비스랑 주디가 결혼하는 것보다, 바로 그 점이에요."

"네?"

노조에는 무심코 되물으면서 덩달아 낡은 재킷에 팔을 꿰었다.

"정체를 밝히지 않고 소녀를 돕는 행위는 언뜻 겸손해 보이지만, 인간 대 인간으로 제대로 마주하지 않는 거라고요. 소녀를 이용해 단순히 아저씨의 자기만족을 채우는 일이에요. 주디를 불안하게 하고 이것저것 신경을 쓰게 해서 그녀의 소중한 시간을 빼앗았다고요. 교수님은 지금 당장 아코 씨를 만나 이름을 밝히시고, 기숙사를 양도한다는 것과 왜 그런 결론을 내렸는지 눈을 보고 제대로 설명하셔야 해요."

"……매점, 아직 문 안 닫았겠죠?"

제2연구동을 나오자, 해 질 녘의 주차장에 마사미와 노조에의 그림자가 크게 뻗었다. 석양볕의 각도 탓도 있지만, 키가 큰 마사미의 그림자가 저 멀리까지 길게 뻗고 옆에 선 노조에의 그림자는 마치 어린아이처럼 작았다. 그 소설의 첫머리 같네, 하고 마사미는 아무렇지도 않게 말했다.

노조에는 그녀보다 빨리, 매점의 반쯤 내려와 있는 셔터 밑으로 몸을 굽혀 들어갔다.

아파트 1층은 카페

1931년 3월 9일(월요일).

개점 이틀째. 그날 첫 손님은 조마코였다. 그녀의 얼굴을 보는 것은 왠지 오랜만이었다.

딸랑 하는 놋쇠 종소리와 동시에 문이 열리자, 포근해지기 시작한 공기가 그녀와 함께 실내에 불어 들어왔다. 그것은 매일 아침 창문을 열었을 때 코로 스며들던 것과 똑같았다. 중정의 나무들이 살랑거려 흙과 초록 잎의 달콤한 냄새가 내 방이 있는 4층까지 폴폴 올라와 아아, 여기서 맞는 첫봄이 왔구나, 하고 눈을 가늘게 뜨곤 했다.

아파트는 신전풍의 중정을 디귿자로 에워싼 형태다. 길가에 면한 이 카페는 정원의 딱 반대편에 위치해 있다. 나란히 늘어선

일용품점, 미용실, 식료품점에, 게다가 무슨 연유에서인지 장의사까지 있어 인생에 필요한 것은 이 1층에서 전부 갖출 수 있는 구조로 되어 있다.

"큰일 났네, 이거 큰일 났어."

조마코는 그렇게 중얼거리면서 부스스한 머리와 반쯤 잠옷 같은 차림으로 뛰어 들어오더니 가스가거리가 보이는 창가 자리에 털썩 걸터앉았다. 접객 담당인 에쓰코가 재빨리 메모장과 연필을 챙겨 주문을 받으러 가서, 조마코에게 물었다.

"커피 드리면 될까요? 삶은 달걀은 어떠세요?"

하지만 아무리 기다려도 대답이 돌아오지 않기에, 평소처럼 편한 말투로 말을 걸었다.

"얘, 오늘은 아무데도 안 가니?"

전혀 들리지 않는지, 그녀의 시선은 아까부터 창밖을 향해 있었다. 도쿄 간다 일대를 향해 가는 시영 전차가 유리창 밖을 지나간다. 아파트 바로 앞에 '문리과대학 앞' 정류장이 있어 다행스럽다. 퇴근이 늦어졌을 때 위험한 밤길을 걷지 않아도 되기 때문이다. 동시에 아침에 시간이 허락할 때까지 최대한 늦게 일어나는 조마코 같은 잠꾸러기가 막 출발하려는 전차를 따라잡아 뛰어 올라타는 모습이 매일 아침의 단골 풍경이 되었다.

관동대지진 후 도시 개발 사업에 적극적으로 임한 도준카이(同

潤会)가 작년에 건설한 이곳 오쓰카 여자아파트는 나를 포함해 일하는 독신 여성에게 더할 나위 없이 쾌적한 생활을 보장해 주는 주거 공간이다. 철근 콘크리트로 지어진 이 5층짜리 건물에는 이른 아침부터 밤늦게까지 열려 있는 레스토랑 분위기의 식당, 엘리베이터, 변기 있는 화장실, 대중목욕탕, 샤워룸 등 최신 설비가 갖추어져 있을 뿐 아니라, 식당과 응접실 외에는 남자 출입 금지다. 이 아파트는 여성 전용이라는 이유로 이목이 집중되어, 완공된 후 10개월 동안 신문과 잡지에 수없이 소개되었다. 그 때문이기도 하여 현재 153개의 방은 만실로 입주 희망자가 줄을 섰다.

딸랑, 종소리가 울리자 조마코는 어깨를 흠칫하고 바짝 올렸지만, 주민인 아쓰타 씨와 모토카와 씨가 들어온 것을 보고 호들갑스레 가슴을 쓸어내린 뒤 가볍게 인사를 했다. 아쓰타 씨와 모토카와 씨는 그것을 무시하고 우리 앞을 지나가면서 각각 "커피." 하고 무미건조하게 말한 뒤, 눈에 띄지 않는 구석 자리에 마주 앉아 가방에서 원고와 사진을 꺼내 테이블에 펼쳐 놓았다.

단발머리에 양장이 잘 어울리는 모토카와 씨와 귀족 영애처럼 의젓한 아쓰타 씨는 다른 주민과 적극적으로 교류하려 들지 않는다. 두 사람 다 잡지 〈여인예술〉 편집부에 다니고 아파트 방도 바로 옆방이며 카페에 오면 늘 이마를 딱 붙이고 앉아 소곤소곤

이야기를 나눈다. 모토카와 씨는 과거 경찰 신세를 졌다는 소문도 있어, 사람들은 그녀들이 사회 혁명이라도 계획하는 것이 아닌가 하고 쑥덕였다. 하지만 내가 무척 좋아하는 하야시 후미코* 선생님이 무명이었을 무렵부터 《방랑기》를 연재한 〈여인예술〉을 절대적으로 신뢰하기 때문에, 이렇게 두 사람이 가게에 와 준 것만으로 기뻤다.

세 번째 종소리가 울렸다. 문이 열리고 동네 빵집 견습생 다다 군이 갓 구운 사각식빵 하나를 배달하러 왔다. 식빵에서 우유와 밀가루 향기를 머금은 김이 훈훈하게 풍긴다. 다다 군은 사키코 씨가 돈을 지불했는데도 좀처럼 돌아가려 하지 않고 카운터에 큰 몸을 기대고 어제 했던 말을 다시 반복했다.

"저기, 무슨 일 있으면 언제든지 말씀해 주세요. 여성들만 있는 찻집은 이상한 놈들의 표적이 되기 십상이라 위험하니까요. 간간이 상황을 살피러 올게요. 여러분이 너무 걱정돼요."

다다 군이 내게 반한 것 아니냐는 소문이 나돌았지만, 그런 것보다도 매번 침을 튀기며 수다에 열중하는 그가 행여나 주문을 잘못 받으면 어쩌나 하는 걱정에 가슴이 얼마나 조마조마한지 모른다.

● 1903~1951. 소설가. 대표작으로 자전적 소설 《방랑기》가 있다.

"친절하기도 하여라. 고마워. 많이 의지하고 있어."

내가 생긋 웃으며 그를 어렵사리 내보내자 다시 가게에 조화로움이 드리워졌다.

2인용 테이블 석 다섯 개와 카운터 석뿐인 작은 가게이지만, 검게 윤이 나는 바닥과 얼룩 하나 없는 유리창은 우리가 일찍 일어나 부지런히 닦은 것이었다. 가구는 전부 질 좋은 목재 가구로 장만했다. 전신 설비 제조소에 근무하는 203호 사다코 씨 덕분에 최고급 냉장고도 저렴하게 들일 수 있었다. 벽에 걸린 풍경화는 402호에 사는 예술가 나오코 씨가 일부러 하코네에 스케치여행까지 가서 그려 준 개업 축하 선물이다.

어제는 일요일이기도 해서 이렇게 느긋하게 가게 안을 둘러볼 겨를이 없었다.

"아, 왔다!"

조마코가 느닷없이 카랑카랑하게 외치더니 벌떡 일어나, 나와 사키코 씨가 있는 카운터 안으로 잽싸게 들어와 몸을 숙였다. 딸랑, 종이 울리고 문이 열렸다. 평범한 직장인은 아닌 듯한 조금 사납게 생긴 두 남자가 살피는 듯한 눈초리로 들어왔다. 그들은 우선 입구 가까이에 있는 크고 넓적한 도자기 화분에 모아 심은 삼색 장미에 시선을 던졌다. 그들이 순간 긴장하고 있음이 느껴졌다. 화분에 꽂힌 '축 개업 기쿠치 간'이라는 목패는 여자 셋이서만 운영하는 카페에서 흉포한 경비견처럼 사람들로 하여금 허튼짓을 못 하게 하는 억지력이 있었다. 그래서인지 우리에게 만나자고 찝쩍거리는 녀석들이 얼마 없었다.

"나 참, 금남의 아파트라니, 은신처로 삼기에 안성맞춤이네."

"그러게, 오늘은 여기서 하루 종일 죽치고 앉아서 드나드는 사람을 감시해야겠어."

두 사람은 들으란 듯이 말하면서 조금 전까지 조마코가 앉았던 자리에 마주 앉았다. 나는 아쓰타 씨와 모토카와 씨를 위해 커피밀 손잡이를 돌리고 융 위에 커피 가루를 담았다. 뜨거운 물을 가늘게 부으면서 흘끗 시선을 던진 뒤 가십지 기자구나, 하고 판단했다. 이런 남자들을 다루는 일이라면 나는 이제 이력이 났다. 어제만 해도 그렇다.

'이 아파트에 사는 여성들은 분위기가 어떻습니까? 이 가게에도 와요?'

'욕구 불만에 싸인 히스테리 집단 아닙니까?'

이렇게 염탐하러 오는 기자와 구경하러 오는 남학생들의 발길이 끊이지 않았다. 그 탓에 본래 주 고객층으로 상정했던 아파트 주민들이 움츠러들어 카페를 이용하지 못할 정도였다.

'왠지 비정상적이지 않나. 남자 없이 살아갈 수 있는 여자들이라니! 말세야 말세!'

얼굴이 새파랗게 질려서 이렇게 소리 지르는 남자까지 있어 그럼 왜 굳이 여기까지 왔을까, 하고 나는 부지런히 식빵 테두리를 자르며 한심하게 생각했다.

'어머, 그런가요? 그런데 저희는 이 위에 사는 분들에 관해선 정말 아무것도 몰라요.'

에쓰코가 쟁반을 가슴에 품고 고개를 갸웃거릴 때마다 웃음을 참느라 힘들었다. 니혼바시의 백화점에서 엘리베이터 걸을 했던 에쓰코는 몸짓이 세련될 뿐만 아니라 손님을 대하는 실력도 뛰어나다. 남자들은 에쓰코나 계산 담당인 사키코 씨는 물론이거니와 칙칙한 분위기의 나까지, 유행의 최첨단인 이 아파트 주민이라는 생각에는 미치지 못하는 모양이었다.

하지만 주민을 한번 보려고, 잘되면 교류하려고 그들이 커피를 몇 잔이나 마시며 들러붙어 준 덕분에 첫날 매출은 내 직장인 시절의 두 달치 월급에 상당했다. 우리 셋 중 가장 나이가 많고 신중한 성격인 사키코 씨조차 장사가 이렇게 잘되면 아예 직장을 그만둘까, 하고 흥분했을 정도다. 셋 중 그녀만 매립지의 무역 식품 회사 경리부에 아직 적을 두고 있다. 그래서 이번 주 내내 휴가를 냈다고 한다.

"혹시 누구, 찾으시는 분 있으세요?"

에쓰코가 두 남자에게 주문을 받으며 시치미를 떼고 물었다.

남자 한 명이 버럭 호통을 쳤다.

"후루카와 도미코라는 여자를 찾고 있다! 어디 있는지 모르나?"

후루카와 도미코는 조마코의 본명이다. 그녀가 내 앞치마 끈을 꽉 잡아당기는 바람에 배꼽 언저리가 조였다. 에쓰코는 태평하게 대답했다.

"글쎄요. 그녀라면 오늘은 직장인 문예춘추사에……."

그러자 다른 남자가 말을 거칠게 잘랐다.

"출판사에 전화했더니 진작에 사직서를 내고 송별회까지 마쳤다던데!"

그건 처음 듣는 이야기라 나는 무심코 조마코의 가마를 내려다봤다.

"그럴 리가요. 아까 출근했는데요. 저는 그녀의 동료 이시이라고 합니다."

위엄 있고 나직한 목소리가 들렸다. 입구 쪽에 편집자 이시이 모모코 씨가 서 있다. 남자들 목소리가 커서 출입문 종소리가 들리지 않았던 모양이다. 이시이 씨는 트레이드마크인 동그란 안경을 반짝이며 여느 때처럼 담담한 태도로 카운터 석에 앉았다.

그녀는 아파트 주민은 아니지만, 문예춘추사에 근무하는 여성들이 이곳에 많이 살고 있기 때문에 업무상 자주 드나든다. 교정을 마무리하는 날은 전날부터 와서 묵는 경우도 많다. 차분한 태도와 풍부한 지식으로 주민들의 선망을 받는 이시이 씨는 직장은 같아도 촐랑대는 성격인 조마코와는 정반대 타입이라고 할 수 있다.

"빨리 안 가면 외출해서 놓칠 텐데요. 후루카와 씨는 〈부인살롱〉의 인기 기자로서 많은 취재를 담당하고 있으니까요."

이시이 씨에게 등 떠밀린 모양새가 된 남자들은 결국 아무것도 주문하지 않은 채 가게를 뒤로 했다. 조마코는 그들이 시영전차에 올라타기를 기다렸다가 몸을 일으켰다. 그제야 카운터에서 나와, 끄응 기지개를 켠다. 블라우스가 올라가 조마코의 배꼽이 보였다. 팔 안쪽이 눈부시도록 새하얗다. 팔다리가 쭉 뻗은 늘씬한 체형의 그녀는 제대로 꾸미기만 하면 누구나 돌아보는 모던 걸이다.

"아아, 살았다. 다들 정말 고마워. 이시이 씨도 고마워요. 그런데 이시이 씨야말로 회사 안 가도 돼?"

"괜찮아. 이 근처에 사는 작가한테 원고 받으러 왔어. 이제 회사 가려고. 그 전에 모처럼 여기까지 왔으니 커피 한잔할까 해서 왔지. 토스트도 해 주시겠어요?"

내가 커피밀 손잡이를 돌려 원두를 득득 갈자, 사방에 향긋한 향기가 퍼졌다. 조마코가 "와아, 맛있겠다. 나도 먹을래." 하고 코를 벌렁거렸다. 아무리 기다려도 해명을 할 생각이 없어 보이기에 참다못한 내가 먼저 입을 열었다.

"아까 그 사람들은 누구야? 너, 무슨 짓 했어? 그리고 회사 그만둬?"

조마코는 그제야 생각났다는 듯이 냅다 이야기하기 시작했다.

"너한테는 아직 말 안 했지, 참. 실은 나, 다음 달에 결혼해. 회사는 벌써 그만뒀어. 이 아파트에서도 곧 나갈 거야. 상대가 보통 유명인이 아니라서 요즘 매일 기자한테 쫓기느라 힘들어! 그 사람이랑 1초라도 더 함께 있고 싶지만, 여기는 좋은 은신처니까 가끔 숨으러 오는 거야."

조마코는 두 손으로 볼을 감싸고 겁먹은 듯이 눈을 동그랗게 뜨면서도, 두근두근 설레는 마음을 감추려 하지 않았다.

"네가? 결혼? 누구랑?"

나는 이시이 씨 옆에 걸터앉은 조마코를 정면으로 바라봤다.

"다니자키 준이치로• 선생님."

조마코가 가슴을 펴기에 웃음이 났다.

"무슨 바보 같은 소리야."

조마코는 순간 볼을 잔뜩 부풀렸지만, 그 얼굴도 우스꽝스러워서 나는 키득거리며 계속 웃었다. 그때였다.

• 1886~1964. 일본 탐미주의 문학을 대표하는 소설가. 대표작으로 《세설》 등이 있다.

"어? 혹시 신문 안 봤어? 이번 달 〈부인세계〉도 아직 안 읽었고? 지금 다들 난리가 났잖아."

아쓰타 일행의 테이블에서 돌아온 에쓰코가 내게 쟁반을 내밀며 말했다. 사키코 씨를 돌아보자, 그녀도 고개를 작게 끄덕였다. 이시이 씨는 진지한 얼굴이다. 최근 한 달 동안은 퇴사와 개점 준비로 정신없이 바빴다. 잘 시간도 없어서 신문이나 잡지 가십란을 읽을 상황이 아니었다. 아쓰타 씨와 모토카와 씨까지 멀리서 나를 물끄러미 보고 있다. 아무래도 다들 알고 있는 모양이다.

악마적 작풍으로 요즘 한창 잘나가고 있는 최고 유명 작가와 조마코라니. 아무래도 잘 이어지지 않아, 나는 눈을 깜빡였다.

"다니자키 준이치로라면, 그 다니자키 준이치로?"

"그래. 괜찮으면 〈부인세계〉 빌려줄까? 내 입으로 이런 말을 하긴 좀 그런데, 〈부인세계〉는 여성 기자라서 특별히 오케이했어. 저 중정에서 사진까지 찍게 해 줬지. 실은 다니자키 선생님이랑 나는 오사카부 여자 전문 대학에 다녔을 때부터 친구였어. 취직자리도 알아봐 주시고 거의 딸처럼 예뻐해 주셨지. 연심을 품기는 했지만 물론 아무 일도 없었어. 왜냐하면 그때는 선생님 옆에 사모님이 계셨잖아."

아까는 도망 다니더니 막상 우리만 남게 되자 조마코는 자랑할 생각에 부풀어 있었다. 볼이 앵두처럼 반지르르 윤이 나고 온

몸에서 밝은 기운을 뿜어냈다. 그런 그녀를 독차지할 수 있는 다니자키 선생님인지 뭔지에게 나는 질투 같은 감정을 느꼈다.

그리고 조마코가 스스로 내린 결정이라면 내 입장에서는 함부로 말할 수도 없다. 우리는 그녀에게 큰 은혜를 입었다. 이 카페는 조마코가 없었으면 탄생하지 못했다.

오쓰카 여자아파트는 일하는 여성을 집안일에서 해방시키는 것을 목표로 설계되었기 때문에 각 방에는 작은 가스풍로가 하나밖에 없다. 물론 식당에서는 오므라이스, 카레, 돈가스덮밥 등 다양한 메뉴가 제공되며 전부 맛있다. 부탁하면 방까지 가져다주기도 한다. 음식을 하지 않아도 되는 것은 편하지만, 음식을 전혀 할 수 없다면 이야기는 다르다. 주민들은 곧 불만을 표출했다.

'식당 메뉴만 가지고는 금방 질려. 오차즈케나 간식으로 간단히 때우고 싶을 때도 있는걸.'

'주문하면 간단한 식사를 준비해 주는, 늦게까지 영업하는 가게가 있으면 좋을 텐데.'

'업무 협의할 때도 사용할 수 있는 공간이면 더 좋겠어. 보이프렌드와 대화에 집중하고 싶기도 하고.'

'매일 놀랄 만큼 맛있는 커피를 마실 수 있으면 얼마나 좋을까.'

주민들은 옥상에서 그런 대화를 나누게 되었다. 이 아파트의 유일한 단점은 각 방마다 볕이 잘 들고 안 들고의 차이가 제각각이라는 점이다. 그래서 통유리로 짜인 널찍한 꼭대기 층 선룸은 모든 주민이 평등하게 볕을 누릴 수 있는 귀중한 공간으로, 어느새 아지트가 되어 있었다. 중앙에는 탁구대가 놓여 있어 스포츠걸은 땀을 흘릴 수가 있고, 원예를 좋아하는 사람은 직접 화분을 들여와 키울 수도 있다. 우리가 입주한 지 한 달도 안 됐는데 벌써 화초가 가득하고, 밖의 덩굴시렁에는 등나무 덩굴이 뻗어 있어 낙원 같은 풍경을 볼 수 있었다.

"그럼 내가 1층에 있는 점포 하나를 임대해서 모두가 편리하게 이용할 수 있는 가게를 해 볼까?"

내가 문득 생각난 대로 말하자, 도쿄 전역의 빛을 모아 놓은 듯한 선룸에서 제각각 편히 쉬고 있던 여자들이 그 빛을 반사할 만큼 강렬하게 눈동자를 반짝였다.

내 고향은 오카야마현으로, 본가는 그곳에서 식당을 하는데 아버지가 돌아가신 후로는 할머니와 엄마가 둘이서 운영하고 있다. 접객이나 음식 제공의 호흡이라면 어렸을 때부터 몸에 배었고 요리는 특히 자신 있었다. 언젠가는 가게를 이어도 좋다고 생각했을 정도다. 게다가 마루노우치에 위치한 제철 회사에 타이피스트로 이 년간 근무하고 알게 된 것은 신랑감 찾기에 최적인, 장래 유망한 남성뿐인 직장보다 이 아파트 주민들과 어울리는 편이 단연코 재미있다는 것이다. 교사, 공무원, 전화 교환원, 배우, 편집자, 예술가, 여급……. 최첨단 직업에 종사하는 그녀들은 인맥과 정보가 풍부해서 잠깐 잡담을 나누기만 해도 가슴에서 모호하게 맴돌던 희망 사항을 곧바로 실행 가능한 아이디어로 변모시켜 줬다. 참으로 기분이 좋았다.

모두 순식간에 이 계획에 달려들었다. 당신이 한다면 공동 경영자가 되고 싶어, 하고 거의 동시에 손을 든 것이 에쓰코와 사키코 씨였다. 그 무렵 에쓰코는 근무지에서 자신의 몸에 끊임없이 손을 대는 남성 손님들 때문에 몸 상태가 나빠져 고향으로 돌아갈 수밖에 없다고 생각하고 있었다. 서른 살인 사키코 씨 또한 동료에게 올드미스 취급을 받으며 매일같이 조롱당하는 일상에 넌더리가 난 상태였다. 게다가 든든하게도, 나야말로, 하고 자금 모금에 협조하겠다는 사람도 끊이지 않았다. 그도 그럴 것이 오쓰카 여자아파트의 주민은 모두 고소득자로, 월급 50엔 이상이 입주 조건이었다. 나도 저축한 돈이라면 그럭저럭 있었다. 그런데 그때 조마코가 손을 들고 이렇게 말했다.

'제 돈을 들이다니 아깝게. 우리 회사의 기쿠치 간 사장님이라면 자금을 지원해 주실 거야. 왜냐하면 돈이 썩어나도록 많고 특이한 걸 좋아하시거든. 내가 사장님이랑 친구처럼 친해. 얘기라도 한번 해 봐도 돼?'

문예춘추사의 잡지 〈부인살롱〉의 견습 기자인 조마코는 허술

한 면이 있지만, 기운 넘치고 화사해서 남녀노소 불문하고 누구에게나 사랑받는 천재적인 재능이 있었다. 사장과 친하다는 말을 듣고도 우리는 충분히 납득이 갔다.

'그런데 남자가 아무런 대가도 없이 젊은 여자를 도와줄까? 좀 무섭지 않아? 이 부분은 여자들 힘으로만 해결해야 하는 거 아닐까?'

근처 도쿄부 여자 사범대학교에서 교사로 일하는 시게타 씨가 매우 조심스럽게 주장했다.

'그러게, 기쿠치 선생님은 여성과 이런저런 소문이 있지. 만만치 않은 면이 있는 것도 사실이야. 나도 그분이 진심 어린 이해자라고는 생각하지 않아. 그런데 말이지.'

내내 잠자코 있던 이시이 씨가 조용히 입을 열었다. 그녀는 원래 기쿠치 선생님의 지시로 번역이나 자료 수집 업무를 하는 아르바이트 학생이었는데, 그 어학력과 글재주를 높이 사 정사원으로 승격했다고 한다.

'그분은 이거다, 싶으면 여자든 남자든 상관없이 자금 지원이나 협력을 아끼지 않으셔. 그리고 기분 좋게 돈을 내놓은 다음에는 참견하지 않으시고, 절대로 대가를 요구하지 않으실 것도 분명해. 그 부분만큼은 믿어도 좋다고 생각해.'

남성에 대해 누구보다 엄격한 이시이 씨가 이런 식으로 평가

하는 것은 매우 드문 일이다. 게다가 문예춘추사 여성 사원뿐만 아니라 각종 업계에 속해 있는 주민들에게 부지런히 정보를 모았더니 그의 지원을 받은 것은 이시이 모모코 씨뿐만이 아니라는 것이 판명 났다. 기쿠치 간이라는 사람은 다양한 곳에 신출귀몰하게 나타나, 선뜻 인맥을 연결해 주거나 소지금을 툭 내미는 것으로 유명한 괴짜인 듯하다.

또 출입문 종소리가 울렸다. 신극에서 대본을 쓰는 가쓰요 씨가 돌돌 만 종이 다발을 들고 성큼성큼 들어와 외쳤다.

"샌드위치 넉넉히, 찬 우유!"

헌팅캡에 바지 차림이 오스카 와일드의 소설에 나오는 남자아이 같다.

"나한테는 미용에 도움 되는 혼합주스를 만들어 주겠어? 그리고 삶은 달걀도. 체중 감량 중이거든."

그다음 속삭이듯 주문한 사람은 붉은 립스틱과 레이스 달린 검은 드레스가 잘 어울리는 단짝 시마코 씨였다. 가쓰요 씨와 같은 극단에 소속된 간판 배우인 그녀는 최근에는 영화에도 출연하는 등 활동 범위를 넓히고 있다.

현재 메뉴에는 '커피, 우유, 녹차, 갓 짠 오렌지주스, 삶은 달걀, 팬케이크, 샌드위치, 주먹밥, 오차즈케, 샐러드, 계절별 나물무침, 도넛, 기타 용도에 맞게 만들어 드립니다.'라고 적혀 있지만, 손님의 요청에 따라 조절해서 만들고 있었다. 식당에서 제공되는 음식과 겹치지 않도록 조심하는 것은 물론 잊지 않았다.

개점한 지 한 시간. 어느새 찻집은 여자들로 만원이 되었다.

"읽어 봐. 〈아버지 돌아오다〉 대본이야."

가쓰요 씨는 그렇게 말하고 다음 달 선룸에서 상연할 친목회용 연극 대본을 카운터에 휙 넘기더니 시마코 씨와 함께 테이블에 착석했다.

"앗, 주인공 겐이치로를 여자로 바꿨네?"

내 뒤에서 대본을 들여다본 사키코 씨가 눈썰미 있게 지적했다. 사키코 씨는 모친 오타카 역을 따낸 뒤 의욕이 충만했다.

"그렇지? 가쓰요한테 말해 줘. 나는 남자 역할을 하고 싶어! 남장 한번 해 보고 싶다고!"

상연물이 정해지기 전부터 전원 일치로 주연으로 내정됐던 시마코 씨는 부루퉁한 얼굴을 하고 웬일로 목소리까지 곤두세웠다.

"그런데 딸이 아버지 입으로 떠나겠다는 통보를 딱 받는 거, 기분 좋지 않아? 나는 이걸 생각해 내고 마음에 쏙 들었거든."

가쓰요 씨는 신바람이 난 모습이다. 나는 으깬 삶은 달걀에 마요네즈를 섞어 겨자와 버터를 바른 빵 사이에 넣었다. 그리고 당근과 사과를 강판에 힘껏 갈아서 헝겊에 싸서 꼭 짰다.

"그런데 상연한다 해도 기쿠치 선생님은 못 보시겠네."

이시이 씨가 커피 잔을 기울이며 그렇게 말했다. 이 아파트는 남성은 부모 형제도 2층부터는 출입 금지인 데다 출입 가능한 장소라도 붉은 완장을 차야 한다.

"괜찮아. 괜찮아. 이런 건 감사의 마음이 중요하지."

에쓰코가 노래하듯 말하고 샌드위치와 우유, 당근과 사과 주스와 삶은 달걀을 가쓰요 씨와 시마코 씨 테이블로 날랐다.

조마코를 통해 기쿠치 선생님이 이 찻집의 자금 지원 조건으로 내건 것은 딱 하나였다.

'문예춘추사까지 와서 커피를 내려 주게. 맛있으면 돈을 내주지.'

그는 그렇게 말했다고 한다.

커피밀, 식기, 보온병, 원두를 싸 들고 고지마치구 우치사이와이정에 있는 8층 건물인 오사카빌딩까지 찾아간 우리를 사장실에서 기다린 것은 기묘한 분위기의 푸근한 아저씨였다. 얼굴을 위아래로 동시에 꾹 누른 듯한 생김새에, 입가는 수염으로 뒤덮여 있어 표정을 읽을 수가 없었다. 게다가 그는 후줄근히 구겨진 양복을 입고 있어 조금도 유복해 보이지 않았다.

그러나 나는 긴장을 늦추지 않았다. 조마코가 기쿠치 선생님은 대단한 미식가라고 했기 때문이었다. 손이 떨리는 것을 참고, 사키코 씨가 회사 유통망을 이용해 이날을 위해 입수해 준 최고급 수입 원두를 커피밀로 정성껏 갈고 시간을 들여 융으로 드립해서 그럭저럭 만족스러운 한 잔을 내리는 데에 성공했다. 기쿠치 선생님은 내가 눈앞에 가져다 놓은 커피를 내려다보고 흐음, 하고 소리를 내더니 커피 잔을 들어 올려 킁킁 냄새부터 맡았다. 그러고는 한 모금 마시자마자 잠시 가만히 있었다. 겨우 몇 초간일 테지만, 그렇게까지 머릿속을 온갖 가능성이 누비고 다닌 시간은 그 후에도 전에도 없었다. 기쿠치 선생님은 표정을 바꾸지 않고 조용히 커피를 다 마신 뒤, 이렇게 말했다.

'합격이군. 계약금과 초기 비용을 전액 내주지. 식기와 가구는 좋은 제품을 취급하는 곳을 소개해 주겠네. 내 이름을 대면 싸게 살 수 있을 거야. 그리고 무슨 일이 생기면 이리로 연락하게.'

기쿠치 선생님이 자리에서 일어나 내게 명함을 줬다. 이 일화는 오쓰카 여자아파트에 순식간에 퍼졌다. 이를 계기로 모두가 그에게 감사의 마음을 품었을지도 모른다. 이사하는 주민이 가장 많다는 이유로 친목회가 4월로 정해지자마자, 기쿠치 간의 희곡 〈아버지 돌아오다〉를 상연하자고 의견이 바로 모였다.

조마코의 커피가 다 되었는데, 카운터 석에 그녀의 모습이 없었다. 가게 안을 둘러보니 그녀는 안쪽 테이블의 아쓰타 씨와 모토카와 씨에게 불려 가 설교를 듣고 있었다. 그녀들이 주민과 교류를 하다니 웬일인가 싶었다.

"무조건 그만두는 게 좋아. 다니자키 준이치로와의 결혼이라니. 일단 몇 살 차이인지 물어도 될까?"

아쓰타 씨가 엄한 얼굴로 설득하는 중이었다.

"스물한 살인가. 그런데 사랑에 나이 따위는 상관없어. 그리고 그는 제대로 된 사람이야. 친구인 기쿠치 간 선생님에게 먼저 승낙을 받고 나서 프러포즈를 해 줬다니까."

조마코는 녹을 듯한 표정으로 말했다. 왠지 물건 취급을 받는 것 같잖아……. 내 안에서 기쿠치 선생님의 주가가 방금 훅 떨어졌다. 다니자키 준이치로는 전 부인도 그야말로 물건처럼 동료 작가인 사토 하루오에게 양도해서 세간을 떠들썩하게 했던 것으로 안다. 모토카와 씨까지 웬일로 감정을 드러내고, 내가 걱정한 그대로 지적하고 있다.

"아내를 친구에게 양도한 것도 모자라 신붓감 모집 광고까지 내다니, 죄다 여성을 무시하는 처사잖아. 다니자키 준이치로라는 남자는 얼마나 야비하고 거만하길래 그렇게까지 하는 걸까."

"아니야. 다니자키 선생님은 여성을 물건 취급하지 않아. 애초에 그 신문 광고는 나한테 보낸 공개 연문이야!"

조마코는 얼굴을 붉히고 사납게 반박했다. 에쓰코가 눈앞에 커피를 내려놓으러 가도 거들떠보지도 않는다.

"그 조건에 전부 들어맞는 게 나밖에 없다는 건 나를 아는 사람이면 다 아는 사실이야."

그녀는 매우 진지한 반면 아쓰타 씨는 매정했다.

"그럴까? 내가 읽었을 때는 당신에게만 보내는 걸로는 안 읽히던데."

나는 그 세간이 발칵 뒤집혔던, 다니자키 준이치로가 작년 말에 신문에 낸 새 아내를 모집하는 광고 내용을 기억해 내려 애썼다. 25세 이하, 간사이 출신, 손발이 예쁠 것…… 아쓰타 씨의 말대로 조마코 이외에도 들어맞는 여성이 많을 것 같은 조건뿐이었다.

"뭐야, 왜 그러는데. 다들 응원해 주는 줄로만 알았는데."

카페에 감도는 서먹한 분위기를 감지했는지, 조마코의 큰 눈에 눈물이 차오른다. 그녀가 블라우스 옷자락을 꽉 움켜쥐었다. 세련되고 모던한 인상을 풍기는 조마코이지만, 연애 경험이 한 번도 없고 남달리 로맨티시스트인 것은 누구나가 아는 사실이었다. 그녀가 왠지 가여워져서 나는 카운터 안쪽에서 이렇게 말했다.

"미안해. 다들 네가 좋아하는 사람을 나쁘게 말할 생각은 없어. 다만 만난 적은 없지만, 우리가 그분 때문에 피해를 보고 있어서 그래."

그것은 솔직한 심정이었다.

"실제로 다니자키 선생님 탓이잖아. 카페에 나쁜 인상이 심어진 건."

내 말에 모두가 아, 하는 얼굴을 하고 입을 다물었다.

'매우 죄송하지만, 카페를 열기로 해서 회사는 그만두겠습니다.'

직장에 사직서를 냈을 때, 상사가 "자네 말이야, 자네, 결혼도 안 한 처자가 어디 경망스럽게." 하고 징그럽게 웃으며 말렸다.

육 년 전 출간된 다니자키 준이치로의 《치인의 사랑》은 카페와 그곳에서 일하는 여성의 이미지를 나쁘게 각인시켰다. 그 때문에 지금도 여전히 '카페'나 '찻집'이라는 말에서 문란한 서비스나 아름다운 여성과의 만남을 기대하는 남성이 많다. 우리는 저속한 가게가 아닙니다, 하고 표명하기 위해 '순(純)찻집'으로 이름을 대는 가게가 급증했을 정도다.

모두가 원하는 바를 따르다 보니 얼떨결에 시작한 가게지만, 나는 아마 마음 어딘가에서 '카페'나 '찻집'을 본래의 의미로, 우리들 손으로 되돌리고 싶었던 것이라 생각한다. 여자가 커피와 간식을 안심하고 즐길 수 있고 종업원과 대화도 가능한, 몇 시간이든 앉아 있을 수 있는 청결한 가게. 남자가 편안히 쉴 수 있는 가게는 얼마든지 있는데, 왜 우리에게는 그런 가게가 없는 걸까? 그런 식으로 생각하게 된 것은 이 아파트에서 살았기 때문일지도 모른다.

도쿄에 온 직후에는 고모 부부의 집에 셋방을 얻었지만, 식사와 목욕 준비를 돕는 것은 물론 같은 방에서 지내는 조카까지 돌봐야 했다. 고모부는 좋은 사람이기는 하나 나를 자기 부하 직원과 선을 보게 하려고 야단이었다. 그러던 중 회사 소유의 2층짜리 목조 건물인 여사원 기숙사 1층에 빈방이 생겼다기에 기대하고 들어갔더니, 첫날부터 엿보기를 당하고 속옷까지 도둑맞았다. 그것도 모자라 입사 당시부터 집요하게 치근대서 질색을 했던 남자 동료가 현관에서 밤마다 숨어서 기다리는 바람에 귀가하기가 겁이 났다. 관리인 아저씨에게 상담해도 "그쯤은 너그럽게 봐줘. 젊은 남자가 다 그렇지 뭐. 자네한테 푹 빠졌구먼." 하고 상대해 주지 않았다.

하지만 여기로 온 뒤부터 나는 줄곧 안심이 돼서 몸도 마음도 자유롭고 편안하다. 시영 전차 안에서 아파트 불빛이 보이기 시작할 때면 낮의 피로가 풀리는 것이 느껴졌다. 남자 동료들은 모두 이런 기분으로 살아가고 있는 걸까.

관리인 할머님에게 인사를 하고 엘리베이터에 올라타 나 혼자 쓰는 방에 도착하면, 침대에 누워 천장을 바라보며 뭘 할까, 하고 천천히 생각한다. 식당에 전화하면 은 뚜껑에 덮인 따뜻한 수프와 필래프를 가져다준다. 대중목욕탕이 있기 때문에 목욕물을 데울 필요도 없다. 실컷 독서를 하는 것도, 글을 쓰는 것도, 1층에서 재봉틀을 빌려 옷을 만드는 것도, 옥상 음악실에서 피아노 연습을 하는 것도, 체조하는 것도 자유다. 내일 아침 출근하기 전까지는 누구에게도 간섭받지 않는다. 외로워질 때는 선룸이나 응접실에 가면 신원이 확실한 누군가와 수다를 떨 수도 있다. 이 생활이 극히 일부의 여성에게만 허락된 사치라는 것은 물론 나도 잘 안다. 하지만 어떤 인간이든 자신만의 안전한 공간이 배분되는 사회가 되면 좋을 텐데, 하는 생각도 든다.

물론 내게 그런 힘은 없다. 다만 여자가 혼자 커피를 마실 수 있는 장소라면 만들 수 있겠다고 생각한 것이다.

출입문 종이 딸랑거렸다. 빈손의 다다 군이 수줍은 얼굴로 들어왔다.

"저기, 이제 곧 점심인데요, 혹시 용건은 없으신가요? 여성만 있는 가게라서 무슨 곤란한 일이 있는 건 아닐까 해서……."

내가 억지로 지은 미소로 쫓아내려 한 그때 전화가 울렸다.

"호랑이도 제 말하면 온다더니, 문예춘추사 사원이라는 남자한테서 온 전화야."

냉큼 달려들어 전화를 받은 에쓰코가 송화구를 막으면서 알려 줬다. 이시이 씨가 등허리를 쭉 펴고, 조마코는 눈물을 닦으며 얼굴을 들었다.

"입식 파티용 식사 20인분을 오후 3시까지 배달해 줄 수 있겠느냐고. 기쿠치 간 선생님의 부탁인가 봐. 어떻게 해?"

수표와 개점일에 꽃을 보내 줬을 뿐, 본사에서의 커피 시험을 마지막으로 기쿠치 선생님을 만나지 못했다. 왠지 잊힌 기분마저 들어 서운하다면 서운하지만 솔직히 마음이 편하기도 했다. 그런 그가 직접 의뢰를 하다니 의외였지만, 자랑스럽기도 하다. 에쓰코가 초조한 말투로 말을 계속했다.

"잘은 모르겠는데, 지난주 목요일에 창간한 문예지가 굉장히 잘 팔려서 증쇄하기로 했고, 그걸 축하하는 자리래. 뒤풀이하기로 한 오사카빌딩 지하 레스토랑이 식중독으로 문을 닫았다네."

"레인보우그릴이 식중독? 그런 일이 정말 있을까? 그렇게 위생 관리에 철저한 곳이? 굉장히 맛있기로 유명한데⋯⋯."

이시이 씨가 납득이 가지 않는다는 얼굴로 중얼거렸다.

"그러게. 기쿠치 선생님의 의뢰라면 꼭 받아들이고 싶지만, 애초에 음식 20인분을 어떻게 옮겨야 하지?"

내가 카운터에서 머리를 싸쥐고 있을 때였다.

"차는 내가 소속된 영화사의 송영용 T형 포드차를 빌릴게. 내 전용 기사도 딸려 있어. 사장님이 나더러 회사의 유망주라면서 아무 때나 써도 된다고 했거든."

시마코 씨가 살짝 으쓱거리며 말했다. 나는 그 제안을 고맙게 받아들이기로 했다.

"으음, 입식이면 샌드위치? 그렇게 많은 양의 빵을 지금 준비하기는 힘들어."

사키코 씨가 불안한 표정으로 말했다.

"제가 어떻게든 할게요. 맡겨 줘요. 괜찮아요, 20인분의 식빵 말이군요! 확보할 수 있습니다."

계속 카운터 쪽에서 이야기를 듣고 있던 다다 군이 몸을 내밀어 내 손등을 잽싸게 잡았다. 땀에 젖은 살의 감촉에 나는 순간 소름이 끼쳤지만, 친절한 사람이라고 내심 스스로를 타이르며 다시 웃는 얼굴로 고맙다고 했다. 다다 군은 가슴을 펴고 위세 좋게 가게를 뛰쳐나갔다. 그 모습을 지켜본 에쓰코가 "네. 오후 3시에 20인분이요. 알겠습니다." 하고 대답하고 수화기를 내려놓았다. 예상치 못한 갑작스러운 대규모 의뢰에 나는 가슴이 뛰기도 했다. 앞날에 대해 이런저런 고민을 하지 않아도 이런 식으로 뜻밖의 의뢰가 쏟아져서 가게가 궤도에 오를지도 모른다.

결정이 났으면 행동 개시. 다다 군의 땀이 묻은 손을 비누로 잘 씻고, 가게에 있는 달걀을 몽땅 큰 냄비에 넣고 물을 부어 삶기 시작했다. 그러나 내가 겨자와 버터를 이기고, 사키코 씨가 양파 껍질을 까기 시작했을 무렵 다다 군이 울상으로 돌아왔다.

"죄송합니다. 오후에 초등학교에 식빵을 대량으로 납품하기로 되어 있어서……. 제가 달리 할 수 있는 일 없나요?"

앞치마를 머뭇머뭇 만지작거리며 아직 여기에 남고 싶어 하는 그를 보고, 나는 짜증을 참으면서 다시 한번 웃는 얼굴로 고맙다고 말한 뒤 쫓아냈다. 냄비 속에서는 달걀이 타닥타닥 서로 부딪히고 있다. 바로 열을 가한 것이 잘못이었는지도 모른다. 달걀은 어떤 모습으로도 변신할 수 있는 편리한 식재료인데.

"서양에서는 이럴 때 임시변통으로 큰 접시 요리에 의지하곤 하지. 그걸 캐서롤*이라고 해."

이시이 씨가 카운터 석에서 벗어나며 그렇게 말했다.

"큰 접시 요리라. 해 본 적 없지만⋯⋯."

나는 심호흡을 하고 메모장과 연필을 쥐고 선 채로 설계도를 그리기로 했다.

"양식으로 큰 접시 요리라, 어떻게든 될 것 같아. 독특하면서 식어도 맛이 떨어지지 않고 그러면서도 배가 든든한 것⋯⋯."

"깜빡하고 말하지 않았는데, 레인보우그릴은 굉장히 맛있어. 특히 치킨카레가 아주 일품이지. 우리 회사 사람들은 입맛이 아주 까다롭다는 거 명심하고. 힘내."

이시이 씨는 불안한 말을 남기고 출근하러 갔다. 시마코 씨는 차를 2시에 부른다며 그때까지 요리를 준비해 두라고 하고는 가쓰요 씨와 함께 계산을 마치고 나갔다. 하긴, 여기서 고지마치구 까지는 도로가 혼잡해도 한 시간이면 여유롭게 도착할 것이다.

● 조리한 채로 식탁에 내놓을 수 있는 서양식 찜냄비. 또는 이 냄비로 만든 요리

12시가 지나자 아파트 주민이 하나둘씩 점심을 먹으러 왔다. 내가 설계도와 재고 확인에 매달려 있느라 사키코 씨와 에쓰코가 이리 뛰고 저리 뛰었다. 조마코가 벌떡 일어나 커피 나르는 것을 도와줬다. 아쓰타 씨와 모토카와 씨까지 부랴부랴 빈 접시를 치워 주고 있었다.

"다 됐다!"

점심 손님이 거의 다 나갔을 때, 나는 마침내 외쳤다. 가게에 있는 모두에게 캐서롤 요리의 단면도를 들어 보였다.

"1단은 푸짐한 치킨라이스, 2단은 버터로 볶은 햄과 시금치, 3단은 깍둑치즈, 4단은 둥글게 썬 삶은 달걀을 한가득. 그리고 맨 위에는 화이트소스를 듬뿍 뿌리고, 얇게 썬 빵을 밀대로 잘 펴서 버터로 충분히 튀긴 것으로 뚜껑을 덮을 거야. 마지막에는 리버페이스트*와 매시트포테이토로 격자무늬를 짜 넣어서 파슬리로 장식하는 거지."

"와아, 맛있겠다! 나도 도울래!"

조마코는 침을 흘릴 기세로 외쳤다. 사키코 씨가 냉장고와 선반에서 재료를 척척 꺼내며 말했다.

"지금 여기에 있는 걸 총동원하면 할 수 있어. 얼른 감자부터

● 가열한 소나 돼지 간을 갈아 으깨서 조미한 것. 빵에 발라 먹는다.

삶자. 찬밥에 양파와 닭고기와 케첩을 넣어서 볶아야겠다. 한 시간 반이면 어떻게든 될 거야."

그러고는 카운터 안쪽 주방에서 조리에 돌입했다. 실은 그녀가 나보다 훨씬 솜씨가 뛰어나다.

"그런데 그렇게 큰 캐서롤 냄비가 어디에 있는데?"

에쓰코의 걱정스러운 말을 듣고, 내가 그것을 전혀 생각하지 않았다는 것을 깨달았다.

"512호 야마다 씨, 대학원에서 생물 연구를 한다고 들은 것 같은데? 붕어 같은 게 헤엄치는 커다란 수조를 갖고 있다고 했잖아. 그걸 빌리자."

"수조에 들어 있는 밥이라니, 꺼림칙하지 않아?"

조마코가 얼굴을 찌푸렸다. 밤에 복도를 비틀대며 걷는 야마다 씨의 흰 가운에 피가 흠뻑 묻은 적이 있어 우리가 얼마나 놀랐는지 모른다. 확실한 말은 없었지만, 그녀는 일거리를 집으로 가져와 몰래 해부나 실험을 계속하는 것 같다.

"그럼 선룸에 있는 새 화분은 어떨까?"

사키코 씨가 프라이팬으로 치킨라이스를 허공에 띄우며 제안했다. 이틀 전 옥상에 주민들이 돈을 모아 구입한 네모난 화분을 들여왔다. 4월이 되면 레몬을 심어서 모두가 원할 때 자유롭게 식용으로 사용할 예정이다. 아직 흙은 넣지 않았을 터. 관리인에게 미리 말하고 나중에 씻어서 반납하면 될 것이다.

"그거면 큰 접시로 보이긴 할 것 같아. 에쓰코, 여기로 가져와 줄래? 혼자서는 무거운가?"

"걱정 마! 내가 힘은 세거든. 금방 갔다 올게."

에쓰코가 문 밖으로 뛰어나가자, 나도 얼른 도마를 꺼냈다. 조마코는 식칼을 쥐는 것도 벌벌 떨며 무서워하기에 달걀 껍질 벗기기를 맡기기로 했다.

"조마코, 괜찮은 거야? 그 상태로 결혼을 해도……."

내가 묻자, 조마코는 기다렸다는 듯한 표정을 지었다.

"다니자키 선생님이 나는 아무것도 못 해도 된다고 하셨어. 전부 가정부가 하면 된다면서. 여성을 가정에 묶어 두는 옛날 남성이 아니라니까."

아쓰타 씨 일행에게 들으란 듯이 큰 소리로 말했지만, 그녀들은 더 이상은 도와주지 않겠다고 말하는 듯한 모습으로 금전 등록기 앞에 돈을 놓고 총총히 가 버렸다.

"흐음."

그런데 그런 남성은 왠지 그 조건을 쉽게 뒤집을 것 같기도 한데……. 거기까지 생각하고 나는 만난 적도 없는 그를 정말 신뢰하지 않는구나, 하고 깨달았다.

꾸물꾸물 달걀 껍질을 까고 있는 조마코 옆에서 대량의 시금

치를 큼직큼직하게 썰어서 버터를 넣고 햄과 함께 볶았다. 접시에 옮겨 담고 프라이팬을 가볍게 씻은 뒤, 다시 버터를 듬뿍 넣고 밀가루를 볶으며 우유를 조금씩 부어 줬다. 삶은 달걀을 둥글게 썰기 시작했을 때, 에쓰코가 두 팔로 화분을 안고 낑낑대며 돌아왔다. 새삼 찬찬히 화분을 바라보고, 이건 아닌 것 같아, 하고 생각했다. 초벌구이만 한, 주황색이 도는 갈색 그릇은 그야말로 흙으로 만들어졌다는 것이 한눈에 보였다. 도저히, 까지는 아니지만 여기에 담긴 음식을 먹고 싶어 하는 사람은 아무도 없을 것이다. 내가 조심스럽게 그렇게 말하자, 에쓰코가 이를 갈았다.

"아아, 모처럼 옮겨 왔더니!"

나는 그녀에게 사과했다. 속에 채워 넣을 음식은 대강 완성되었는데 가장 중요한 그릇을 아직도 못 찾았다니……. 나는 한숨을 내쉬었다.

"있잖아, 그럼 이건 어떨까?"

조마코가 기쿠치 간 선생님이 보내 준 개업 축하 화분을 조심조심 가리켰다. 파란 유약을 발라 반들반들한 질감의 그것은 확실히 이 카페에 있는 어느 접시보다 고급스럽다. 우리는 시선을 교환했다. 사키코 씨가 걱정스레 말했다.

"그런데 들키는 거 아닐까? 자기가 보낸 물건이라는 걸……."

"이런 건 전부 비서가 처리해. 절대로 눈치 못 챌 거야."

조마코의 단언에 나는 마음을 정했다. 모아 심어 놓은 장미를 에쓰코가 가져온 화분에 흙째 옮겨 담고 평평하게 골랐다. 출입문 종소리와 함께 들어온 주민들은 원예 작업 중인 우리를 놀란 얼굴로 내려다봤다. 속을 비운, 대접처럼 생긴 파란 도자기 화분을 안고 싱크대로 옮겨 와 수세미로 깨끗이 씻었다. 이시이 씨가 말한 캐서롤이 어떤 것인지 잘 모르지만, 거대한 그라탱 접시로 생각하면 될까. 그렇다면 그렇게 보이지 않을 일도 없다. 완성된 음식을 순서대로 채워 넣고 튀긴 빵으로 뚜껑을 덮어 매시트포테이토와 리버페이스트, 파슬리로 장식했다. 멋스러운 파티 요리가 완성되었다.

시마코 씨 전용 T형 포드차는 약속 시간보다 조금 이르게 가게 앞에 도착했다. 가게를 비울 수는 없기에 배달에는 나와 조마코만 가기로 했다. 조마코는 이미 그만뒀다고는 하나 회사에 간다면 단정하게 꾸미고 싶다며 5분만 양해를 구하더니 나를 기다리게 하면서까지 옷을 갈아입으러 가서 머리를 매만지고 입술을 바르고 나타났다. 에쓰코와 사키코 씨는 가스가거리까지 배웅하러 나와 우리가 보이지 않을 때까지 손을 흔들었다. 화분은 보자기로 쌌지만, 버터와 향신료 냄새가 차 안에 순식간에 퍼져 나갔다. 기사가 연신 재채기를 했지만 신경 쓰지 않기로 했다.

오사카빌딩에 도착한 것은 3시 전이었다. 우리는 기사에게 금방 돌아온다고 하고, 양 겨드랑이로 보자기 꾸러미를 떠받치며 대리석으로 된 현관을 슬슬 걸어 접수대까지 가서 기쿠치 간 선생님에게 전달할 물건이 있다고 말했다. 그러고 있는 사이에도 이곳에서는 유명인인 듯한 조마코에게 남성 사원 여럿이 친근하게 말을 걸었다. 그녀는 그때마다 이렇게 말하며 적당히 받아넘겼다.

"저어, 오늘은 음식 배달을 하러 왔어요. 전에는 신세 많이 졌습니다."

잠시 후 눈이 휘둥그레질 만큼 화려한 외모의 양장을 입은 여성이 엘리베이터 홀에서 접수대를 향해 척척 걸어왔다.

"저 사람, 기쿠치 간 선생님이 아끼시는 비서야. 여기서는 '요도기미●'라고 불려."

조마코가 약간 심술궂은 얼굴로 귓속말을 했다. 가까이서 볼수록 더 아름다운 사람이었다. 그러나 사정을 알리자마자 그녀는 예쁜 눈썹을 찌푸렸다.

"어머, 그런가요? 잠깐 확인 좀 하겠습니다. 그런 걸 정말 주문했을까."

그녀는 우리에게 등을 돌리고 접수대에서 어떤 부서로 전화

● 도요토미 히데요시의 첩의 이름

를 걸었다. 나는 다소 자신감이 없어져서 "전화로는 기쿠치 선생님께서, 라고 분명히 부탁받았습니다. 남성의 목소리였던 것 같은데요." 하고 작게 덧붙였다. 혹시 에쓰코가 뭔가 착각을 한 걸까. 비서는 전화를 끊고 다시 돌아섰다.

"그런가요. 그런데 이상하군요. 기쿠치 선생님의 주문이라면 제가 가게에 전달할 텐데요. 제가 기쿠치 간 선생님의 제1비서거든요. 기쿠치 선생님이 원하시는 바를 가장 잘 알고 있는 사람은 바로 저니까요."

기쿠치 선생님, 이라고 할 때 그녀의 눈은 가늘어지고, 입술은 끈적여 침으로 실을 뽑을 것 같았다. 조마코가 말하지 않아도 그 관계를 외부인도 한눈에 알 수 있었다.

"아, 후루카와 도미코!"

갑자기 접수대 앞에 있는 대기용 소파 쪽에서 고성이 들렸다. 그쪽을 봤더니 오늘 아침 카페에 왔던 두 남자가 엉거주춤 일어나 이쪽을 가리키고 있다. 그들의 존재를 나는 지금껏 까맣게 잊고 있었다. 조마코는 눈 깜짝할 새에 나를 혼자 두고 접수대를 잽싸게 지나 더 안쪽으로 뛰어갔다. 그들도 내 앞을 엄청난 속도로 지나갔다.

"무슨 일입니까. 무슨 곤란한 일이라도?"

어찌할 바를 몰라 우뚝 서 있었더니 누군가 말을 걸어 줬다.

그곳에는 재단이 잘된 양복을 입은, 마르고 혈색이 안 좋은 중년 남성이 서 있었다. 담뱃진 냄새로 순간 정신이 아찔했다.

"아아, 증쇄를 축하하는 입식 파티 요리로군. 그거라면 회의실로 가져다주면 되는데. 내가 안내하지."

그는 나를 흘끗 보자마자 그렇게 말했다. 고개를 갸웃거리고 있자 비서가 끼어들었다.

"기쿠치 선생님께 그런 얘기는 못 들었는데요. 파티를 하다니, 언제 나온 이야기죠?"

"아아, 그거 말인가. 그래, 나중에 잘 설명하지."

그는 재빨리 얼버무리고 자못 친한 듯이 내 어깨를 팔로 싹 감쌌다. 소름이 돋았지만, 일단 안으로 들어갈 수 있을 것 같아 그를 뿌리치지 않고 그와 둘이서 엘리베이터에 올라탔다. 엘리베이터 문이 닫히는 순간까지 비서는 납득이 되지 않는 얼굴로 이쪽을 쳐다봤다. 양쪽 문 사이로 비서의 얼굴이 가늘게 보이더니 이윽고 완전히 사라졌다.

"아아, 큰일 날 뻔했네. '요도기미'한테 들키면 감당이 안 되거든. 그녀가 이 회사의 실권을 쥐고 있는 셈이니 말이야."

그는 마치 공범을 보는 듯한 눈초리로 내게 말했다. 문득 '요도기미'에게 안쓰러운 마음이 들었다. 본인은 일과 연애를 성실하게 하고 있을 뿐인데, 이렇게까지 붕 뜬 존재가 되다니. 조마코까지 곱게 보지 않고 있다. 그녀를 그런 처지로 내몬 기쿠치 선생님이 점점 못 미더워졌다. 남자는 내 오른쪽 어깨에 여전히 손을 얹고 있었다. 밀실에 이성과 단둘이 있다는 상황이 나를 차츰 겁에 질리게 만들었다. 두 손은 화분을 드느라 꼼짝할 수가 없다. 무슨 짓을 당하면 어떻게 빠져나가야 할까, 하고 그 생각만 했다.

갑자기 옛일이 떠올랐다.

오쓰카 여자아파트에 오기 전에 나는 줄곧 이런 식으로 긴장하며 살았다. 오랫동안 내게 있어 혼자 생활한다는 것은 내 영역과 안전을 확보하기 위해 온 사방에 신경을 둘러치고 사는 것이었다. 책잡히지 않도록, 빈틈을 만들지 않도록, 어떤 상황에서도 누군가의 시선을 느끼며 전후좌우에 신경을 쓰느라 정작 나 자신은 작고 또 작아졌다.

엘리베이터가 열리고 나는 겨우 숨을 토했다. 남자가 이끄는 대로 복도를 지나 횅한 회의실에 들어갔다. 중앙에 큰 테이블이 있어 그곳에 화분을 내려놓고 보자기 매듭을 풀었다. 일단 묵직한 무게에서 해방돼 안심했다. 손바닥을 보니 새빨갛다.

"이것 참, 설마 화제의 울트라모던한 오쓰카 여자아파트에서 카페를 차린 아가씨를 이런 데서 만나게 될 줄이야. 여자 동료들에게 소문을 듣고 한번 직접 보고 이야기를 나누고 싶었어요."

내 등 뒤에 바싹 붙어 서 있던 남자가 그렇게 말하자, 목덜미에 미지근한 숨결이 느껴졌다. 나는 무슨 소리인지 전혀 알아듣지 못했다.

"실은 말이죠, 지하의 레인보우그릴에서 식중독 같은 건 없었고, 증쇄 축하도 거짓말입니다. 당신에게 기회를 줘야겠다 싶어서 내가 멋대로 꾸민 거예요. 여자들끼리 운영하느라 힘들죠? 조금이라도 도와주고 싶었습니다. 설마 진짜 시간 맞춰 완성해 올 줄은 몰랐는데……"

무슨 뜻인지 조금씩 알게 되자 몸이 화끈거렸다.

전화를 받고 나서부터 최선을 다해 조리해서 여기까지 달려온 노력을 생각하면 나는 그를 냅다 후려갈기고 싶었다. 그의 시선을 따라갔더니 내 목덜미에 땀으로 들러붙은 머리카락에 도달해 무서운 생각이 들었다.

"음식은 여기 내려났습니다. 음식값을 빨리 지불해 주세요. 이제 가야 합니다."

지갑을 꺼낼 기미가 전혀 없는 것을 보고 나는 마음이 초조해졌다. 뺀들거리는 술수에 넘어가 결국 돈을 받지 못하는 거 아닌가 하는 불안함에 피가 싹 내려가는 느낌이 들었다.

"아니, 뭐가 그리 급하다고. 모처럼 왔으니 얘기 좀 합시다. 나는 당신 편이에요."

말이 끝나자 남자가 내 손목을 덥석 잡았다. 비명을 지르려 했지만 목소리가 잘 나오지 않는다. 그의 거무튀튀한 얼굴이 바로 눈앞에 있다.

"당신들, 죄다 처녀라던데 진짜입니까? 평생 여자들끼리 살 작정이에요?"

"내가 왜 그런 걸 당신한테 말해야 하는데요?"

나는 몸을 비틀어 가까스로 그의 손을 뿌리치고 용기를 쥐어 짜서 소리쳤다.

"혼자 살 자유도, 혼자 커피를 마실 자유도, 우리한테는 없는 건가요?"

남자는 어리둥절해하며 고개를 갸웃했다. 불쌍히 여기는 듯한 미소를 왠지 유지하고 있다.

"자유 같은 거보다 말이죠, 온전히 행복해지는 길을 생각하는 게 낫다는 말을 하는 겁니다. 오해하지 말았으면 하는데요, 나는 당신의 협력자라니까요. 그저 도와주고 싶을 뿐입니다. 고집 부리지 말고. 조금이라도 좋으니, 더 얘기하지 않겠어요?"

떼쓰는 아이를 달래는 듯한 말투였다. 이 사람은 단순히 나를 동료들로부터 떼어 낸 뒤 일대일로 설교하고 싶어서 전화까지 걸어 거짓말을 했다. 내가 도대체 이 남자의 무엇을 방해했다는 걸까. 왜 이렇게까지 발목을 잡아당기는 걸까. 이제 돈은 포기하고 차라리 화분으로 이 남자를 후려치고 도망갈까 생각했다.

그때 뒤에서 귀에 익은 목소리가 났다.

"음, 음, 이것 참 맛있군."

그 순간 남자의 몸이 내게서 훅 떨어지는 것이 느껴졌다. 갑자기 주변이 시원해졌다.

"이 요리는 이름이 뭔가?"

돌아보니 기쿠치 간 선생님이 어디서 가져왔는지 큼직한 숟가락으로 음식을 떠서 우적우적 먹고 있는 것이 아닌가. 조금 전의 상황을 떠올리고 나는 되는대로 대답했다.

"울트라모던라이스입니다."

기쿠치 선생님은 나를 거들떠보지도 않고 혼자 응응, 하고 고개를 주억거린다.

"음, 맛있어. 무슨 일 있을 때 다시 이 울트라모던라이스 배달을 주문해도 되겠나? 애써 가져와 줬으니 지금부터 편집부를 불러서 다 같이 시식해야겠군. 어, 거기, 자네, 누구였더라? 사람을 모아 오게."

남자는 "알겠습니다. 뭔가 착오가 있었던 것 같군요. 실례하겠습니다." 하고 딴사람처럼 표정 없이 짧게 말하고는 나를 한 번도 보지 않고 허둥지둥 회의실을 나갔다. 기쿠치 선생님은 일심불란하게 계속 먹고 있다. 그 모습을 보면 도움의 손길을 내민 것 같지도 않았다.

"······개업 화분 보내 주셔서 감사합니다."

선생님은 그야말로 그 꽃이 심어져 있던 화분에서 음식을 뜨는 것을 멈추고, 숟가락을 쥔 채 나를 쳐다봤다. 수염 주변에 화이트소스가 묻어 있다.

"잊어버렸던 게 아니네. 가게 말이네. 어제, 가야지, 가야지, 싶다가도 행여 방해가 될까 봐 말이야."

왠지 변명하듯 빠른 말투였다.

"네?"

나는 놀라서 눈앞의 기쿠치 선생님을 빤히 쳐다봤다. 부은 눈가의 깊디깊은 곳에는 뜻밖의 빛이 보였다. 그것은 아무래도 쑥스러움, 인 듯하다.

"아니, 내가 가면, 자네들이 애써 만든 분위기가 망가지는 거 아닌가 싶어서 말이야."

나는 그만 소리 높여 웃고 말았다. 기쿠치 선생님은 주저하는 표정을 띠고 말없이 나를 바라봤다.

그의 이 거리감이, 지금의 내게는 위로가 되었다. 기쿠치 선생님의 어떤 점이 좋으냐면 내버려 두는 점이다. 요즘에는 방해를 하지 않는 남성이 제법 드물다. 남자들은 자신이야말로 새로운 생각을 가진 사람이라는 것을 드러내고 싶어서 안달이다. 그래서 다들 우리를 도와주려 한다. 걱정한다. 앞질러서 일을 빼앗으려 한다. 그리고 우리와 단둘이 있고 싶어 한다. 정작 우리가 뭘 느끼고 뭘 하고 싶어 하는지는 아무래도 상관없는 듯하다.

오늘 하루만 돌아봐도 남자가 하는 일마다 우리의 방해만 될 뿐이었다. 그와 반대로 기쿠치 선생님은 우리에게 필요 이상으로 접근하지 않는다. 하지만 자금을 대주고 기회도 부여한다.

"저, 선생님. 저희가 다음 달에 옥상 친목회에서 〈아버지 돌아오다〉를 상연하는데요. 지금 대본을 쓰는 중이에요."

"호, 그런데 나는 못 보겠군."

"네, 그래요. 그래도 말씀드리고 싶었어요."

기쿠치 선생님은 흐음, 하고 수염을 쓰다듬었다. 그제야 우리의 시선이 부딪혔다. 회의실에는 버터 냄새와, 내가 이제껏 남성과 공유한 적이 없는 공기가 흐르고 있었다. 성적이지 않은, 너무 따뜻하지 않은, 그렇다고 차갑지도 않은 그것은 자유의 바람이었다. 확실히 이시이 씨의 말처럼 그는 진심 어린 이해자는 아닐지도 모른다. 아까 그 비서를 보는 한, 그를 크게 신뢰하지 않는 편이 나을지도 모른다.

하지만 이 상태라면 애초에 싫어질 만큼 그가 나에게 가까운 존재가 되는 일은 앞으로도 없을 것이다. 그 증거로 그는 우리의 〈아버지 돌아오다〉를 보고 싶어 하지 않았다.

"아, 그렇지. 잊어버릴 뻔했군."

그렇게 말하고 기쿠치 선생님은 주머니를 뒤적여 잔뜩 구겨진 지폐를 몇 장이나 꺼내 테이블에 놓았다. 나는 "매번 고맙습니다." 하고 인사한 뒤 감사히 주머니에 넣고, 바래다주겠다는 선생님을 말린 뒤 회의실을 나와 허둥지둥 엘리베이터를 탔다. 내 버려 두는 것이 이토록 고맙다니, 나는 처음 알았다.

　접수대 앞을 지나갈 때, 대기실 소파에 앉아 다리를 대롱거리고 있는 조마코를 봤다.

　"조마코, 어디 갔었어! 얼마나 힘들었는지 알아?"

　내가 화를 내면서 가까이 갔더니, 조마코는 태평한 얼굴로 내 팔에 팔짱을 꼈다.

　"미안, 미안. 그 기자들 따돌리고 레인보우그릴에서 커피 마시고 있었어. 이제 여기서 커피 마실 일도 별로 없을 테니까."

　왠지 화낼 마음이 없어진 나는 그녀와 함께 차가 서 있는 곳으로 갔다. T형 포드차 기사는 기다리다 지쳤는지 우리 얼굴을 보자 노골적으로 언짢은 티를 냈다. 뒷좌석에 나란히 앉은 뒤 조마코가 불쑥 중얼거렸다.

　"나, 왠지 결혼하지 않아도 될 것 같은 기분이 들기 시작했어."

　"왜?"

　"그야, 결혼하면 혼자 커피를 못 마시게 될 것 같아서……."

　조마코가 전에 없이 골똘히 고민하는 옆얼굴을 보이기에, 나는 왠지 오늘 하루 동안 그녀에게 싫은 소리를 너무 많이 했다는 생각이 들었다.

"너무 어렵게 생각하지 않아도 돼. 다니자키 선생님을 좋아하지? 결혼하고 싶으면 하면 돼. 그런데 싫어지면 돌아오면 돼. 그리고 또 문예춘추사에서 일하면 되잖아. 게다가 우리는 언제까지나 오쓰카 여자아파트에 있을 거고, 평생 조마코에게 커피를 내줄게."

"앗, 언제든지 공짜로 준다고?"

조마코가 눈을 뜨고 반짝 빛냈다.

"공짜로 준다고는 안 했어."

우리는 얼굴을 마주 보고 뒷좌석에서 크게 웃었다. 그 소리가 시끄러워서였던 건지 아니면 실컷 기다리게 한 것을 원망해서인지, 운전기사는 인상을 쓰고 일부러 뒤를 돌아봤다. 우리는 신경 쓰지 않았다. 창밖에는 땅거미가 깔리고 있었다. 차는 드디어 가스가거리에 진입해 빛이 띠가 된 시영 전차와 나란히 달린다.

저 앞에 우리 카페의 조명이 베들레헴의 별님처럼 깜빡이고 있었다.

【참고 문헌】

• 가와구치 아키코, 《오쓰카 여자아파트 이야기 올드미스의 관에 어서 오세요大塚女子アパートメント物語 オールドミスの館にようこそ》

• 오사카 마리코, 《비밀의 왕국: 평전 이시이 모모코ひみつの王国: 評伝石井桃子》

친애하는 숙녀 신사 여러분

초판 1쇄 발행 2023년 3월 10일
지은이 유즈키 아사코 | **옮긴이** 이정민 | **펴낸이** 신현호
편집부장 윤영천 | **편집부** 김다솜 주혜린 | **북디자인** 소요 이경란
본문조판 양우연 | **마케팅** 김민원
펴낸곳 (주)디앤씨미디어 | **출판등록** 2002년 4월 25일 제20-260호
주소 서울시 구로구 디지털로 26길 111 제이앤케이디지털타워 503호
전화번호 02.333.2513 | **팩스** 02.333.2514

ISBN 979-11-92738-05-5 03830

정가 15,800원